寻常巷陌

小非 著

山东画报出版社

济南

图书在版编目（CIP）数据

寻常巷陌 / 小非著. -- 济南：山东画报出版社，
2025. 1. -- ISBN 978-7-5474-3522-9

Ⅰ. I267

中国国家版本馆CIP数据核字第202457CM50号

XUNCHANG XIANGMO

寻常巷陌

小非 著

出版策划　冯克力
责任编辑　张　欢
装帧设计　王　芳
内文插图　曲光辉
封面插图　冷永超

主管单位　山东出版传媒股份有限公司
出版发行　山东画报出版社
　　社　　　址　济南市市中区舜耕路517号　邮编 250003
　　电　　　话　总编室（0531）82098472
　　　　　　　　市场部（0531）82098479
　　网　　　址　http://www.hbcbs.com.cn
　　电子信箱　hbcb@sdpress.com.cn
印　　刷　山东临沂新华印刷物流集团有限责任公司
规　　格　148毫米×210毫米　32开
　　　　　　　11印张　35幅图　245千字
版　　次　2025年1月第1版
印　　次　2025年1月第1次印刷
书　　号　ISBN 978-7-5474-3522-9
定　　价　68.00元

如有印装质量问题，请与出版社总编室联系更换。

大块假我以文章（代序）

卢万成

每年冬季降临烟台的时候，张晓飞先生便像候鸟一样从胶东半岛的海岸起飞，越过琼州海峡，落脚在海南岛广袤的椰林之中。这个句式是晓飞熟悉的，他是一只迁徙中的候鸟，是一个在游走中思索、在游走中写作的诗人。当然他不写诗，但他是个具备诗人气质的人。有些年份，他不想从空中俯瞰河山，虽天高地远壮阔无边，但是倏忽而过的河山毕竟淡然无痕。于是每年他都要仔仔细细地在地图上选择并标记出行路线，然后用一个月左右的时间自驾出游，穿越大半个中国。

我和晓飞兄是乡党而且同龄，大致相同的成长经历总是能够达成大致相同的认知度，当然还有文学的荧荧之火照亮了彼此的容颜。有时候文学是需要点渊源和情分的，在我们这代人的青葱岁月里，人们总是能够通过文学的媒介找到那枚穿越灵魂的箭镞，情绪激越，渴望一切激荡灵魂的事物，渴望一切能够让我们从底层跃动的机缘。晓飞不啻读书、写作，他还是个滔滔不绝如数家珍的当代军迷；并且嗜史成瘾，是个把中国近代史当成家常便饭的学者。

他还是个美食家，是个恨不能把一切好的食材搜寻成餐，满足口腹之欲的"饕餮之徒"。当然他也是个眼光独具的挑剔者，吃相腼腆，"腌尖"得很，于是食不甘味，各种不吃，各种鄙夷。晓飞兄栖居烟台，斜阳若影，车马尤喧。曾行路万里，茶酒伴书。也曾轻摇鹅扇，沉浮江湖。然而更多的时光他是标准的体制内公务员，风风雨雨数十载，恪尽职守，殚精竭虑。然则仕途坎坷，多鹏息之憾。退休后静心避居，淡看风月，研艺庖厨，唯求食材新鲜。膳夫之乐，在于厨案与颠勺之间，且无一日之敷衍，无一日之草率。自谓凡夫俗子，普通情怀，不求上进，境界偏低。生平所学，大半为无用之技，唯煮书码字而已。而当下风烟迷目，蓬蒿无边，虽踽踽独行，却自许不问过往，不期来日。然肉体凡胎，何以超然物外，"况阳春召我以烟景，大块假我以文章"，惭愧则个。

在冲杀沉浮的人生中，晓飞乃真的猛士，和绝大多数蓬莱人不同的是，他出生于天津，长成在川滇，他的少年歌行紧随着父母的军旅生涯蹒跚在共和国行进的脚步里，其兴衰际遇和喜怒哀乐无不伴随一个时代的节奏，映射到他的少年情怀中，时或豪情万丈，时或感慨悲歌，时或自艾自怨，时或伤感铭志。终于在随波逐流的青少年模式里，他回到了祖籍蓬莱。这些经历以及后来的游历，让这个诗书气华的男人在风烟迷目的江湖和如履薄冰的职场淡然无痕。

2022年，晓飞出版了一部随笔集《故国行色》，书里选用的文章，大半是他游历和读史笔记的结晶，这种文字在这个把散文写作当成消遣的时代有点过分用力的意思。从创作的角度看，散文写作已经变成大众消费的文字了，如此情况下，他的《故国行色》却出乎意外地大获好评。

眼前这部书稿，是他的第二部集子，也是他在《故国行色》之后的勤勉收获。收集在这本书里的散文油烟气更浓郁一些，似乎在有意淡化了学究气之后，看重了人世间的篱落烟火，世事沧桑，那些纯粹的生命快乐和幸福人生，那些苦难中的辉煌，那些记忆中的火花闪耀，均可啧啧味，历历数。

晓飞的姥姥家是湖南，自然有着湘楚文化的传承，而他的父辈却是背负齐鲁文化从山东大地冲杀出境的军人。他的身上自带湘楚文化和齐鲁文化的交会与印记。一段时间以来，我一直以为他的个人成长史虽然伴随许多励志故事，但总的来说是顺畅、从容、一帆风顺的，直到拜读他的这本文集中的大部分篇目，才明白当年父辈的境遇和负累给这个从南国回到故乡的少年多大的打击。然而乡间的冬日暖阳与温情也给了他成长的营养，蓬莱阁下蔚蓝色的大海，雨山脚下田野的季风，乡村中学的走读生涯，都为他的生命史添加了重要的斑斓的文学色彩。

如果一定要为晓飞选定一个文学意义的故乡，那就是烟台。他在这座城市生活了四十余年，他不像那些老烟台人总是以多少带点自恋的视角看待这座城市，一个几乎用毕生之研游走在这片土地上的文化学者，一个时时刻刻喜欢用文学的笔触表达和倾诉的作家，他对这座城市的剖析也是犀利、中肯的，并且带有文化偏见的。所以读着他的文字，你会有许多意外的收获和欣喜，会有多重的考量和思辨。

顺便说几句，他的笔名"小非"本为原名，但是在激荡的年月里，年少的他觉得不够响亮，自作主张改成了"晓飞"，然则俗了。后来有些后悔，感觉还是当初父母起的名字更有味道，不过很难改回去了，只得在写文章时捡拾起来，大概是一种眷恋吧！

今年春天，张晓飞先生郑重委托我为此书作序，但我是个有点拖延症的人，早年不曾如此，近年简直慵懒至极，懒散和拖沓似乎已经成为生活的一部分，什么晨兢夕厉什么乾乾翼翼，茶酒做伴，无所用心，以至把这段文字延误了半年之久，其实晓飞兄文友诸多，名家如云，这使我愈发自责起来。今勉为其难，在此祝贺大作面世，以飨读者。

2024 年 7 月 15 日

目　录

广仁路闲话

那时候我住在小太平街，那条胡同说成"街"似乎有些虚美，巷子局促狭窄，长不足两百米，不过位置不错。北边背倚著名的烟台山，西边紧靠热闹的朝阳街，出门后顺着小巷向东一绕，几分钟就可抵达海岸路。如果悠闲，走得略微远点，就是颇有些讲究的广仁路了。

彼时海岸路北头的烟台山宾馆还不叫金海岸大酒店，也不是现在的模样，有点老旧甚或破烂，不过门口有块牌子却给人无限的遐想：烟台市人民政府交际处。

海岸路后来变成了美丽的滨海广场，大海的波涛依然是千年不变的声响。那时候我是个教书匠，寒暑假是惬意的日子。尤其盛夏，整日扑在大海温润的怀抱里，舒服得像一条快乐的鱼。

1983 年暑假，同学李大健从不算遥远的即墨，调到了海岸路上的八中。由于没有住房，他只得蜗居在夫人单位的阁楼上，那里就是著名的烟台地区话剧团，位于广仁路二十四号，晚饭后我常溜达过去聊天。

话剧在我心中是高雅的艺术，我们这些中文系的毕业生，喜欢将其称为"文明戏"，这是舶来之初的叫法，如此似乎显得有些学问，其实就是卖弄。

老烟台的文化事业向来发达，彼时的旧式军人，很多也对文化的重要性有良好的认知。譬如民国时期胶东防守总指挥、国民革命军第十七军军长刘珍年就认为，市民都能识字，公民有了常识，国家的基础才能稳固起来。民国十九年（1930）冬，刘珍年在烟台各界捐资筹建的图书馆落成典礼上演说，希望青年图书馆要多预备浅近的书籍，以供大多数穷困的民众阅看……

有了这种文脉延续，新中国成立不久，烟台专区文工团应运而生就是水到渠成的事儿了。1960年文工团又成立了时髦的话剧队。1974年文工团撤销后，话剧队却保留了下来，并且升格为话剧团，可见地位之重要。

我在烟台自行车厂当工人时，电镀车间化验室有位在六十八军战士演出队当过兵的工友范德利，人们说他有眼儿的就会吹，有弦儿的就会拉，很有些文艺范儿，嘴巴里"掰活"的成天也是那一套。有一次他很神秘地对我说，下班后我带你去见见陈美娜！

我不知其为何人，听名字当为美女，愿意一睹芳容。到点儿后我们跨上自行车，冲下通伸埠后他才告诉我，她是话剧团的，咱们得去广仁路。

到了话剧团门口，没想到老范平日神乎其神，此刻也只能在大门外等候。一会儿，传达室有人喊道，陈美娜，你的信！

我们瞪着双眼紧盯，只见一位白皙的姑娘翩然而至，站在那里拆信时，看得出身材挺拔，亭亭玉立。由于她在马路的另一侧，容颜有些模糊，不过仅凭轮廓，就觉得宛若天仙。我对老范说，人家来了，还不快过去。

老范痴痴地站在那里，眼神有些发呆，一步不迈，一句不说。我恍然大悟，原来他们并不相识。多年后我与老范说起此事，依然忍不住哈哈大笑。

就这样我走近了广仁路，最初的感觉无非洋气些，与西南河、通伸等地不太一样。后来才知道，这条路颇有些渊源，清代咸丰元年（1851）就动工修建。只是彼时缺少机械，皆为人工劳作，拉拉杂杂延续了很长时日，初时也无具体名称。

光绪十二年（1886），著名的盛宣怀出任登莱青兵备道道台兼东海关监督，五年后在芝罘创建了胶东最大的慈善机构"广仁堂"，道路缘此得名。这个名称较为温和，荒唐岁月也未遭遇厄运，不像有的地方非得改为"反帝路""反修路"什么的，这也从一个侧面反映了烟台人的厚道。

广仁路修建期间，适逢烟台开埠，由于紧靠海岸，风光秀美，加之又与烟台山上诸多领事馆毗邻，东亚罐头公司、生明电灯公司、法国药材公司、新陆商行等名噪一时的企业纷纷落户其间，基督教青年会、广东旅烟同乡会等也紧随而至，道路两侧很快出现了许多西式或中西合璧式二层小洋楼，甚为繁华。

20 世纪 70 年代末，话剧团迎来了最后的高光时刻，《于无声处》之后，《霓虹灯下的哨兵》《万水千山》《雷雨》纷纷复排，不久又排演了《少帅传奇》，盛况空前。然而电视剧的横空出世，使得话剧很快落寞，仿佛失去了繁华的广仁路。

　　不过，傍晚的时候，话剧团院内的日式小楼里，还会传出悦耳的钢琴声，引得人们驻足聆听。我虽然不懂得专业欣赏，却有美的感受。

　　李大健住进那个院子后，我有了进去的理由，不过话剧团的大铁门总是挂着锁，上面附着的小铁门也常常紧闭。摇晃半天后，传达室的小窗打开了，一张黝黑的脸探了出来，询问了半天，好歹把我放了进去。

　　我嫌他啰唆，大健告诉我，你可别瞧不起那个人，钢琴就是他弹的。我这才知道他就是大名鼎鼎的李绪良，不禁肃然起敬。再次到来时，就没话找话与他聊了起来。

　　文工团解散时，声乐队、舞蹈队除了王永泉、王火、杨小燕、陈美娜等少数人留了下来，其余的人大都去了四面八方，由于具有专业背景，很受企业欢迎，多在工会继续从事相关工作，几乎没有脱离老本行。

　　乐队则并入了京剧团，彼时为"样板戏"年代，京剧的重要性毋庸置疑。话剧虽以对话为主，亦有少量音乐，李绪良的钢琴不可或缺，他就这样留了下来。

　　我认识李绪良时，话剧团几乎不演戏了，院子里显得冷清，他也临近退休，成了看大门的。那个时候钢琴在我们这座滨海小城尚属奢侈之物，若是如今，他要是办个钢琴培训练班什么的，学生一定会挤破门往里涌。

我们慢慢熟悉起来，有时见他心情不错，我就会逗他说，李老师，弹一曲呗！

他眼一斜，手向外一摆，说道，买个西瓜去！

西瓜吃完后，他把院子大门一锁，打开琴房，掀开那架黑色三角钢琴的盖子，一阵行云流水般的乐曲就从他的指尖滑动出来了。只是后来听说，团里日子不好过时，那架钢琴被新来的领导卖给了青岛，那人是从县里调来的，似乎不太明白那架钢琴的价值，懂行的人都十分惋惜。

同学矫健从上海探望父母回来后，送了我一盘捷克作曲家德沃夏克的著名交响乐《自新大陆》原版录音带，有一天我提着卡式录音机找李绪良显摆，请他讲讲这首乐曲，他指着外面说，咱们先去看电影。

广仁路西南不远就是"新中国"电影院，正在上映法国影片《苔丝》，那是根据英国作家哈代的小说《德伯家的苔丝》改编的。散场后李绪良说，什么叫作诗中有画，画中有诗？闭着眼睛时，脑海里如果浮现出画面，乐曲你就差不多听懂了。

想想《苔丝》里许多场景中的音乐片段，我似有所悟。

返回途中，他在粮店零售摊点买了斤湿面条，可能觉得拿在手上耽误说话时比划，半路上直接放进了中山装的口袋里。刚才还是阳春白雪，转瞬就是下里巴人，这个变化也太快了些吧？

李绪良丝毫不以为意，依然滔滔不绝。他告诉我自己是孤儿，在青岛天主教堂"唱诗班"长大，也在那里学会了管风琴。那座教堂位于青岛火车站附近，原来叫"圣弥厄尔大教堂"，民国二十一年（1932）由德国人毕娄哈设计。

李绪良弹琴时，有位身躯伟岸的人板着国字脸走进了琴房，他的中山装熨烫得很平整，风纪扣严实，派头十足，颇有首长风度，背着手转了一圈后，一言不发出去了。他走后李绪良不屑地说，别搭理他，就那么个德行，装什么装？

后来我了解到，他叫姚克诚，是剧团办公室主任，二十六军文工团转业的。人挺好，然而一副拒人千里的面孔。他家就在市区，不知何故，常年住在单位里，几乎没人看到他回去过。虽然从事行政工作，毕竟演员出身，也曾在《万水千山》中饰演过敌军长，那个角色倒是与他的气质相符。我后来多次与其相遇，却从来没有说过话。

在院子里，我还遇到一位气质不凡的人，最初以为他就是团长仲济川。李绪良摇头道，他叫杨松林，是团里的美工，南京人，山师艺术系毕业后留校任教。1958年山师艺术系与山东文化干校合并后，转入新设立的山东艺专，1962年该校降格为中专不久，分到了我们团，如今在中央美院首届油画研修班深造，看样子这是放暑假了。剧团眼下这个样子，估计待不住。

李绪良看得很准，后来我了解到，1984年杨松林进修结业后，直接去了山东艺术学院，很快当上了副院长，后来转任山东大学（威海）艺术学院院长。他是中国美术家协会理事、山东省美术家协会主席、山东省油画学会主席，成就斐然。

更早的时候，也就是在烟台师专读书期间，同学矫健就带我去过那个大院。矫健十几岁就写出了中篇小说《前进吧！火红的拖拉机》，被破格选入话剧团当了编剧，后来成为大名鼎鼎的作家。故地重游，他不断与人点头致意或说话，那些俊男靓女神采飞扬，我自惭形秽。矫健狡黠地眨眨眼，然后悄声说道，咱们有文化！

彼时囊中羞涩，下不起馆子，那次是为了解决中午的肚皮问题才转过去的，最后李七修出了饭票。他与矫健是好友，后来与我交情也不错，虽为演员出身，半路却拿起了笔；矫健也上过台，然而皆为"匪兵甲"或"匪兵乙"。也就是说，我在话剧团真正熟悉的两位朋友，其实都是卖文为生的秀才。

李七修可谓少年得志，山东电影制片厂筹拍第一部电影《媳妇儿的心事》时，从八一电影制片厂请来刘尚娴帮忙挑演员，这位《英雄儿女》王芳的扮演者一眼就相中了他，很快让其出演了男二号于传江，彼时年方二十有六。

他的姐姐李玲修名气更大。三年困难时期，各地为了减少商品粮供应人数，动员家属还乡，其父李荩臣服从了大局，这位民国时期天津中建螺丝钉厂的厂长心中虽然酸楚，还是让夫人领着孩子们返回了牟平老家。

阴差阳错的是，李玲修的转学证明误写为"休学"，一字之差，牟平一中不予接收。无奈之下，她只能回转天津，重新开具手续，由此改变了命运。

当时《平原游击队》李向阳扮演者郭振清与《我们村里的年轻人》高占武扮演者李亚林，恰好在天津挑选演员，李玲修想碰碰运气，结果顺利考入长影演员剧团，三年后又进入沈阳军区空军文工团，接着成为故事片《女飞行员》的主角杨巧妹，后来转业到了长影总编室。

20世纪80年代，她的《赤橙黄绿青蓝紫》等八部电影剧本有七部搬上了银幕，其中《花园街五号》获文化部1984年优秀故事片奖；后来则以报告文学见长，《笼鹰志》获首届全国优秀报告文学奖后，其他作品接连获得第二届全国优秀报告文学奖、《人民日报》国庆四十周年报告文学征文优秀奖等；长篇小说《姑娘跑向罗马》也摘得了多个奖项，硕果累累。

或许如此渊源，李七修也走上了文学创作的道路。1981年初秋，他从外贸抽纱公司得知栖霞"棒槌花边"能手胡艳的事迹感人，二话不说，骑上自行车就跑到了大山深处，费尽周折找到了那位灵巧的姑娘。不久，他的报告文学处女作《一个中国农村姑娘在美国》就在当年的《山东青年》发表，中央人民广播电台《新闻与报纸摘要》节目简要播发后，《中国青年报》《解放军报》紧接着全文转载。

刚刚到任的地委书记王济夫，立刻注意到了作者和故事的主人公，李七修不久被调到了文化局，胡艳也转为正式工人，王济夫爱惜人才由此可见一斑。

受到鼓舞的李七修，很快在中国报告文学学会会刊《时代报告》上频频亮相，尤以SOS儿童村为题材的《为了失去父母的孩子们》最受关注，《沉默是金》《一个人的GDP》也引起不小的反响；不久又闯入小说领域，在《青年文学》《山东文学》《时代文学》发表了

《贿选》《父亲的悼词》《活法》等作品，令我钦佩不已。

2005 年岁尾，我在北京出差，恰逢中国电影百年华诞纪念大会在人民大会堂举行。隔日与李玲修相聚，她拿出头天获赠的逄小威摄影集《面孔》后说，这个人曾经是烟台话剧团的，七修肯定知道。

我一翻看，那上面有一千多位中国电影艺术家的黑白肖像，神态各异，令人十分震撼。别的不说，光是找到这些著名演员，就非一般功夫，这是逄小威献给中国电影百年的一份特殊厚礼。

回来后一问，逄小威果然与话剧团有关，只是失之交臂。学员队成立之初，非农业户口的直接办理正式录用手续；农业户口的则需考察半年，不行的就退回。逄小威是从黄县，也就是如今龙口招来的北京回乡知青，也是农业户口，少不了这道程序。其间发现，他的社会关系有点复杂，过不了政审这关，只得辞退。临别时他两眼含泪，大家心里都酸酸的，有些不舍。

幸运的是，不久"四人帮"就粉碎了，逄小威考上了全国总工会话剧团。曾经盛传的该团"调皮捣蛋三兄弟"，他位居第一，葛优行二，以《我的澳洲》成名的李洋是老三，后来皆为翘楚。逄小威从日本留学归国后，专攻人物肖像摄影。

2008 年春天，逄小威在中国美术馆以"英雄"为名，展出了中国恢复参加奥运会以来一百三十四位冠军的肖像，为这年的北京奥运会献上了一份不平凡的礼物；2009 年秋天又以"山河记忆"冠名，在北京山水美术馆展出了跋涉两年，用胶片记录的百位百岁以上抗战老兵的肖像……

著名收藏家马未都说："每一位看过逄小威先生摄影作品的观众，

都能感觉到作为摄影家的不易。这种不易，不单单是付出体力与耐力，更多的是付出一个优秀艺术家的执着。"

他算不算广仁路走出去的呢？

滨海广场完工不久，我在当年的广仁路溜达，寻找话剧团昔日的身影，那两座日式小楼尚在，然而人去楼空，只有涛声依旧。巧的是，我在这里又遇见了七修，他当时是电视台的大忙人，没想到能够忙里偷闲。

我懂他的心思，故意说了句，物是人非，旧时不在！

他接着感叹了一番，几十年转眼就过去了，如今我经常想起以前那些哥们儿姐们儿。话剧团当年挑选的大都是些人尖子，话剧撑不下去时，许多人到外面找出路，刚开始非常艰辛，甚至从装台拆台干起，然而底子摆在那里，怎么能掩藏得住！

他说得不假，那句老话道，是金子总会发光的。有几个人的美名，一直在我们这座滨海小城传扬。

譬如彼时最为出名的少帅扮演者王永泉，从拍摄《孔子》开始，先后在《闯关东》《父母爱情》《欢乐颂》等三十多部电视剧中担任执行导演，并且出演了很多有分量的角色。

曾经苦练台词的吴昔果，后来成为张艺谋、陈凯歌、姜文、吴宇森等执导的多部影片的第一副导演，还在获得过奥斯卡金像奖最佳导演提名的昆汀·塔伦蒂诺的影片《杀死比尔》中出任中方导演。

话剧出身改行声乐的于联华，调到山东歌舞剧院后，音乐天赋得到了极大发挥，成为著名女高音歌唱家，不仅获得了国家表演类最高奖项——文化部"文华奖"，还当选为山东省文联副主席。

与其相反，声乐出身改行话剧的王火再次转型，担纲了《琅琊榜》《北平无战事》《伪装者》《大江大河》等电视剧的美工，干什么像什么。

他们都是从广仁路走出去的。

……

2022年深秋，七修送了我本当年第九期的《中国作家》（影视版），那上面刊载了他的电影文学剧本《地上地下》，我正想夸赞几句，还没等说，他却感慨道，我现在还真有些怀念广仁路那些日子了。

我笑着说，你那是怀念青春，我们都老了！

原载《老照片》第 154 辑

流年碎片

　　我的母亲张念如祖籍湘东醴陵，那是个小有名气的地方，九十多年前，毛泽东的名篇《湖南农民运动考察报告》，就是以那里为背景的。

　　晚清以降，湖南名人辈出，醴陵亦不例外。不过，有意思的是，醴陵名人多为武夫，国共两党皆然，文人骚客并不多见，也许真是应了"醴陵蛮子"这个说法。共产党方面，李立三、左权、杨得志、宋时轮等闻名遐迩；国民党方面，程潜、何健、陈明仁、刘咏尧等也是赫赫有名。唯一有些影响的知识分子似乎只有历史学家、曾经的中国现代史学会会长黎澍先生。

　　一个小小的县份，出了这么多了不起的人物，也是令人惊叹。当然，母亲这个小人物与那些大人物是不太沾得上边的。不过，要说完全无关也不准确。

　　母亲的祖父张际吉有位未出五服的族弟张际泰，他的亲娘舅就是程潜。张际泰与堂兄张际鹏被程潜带出去后，进入程潜任校长的广东大本营军政部陆军讲武学校，后来随校并入黄埔军校第一期。张际鹏最后的职务是国民革命军第一兵团中将副司令官，张际泰则为该兵团第一百二十二军少将副军长。

外公张国维受两位族叔影响，于民国十五年（1926）春考入黄埔军校第五期，与宋时轮同学，只不过分在了政治训练班。不仅如此，他的老家樟树乡里都村这个只有几百人的偏僻角落，前后竟有三十多位乡邻跟随张际鹏等人从军，不少牺牲在了抗日的战场上。

张际鹏、张际泰后来参加了湖南起义。不过，张际鹏最后还是从香港辗转跑去了台湾；张际泰则成为第二十一兵团五十三军副军长，但是不到一年就退伍成了湖南军政委员会参议室参议。

其实外公进入黄埔，更多的还是受了邓文仪的影响。外公的胞妹张盛春嫁给了邓文仪的堂弟邓文俊，两人也算近亲。邓文仪对外公多有提携，私交甚笃。

邓文仪也是醴陵人，黄埔军校一期毕业，曾任蒋介石侍从室秘书，为"复兴社"十三太保之一，一度很受宠信，二十二岁就成为少将，还曾担任过国民党中常委，晚年在台湾力推祖国统一。他与邓小平、蒋经国是莫斯科中山大学同学，1990年访问大陆时曾受到小平同志亲切接见。

族谱记载，外公是民国二十二年（1933）冬天染上痨病去世的，彼时其为国民党湖南省公路局党部书记长。不久邓文仪回乡省亲，闻听后专门跑到里都看望了外公的父亲，唏嘘不已，还在简陋的农舍住了一晚，留下了四百光洋。

外婆陈苹是长沙明宪女中学生，她的父亲，也就是我的老外公陈保生经营着一家煤炭行，本来也是殷实人家。不幸抗战初货栈被"长沙大火"烧个精光，只得在府东街楚怡小学旁开了个南食小店，前脸为铺面，后面住家人，日子过得拮据。

外婆生于甲寅年九月初九，也就是民国三年（1914）10月26日，民国二十年（1931）初夏嫁给外公时尚不满十七周岁，既为人妻也当学生，勉强完成了学业。外婆命苦，外公病故时，母亲尚在襁褓之中，她是癸酉年三月初五，也就是民国二十二年（1933）3月30日出生的。

外公乃独子，他去世后，母亲的祖父想让外婆改嫁给本家一位麻脸侄儿，然后再把侄儿过继名下，以维持家庭的完整。然而，外婆毕竟是都市里长大的知识女性，无论如何也不肯一辈子窝在一个小小的山村里，借口娘家妈过生日，抱着不满周岁的母亲跑回了长沙。

外公去世时，外婆还不到二十周岁。失去了经济来源，生活没有着落，唯一的出路只有改嫁。母亲的祖父听闻后，说母亲是张家的人，不能随了外姓，要求把孩子送回来。

民国二十四年（1935）夏末，外婆嫁给了燕京大学肄业的陈克昌，彼时其在南京国民政府工商部劳工司谋了个"录士"职位。新的外公祖籍浙江萧山，后来祖上外出做官，落户鲁西南济宁府，他的父亲陈允冀晚清时为河南开封府通判，在那里积累了些产业。

外婆跑回长沙时，传说曾把邓文仪馈赠的光洋卷走了，这是一起冤案。母亲的祖父母过世后，老屋卖给了族人，翻修时挖出一堆光洋，大概是老人家悄悄埋藏起来的。

母亲的祖父勉强算个小财主，没见过什么世面。得了那笔光洋后，整日担惊受怕。族人说，外婆卷走光洋之风大概就是他放出来的，目的是掩人耳目，避免失窃。他只有二十几亩薄田，唯一的儿子早逝，自己年老体衰，只得雇请他人耕种，土改时划成了地主。后来说要改为"小土地出租"，舅舅和母亲为此折腾了好长一段时间，最终也无结果。

外婆再婚前，按照张家意愿，新夫将母亲送回了里都。母亲上完小学后，家里不想让女孩子继续读书。此时舅舅已经去了醴陵城上初中，母亲十分羡慕，吵着闹着要到长沙看她的外婆。由于拗不过，她的祖父只得将其送往长沙，委托族弟张际笃关照。

母亲到长沙不久考入妙高峰中学，此时她的外婆黄振坤已家道中落，幸有张际笃资助，才得以继续学业。母亲称张际笃为七叔公，他是杭州工业高等专科学校毕业的，在复兴银行长沙分行任襄理，母亲对其感念不已，后来经常念叨。

民国三十八年（1949）夏末，母亲升入高中前，湖南"八五"和平解放，长沙这座饱经兵燹的城市终于躲过了一次战火，欢天喜地的市民载歌载舞，青年学生更是兴奋无比，纷纷加入刚刚入城的解放军。

母亲报考了中南军政大学湖南分校，当时还可以报考湖南人民革命大学，但是人们更倾心于部队。八月下旬，《新湖南报》报缝刊登了录取通知，母亲榜上有名，正式加入了中国人民解放军。

军大湖南分校校长萧劲光、政委黄克诚均为湘籍，赫赫有名。母亲这批学员分为三个总队，第一总队在长沙，第二总队在衡山，共招收了 6356 名学生；第三总队则收容了起义军官 3310 人，也在长沙。

母亲分在第一总队，与本家姑姑张月华成了一个区队同学，她们年纪相仿；更有意思的是，她的叔公张际泰作为起义将领进入了第三总队，也成了同学，这位昔日的将军腰包阔绰，周日还带着侄女、侄孙女下过馆子。

9 月 30 日，军大要求学员正式填写履历表。一些同学兴奋地说，明天就是中华人民共和国成立的日子，入伍时间填在这一天，多有纪念意义啊！大家都觉得有道理，就连领导和教员也表示赞同，于是全体学员入伍时间定格在了那一天。

20 世纪 80 年代末，这批学员逐步到了离开工作岗位的时候。由于当时的冲动，他们变成了新中国成立后参加革命工作的那批人，离休、退休的分水岭就在 1949 年 10 月 1 日。

其实，合理不合理只能是相对的。一些人曾经提出，我们是在西南剿匪或抗美援朝期间入伍的，彼时新中国虽已成立，我们经历的战争残酷性一点也不亚于从前，很多人牺牲或负伤。若是以此类推，后来还有西藏平叛、对印、对越自卫反击作战等，那就永远也扯不清了，只能在某个节点上划一道线。

湖南省委组织部 20 世纪 80 年代中期发文：原湖南人民革命大学学员为新中国成立前参加革命工作，原中南军政大学湖南分校学员为新中国成立后参加革命工作。湖南省委组织部的依据是部分学员的原始档案，也不能说没有道理。不过，中南军大湖南分校这批学员，的确是 1949 年 8 月底入伍的。

那个时候，当初学校的副政委张平凯将军还很健朗，亲自协调作证，广州军区政治部又为学员们补发了毕业证书，目的就是以此明确入伍时间，但是问题还是得不到解决。大家商量后，决定每人出十元钱，推举代表赴北京申述，最后中组部和总政干部部联合发文，他们才如愿以偿，终于享受了离休待遇。

中南军大湖南分校如同彼时其他军校一样，主要是对具备文化基础的青年学生进行政治军事培训和改造起义军官。母亲经过近一年学习，1950 年 6 月提前结业分配到了四十五军一三五师，一起分去的同一区队同学陈宏康后来长期担任丁盛的秘书。

一三五师是支英雄的部队，著名的衡宝战役就是他们揭开的序幕，四〇五团在副师长兼团长韦统泰率领下，九个连一字排开从山上直接冲进了白崇禧"钢七军"军部，对歼灭桂系主力起到了至关重要的作用，此役亦为平津战役后四野打得最漂亮的一仗。

母亲报到时，四十五军正在广西十万大山剿匪，母亲成为一三五师政治部副排职文化教员。广西剿匪结束后，四十五军移驻广东，遂行守卫珠江口和机动作战任务。

不久，军部及一三四师（欠四〇〇团）、一三五师与四十四军一三〇师、一三一师三九一团在广东惠阳合编为五十四军，一三三师划归四十六军。1953 年 1 月 21 日，五十四军北上辽东半岛，一三〇师率先入朝；5 月 2 日，其余部队也进入朝鲜，接替三十九军防务。不久，一三五师配属六十七军参加了金城反击战，战后先后防守朝鲜东西海岸，母亲此时为师政治部机关团总支书记，副连级。

1955 年授衔前夕，全军女兵大部退役，母亲最初分配在北京大学工会，她觉得自己文化程度不高，有畏难情绪，央请首长帮忙。丁盛找到时任天津市委书记黄火青，最后母亲转业到了天津市委组织部，给副部长李超同志当秘书。

　　我问母亲，你的阅历不深，怎么会选中你给那位老红军当秘书？母亲笑道，大概字写得还可以吧！况且部队的干部组织纪律性强，听话！一年多后，母亲到天津四十二中挂职锻炼，担任党支部书记。巧的是，战友李芳正在这所学校任团支部书记。

　　母亲在天津时，舅舅张星泉在北京上大学。舅舅生于壬申年三月十四，也就是民国二十一年（1932）4 月 19 日。高中毕业后，考取了武汉中南同济医学院，读了不到一个学期，实在不喜欢那个专业，退学重考。好在彼时机会较多，很快又考上了清华大学钢铁专业。

　　舅舅入学时，正是中苏蜜月期，国内照搬苏联高等教育模式，进行"院系调整"，清华大学、天津大学、唐山铁道学院部分专业组建北京钢铁学院后，舅舅又变成了钢院的学生，该校就是后来的北京科技大学。母亲此时已在天津有了自己的家，舅舅在北京读书后期，寒暑假基本上就待在了天津。彼时已实行薪金制，父亲对舅舅多有资助，令他念念不忘。

　　舅舅在天津时，李芳周末经常到母亲家玩，一来二去两人就熟悉了，慢慢地你情我愿谈起了恋爱。李芳是广州人，粤菜做得地道，舅舅对此颇为欣赏。母亲知道后极力反对，说李芳个子矮，配不上舅舅。这种事儿妹妹如何挡得住哥哥，终成秦晋之好。

舅舅毕业后分配到中国科学院上海冶金陶瓷研究所，他与李芳结婚后，舅妈很快也调到了上海，而且在舅舅单位担任了某个室的党支部书记，成了他的上级。

上海是全国产业工人最多的城市，成人教育 20 世纪 50 年代就有规模。1960 年 4 月，上海市人民委员会决定成立上海市业余工业大学，从全市高等院校、科研院所抽调精兵强将充实师资队伍，舅舅也去了那里。

这所学校曾被刘少奇誉为"全国半工半读的一面红旗"，后来更名为"上海第二工业大学"，舅舅在这里一直工作到退休。不过，"文革"中由于议论"旗手"遭人举报，作为"现行反革命"被判刑十年。在当时的上海，这是要被发配到青海的，但是他的专业让上海劳动钢管厂相中，于是就地劳改，直到 1978 年夏天彻底平反。

我曾短暂当过几天热处理工人，多少也听说过"马氏体""奥氏体"这些专有名词。我去上海时，舅舅了解我这段经历后，立刻兴致勃勃地侃侃而谈，我却听得一头雾水。彼时他已撰写过据说有些影响的论文，1985 年 6 月《金属学报》第 21 卷第 3 期就曾发表过他的《钢中原始奥氏体晶界对（225）–γ 马氏体形核的影响》，网上至今还能搜到。

舅舅说，劳改期间，他居然成了上海劳动钢管厂金相热处理工艺负责人。专业虽然没丢，却似乎得了精神分裂症，生怕说梦话走板，晚上睡觉时总是用胶布把嘴封起来。说完苦涩地一笑，那种令人心酸的面容，至今还会浮现在我的眼前。

我初中毕业时填写履历表，问母亲舅舅的情况，母亲告诉了我

八个字"久无联系，详情不知"。我想一探究竟，母亲不予理会。后来，高中毕业、插队、招工，关于舅舅，我填写的都是这八个字。

舅舅平反后，我才理解了母亲当时的苦心，那时父亲也因所谓的历史问题受到迫害，她不愿让子女在政治关系上雪上加霜。不过，也是掩耳盗铃罢了，组织上是无所不知的。

20世纪80年代中期，大规模平反冤假错案趋于完成时，要求当着本人的面销毁档案中的不实材料，我这才知道我的高考政审表中的结论竟然是"合格受限"，怪不得我只能读个师专。

母亲离开部队后，生活渐趋安定，想把她的外婆接到天津住些时日。老外婆答复，小毛还在上学，她走不开。母亲说，那就带着小毛到天津来上学。

小毛是我的三舅，外婆改嫁后，我又有了两个舅舅，二舅叫陈忠恕，三舅叫陈忠良。民国三十六年（1947）初冬，外婆去开封继承夫家产业，将他们寄养在长沙老外婆那里，母亲与二舅、三舅一起生活了两年多，感情很好。刚开始外婆隔三岔五会寄些生活费回来，后来由于战乱，交通通信几乎中断，这笔钱就没有了。老外婆夫妇突然要独立供养三个外孙，变得非常困难。母亲考上军大后，二舅也想当兵。

小毛舅舅告诉我，母亲在军大读书时，有一次头戴大檐帽、身着军裙服，英姿飒爽回到老外婆家，二舅羡慕不已，吵着闹着要参军，然而年龄实在太小，未能如愿。不久，他的个子突然蹿了起来，几乎长到了一米七，急忙虚报两岁投军，竟然未露破绽。庚寅年（1950）

春节后，他终于如愿穿上军装，去了陈明仁的第二十一兵团。二舅是丙子年六月十七，也就是民国二十五年（1936）7月5日出生的，当时还不满十四周岁。

二舅所在部队驻扎醴陵，当时大舅高中尚未毕业，还在城中青云山上的湘东中学读书。二舅星期天去找他，大舅显示出哥哥的气派，很豪爽地拿出两块光洋送给了同母异父的弟弟，结果弄得自己那个学期非常拮据，十分尴尬。

1950年底，第二十一兵团奉命开赴广西剿匪，二舅也到了那个风光如画的地方，后来进入玉林医士学校学习战地救护，毕业后随整编后的五十五军驻防雷州半岛，该军在1979年2月的对越作战中，是东线打得最好的部队。

1957年底，二舅转业到湖南省航运局职工医院，负责血吸虫病防治，后来被送到省人民医院放射科学习X光诊断。二舅转业不久，老外公和老外婆相继去世，其他亲人都不在长沙，联系十分不便。二舅拿出转业费，独自将两位老人安葬在了解放山墓地。

"文革"期间，由于一些医务人员被清洗回乡，职工医院忙不过来。二舅建议把那些有专长的医生请回来，结果在"反击右倾翻案风"中受到批判，隔离期间从医院四楼坠地身亡，那是1976年6月12日一个阴雨绵绵的傍晚，看守是航运局医院的两个工宣队队员。

二舅妈雷淑英悲痛不已，航运局表示，如果当天签字火化，可以为子女提供生活费，晚了就什么也没有了。一个妇道人家，面对如此窘境，茫然不知所措，只得委屈顺从。后来有人悄悄告诉她，二舅是被推下楼的。

"文革"结束，小毛舅舅曾去寻找真相，然而尸体已经火化，又无法医鉴定，当事人咬住是自杀，家人也拿不出证据，只能不了了之。存疑的是，如果是自杀，按照彼时形势，航运局怎么会给子女发放生活费呢？欲盖弥彰。

不过，许多问题永远也搞不清楚。然而谁家逢此厄运，都难以承受。我与二舅始终未能谋面，那一年，他还不到四十周岁。

1956年桃红柳绿的时候，老外婆来到母亲家中，小毛舅舅也从长沙七中转学到了天津十八中继续学业。

1957年夏天，小毛舅舅初中毕业前夕，老外公卧床不起，老外婆返回了长沙。母亲又要抱着不满一岁的我去朝鲜西海岸探望父亲，老外婆就让小毛舅舅从天津去了开封自己的母亲那里。他十分喜欢绘画，不久顺利考入开封艺校美术班。

然而，外婆此时经济上也很窘迫，继承的祖产多已充公，她在开封市立徐府街小学当老师，收入有限，不仅要供小毛舅舅读书，还要负担小姨陈敏的生活费用，渐显拮据。学习美术又花销不菲，笔墨纸张都很贵，读了一个学期后，有些支持不下去了，此时已是1958年春天。

小毛舅舅想回长沙找工作，外婆却想让他留在开封的照相馆当学徒，好歹也与美术有点关联。但是小毛舅舅更喜欢南方的环境，而且二舅已转业回了长沙，他们兄弟俩从小相依为命，愿意待在一起。

然而，戏剧性的场面出现了。1955年8月9日，北京青年杨华等向共青团北京市委提出了到边疆垦荒的请求，很快引发了热潮。一个月后，毛泽东批阅《在一个乡里进行合作化规划的经验》时，在按语中写道："农村是一个广阔的天地，在那里是可以大有作为的。"

第二年初，中共中央政治局提出的《1956 年到 1967 年全国农业发展纲要（草案）》，正式出现了知识青年上山下乡的概念。更早的 1953 年 10 月 16 日，《中共中央关于粮食的计划收购与计划供应的决议》公布后，著名的"统购统销"政策开始实行，最初只是限制了粮食，很快扩大到油料、棉花，进一步又对生猪、鸡蛋、糖料、桑丝、蚕茧、黄红麻、烤烟、水产品实行了派购，品类一百多种。居民的粮油、棉花、棉布等生活必需品，全部凭票证供应。

在这个背景下，各地开始压缩非生产性人员，控制商品粮供应人数，外地户口限制迁入市区。然而升斗小民哪里搞得清这些，小毛舅舅的户口从开封起出后，在长沙竟然无法落下。

无奈之下只得回迁开封，没想到那边却不接收了。费尽周折，最后好歹落到了长沙县五美乡湘阴港表舅左国才那里，由城市居民变成了种地的农民。小毛舅舅是辛巳年二月初一，也就是民国三十年（1941）2 月 26 日出生的，彼时只有十七岁。

母亲后来说，这件事很对不起小毛舅舅，如果没有天津一番折腾，本不至于如此，知青下乡政策直到 1968 年开始才具有了相对强制的措施。

不过，小毛舅舅毕竟正规初中毕业，还读过一段中专，下丑两个多月后，乡政府发现了他的才能，抽调他到长桥中学参加师资训练班。新的学年开始后，他成了五美乡小埠港小学代课教师，在那一带辗转了多所小学。

1965 年 7 月，小毛舅舅被长沙县委宣传部选调参加了社教宣传队，正式录用为国家干部，"文革"期间变换了多次工作。他是个聪慧之人，样样在行，年轻貌美的姑娘李兰芳对他一见倾心，他终于在而立之年结束了单身汉生活，后来以一家企业副厂长的身份退休。

父亲 1958 年 7 月从朝鲜回国后驻防四川重庆，不久母亲也从天津调到重庆钢厂子弟学校任党支部书记，一年半后又调到乐山专区夹江县人民委员会当了文教科科长，此后到巴中、雅安等地工作，随父亲奔波在四川各地，后来回到父亲的老家山东。

那个时期，通信和交通都很不便，母亲与舅舅们也少了联系。我的印象中，大概 1965 年，大舅从上海给我寄了一件呢子夹克和一双翻毛皮鞋，十分洋气。然而，在那个提倡艰苦朴素的年代，我怕同学笑话，无论如何也不肯穿，气得母亲最后把衣物捐给了灾区。

大舅同时也给母亲寄了一个软塑料手提兜，天蓝和乳白相间，图案是黄浦江边外滩的大楼，上面印有"上海"两个字，非常漂亮。同样，那个包当时在川西小城雅安也显得太扎眼，母亲不好意思用，最后被保姆婆婆拿去买菜了。

"文革"期间，母亲和舅舅们都遭了难，天各一方，彼此音信皆无。再聚首时，母亲和大舅都过了知天命之年，小毛舅舅也年近五旬，而二舅则没能等到这一天。

时光如白驹过隙，一转眼几十年又溜走了，大舅驾鹤西去，母亲和小毛舅舅也进入耄耋之年，我亦年逾六十，人生就这样快要结束了。趁着母亲和小毛舅舅记忆还都清晰，我把他们讲述的悲欢记录下来，不知后人有无兴趣。

其实，个人和家族的际遇只是茫茫尘世中的一粒尘埃，在历史的长河中甚至连朵浪花都溅不起来。但是，家国相连，见微知著，千千万万这样的故事汇聚到一起，也许就构成了我们民族乃至国家一段难以忘怀的历史。

原载《老照片》第 134 辑

雅安之恋

小的时候，家住在四川西部的雅安。那座小城，雅致安逸，让人感到舒心和亲切。蜿蜒的青衣江穿城而过，远山近坡四时充盈着浓浓的绿意，似乎永远也飘洒不完的细雨，扯拽着人们的遐思，漫天飞舞……

情满青衣江

雅安之钟灵毓秀，得益于水。青衣江自西向东奔涌，孕育了小城的秀美，人们亲切地将之称为大河。南城与北城依偎着江水，似乎要紧紧抱住母亲的胸膛。

青衣江的源头在北部的宝兴山区，那里连接着阿坝州，高山上的积雪融化后，条条小溪相聚，就汇成了顺势而下的江水。

说不准为什么要叫青衣江，是因为青绿如一条衣带，抑或清丽若戏曲里的青衣？总之，让人很是依恋。

那条大河奔腾喧嚣了两百多公里后，在乐山大佛脚下与岷江、大渡河相聚，三水合一，南下宜宾，汇入了更为著名的金沙江，最终以长江之身扑入了东海的怀抱。

雅安城西大北门江边，有一道突兀的红色岩石从河滩伸入江心，凹凸不平的石床激起了一片莲花般的波浪。夏日里，我们常常手拉着手，循着那片浪花东摇西晃向江中走去，想要体验从江心扑入水中的酣畅淋漓。虽然常常半路就被湍急的江水冲倒了，依然乐此不疲，游回岸边后接着重来，不到江心誓不罢休。

乱石险滩，江水形成了很多漩涡，不识水性的人往往望而生畏。不过我们这些胆大的荷尔蒙少年并不害怕，卷进去后只要不是乱扑腾，很快就会顺着漩流钻出水面，露头后奋力前扑，接着就会离开漩涡。

当我第一次费尽周折走到江心，异常激动，扑入水中后得意地挥臂炫耀，岸边邻居以为呼救，赶紧告诉了家人。那时每年都有孩子淹死江中，母亲心中已无希望，依然悲戚地顺着河滩追了好几里地，没想到我居然躺在一块大石头上晒太阳，气得她揪着耳朵把我拎回了家，挨揍自然是免不了的，然而还是无法阻止我下水的冲动。

很久以来，青衣江上只有一座铁索桥，那是民国三十年（1941）雅安士绅为西康军政长官刘文辉祝寿时集资捐建的，两年后竣工，名曰"文辉桥"。不过，铁索桥狭窄摇晃，车辆也不能通行，还是不便。1954 年 12 月，借助康藏公路贯通之力，青衣江公路大桥终于建成通车。1955 年西康省撤销后，雅安划入四川，康藏公路也变成川藏公路，起点向东北延伸，从雅安变为成都。

大桥虽然横跨南北，然而过桥往往绕路，许多人还是习惯摆渡出行。坐上平底木船，艄公竹篙一点，便可泛舟江上。船不大，也就能坐十多人而已，青绿的江水离船帮上沿不过尺许，初时有些害怕，很快心绪平稳。江水湍急，船的路径抻成一条斜线，泊岸后，两边都要由纤夫逆水向上拉一段，方能不断往返。

彼时家居南岸，妹妹却在北岸的商业局幼儿园上全托，周六傍晚接回，周日傍晚送到。一个星期天的下午，保姆婆婆身体不舒服，给了我六分钱，让我把妹妹送回幼儿园。

我们乘船过江后，妹妹拉着我的手不放，我看着她可怜的样子，心里也有些不舍。然而口袋里只剩下两分钱了，仅够一人过渡。于是带着妹妹从青衣江大桥绕了一圈返回了南岸，然而始终在江边徘徊，不敢回家。直到夕阳西下，方才鼓足勇气迈进了家门。落日的余晖中，母亲的眼睛似乎有些潮润，妹妹从此留在了南岸改上日托，那是1965年夏日的一个傍晚。

青衣江堤岸边的滨江大道，连接着川藏公路，那个时期沥青路、水泥路只有城里这段才有，城外的路面铺的都是石子儿，取自青衣江边的河滩。

工余时间，男人们拎着大锤将大个的酥石破成片状放进背篼，然后从河滩背到堤岸倒出。等候的妇孺劳力，将石片放入废旧轮胎胶条钉成的鸭梨状套圈内，手持铁锤将其砸成石子儿，逐步堆积成梯形石方。养路部门半月左右量收一次，当场付款，许多人家都能借此赚点小钱贴补家用。

"文革"初期，母亲在单位挨斗，保姆婆婆带着我们兄妹来到她家躲避。邻居少年焦其明，眉清目朗，长我三岁，只是家境贫寒。只要有空，他就会带着我砸石子儿，如果卖出一块钱，他会分给我两毛，焦其明的八毛，大都交给了家里。

　　焦其明的父亲是钓鱼高手，星期天似乎永远在江边垂钓。彼时没有如今漂亮的钓具，他的鱼竿就是根普通的竹子，黄绿之中间或有火烤的黑色印记，顶端绑了个铁圈，鱼线穿圈而过，那个缠绕鱼线的楠竹套筒上勒出了清晰的痕迹。我们都非常钦佩他甩杆的姿势，身体向后一仰，右手高高一扬，鱼线瞬间就顺着套在左臂上的竹筒抽丝般抻出，鱼钩顿时没入远方的江水。

　　他钓上来的鱼五花八门，非常好看，大多我都叫不上名字。我们经常用有些讨好的目光巴结着焦其明的父亲，但是这个满脸络腮胡子的中年人始终对我们这些孩子不屑，从来没给过我一条鱼。

　　保姆婆婆看不惯焦其明父亲的态度，背地里总是骂他。那天她在江边淘米洗菜，突然发现一条受伤的鱼在水中半沉半浮地飘着，她知道我喜欢鱼，远远招呼我快点过来。我跑过去后，顾不得脱衣服就跳入水中，鱼捞出后放到木桶里养了起来，非常兴奋。没想到第二天鱼却死了，婆婆将之煨汤后，我就是不喝，心里难过极了。

　　焦其明也没看到过父亲的好脸色，心中充满怨恨。不过他似乎继承了乃父的某些天赋，也会钓鱼。傍晚时分，我们在棕绳上拴上一串鱼钩，挂上挖来的蚯蚓，两端绑上石块，一人一头抻直棕绳，踩水将绳子沉入江底。翌日天色微明，再用绑有铁钩的竹竿到江中勾寻，几乎钩钩不空，虽然多为一拃左右的"红尾巴"，我们也十分欣喜。

青衣江边的河滩上，洒满了我少年时代的足迹。没入水中的鹅卵石，在阳光的辉映下晶莹剔透，有如珠玑，在我心中泛起了童话般的色彩。

汛期到了，江水几乎漫上堤岸，上游林场利用这个机会开始漂放，砍伐的木材早就堆积岸边，随着水流的涨势自然浮上水面。一根根粗大的圆木接二连三从眼前飞逝，蔚为壮观。汹涌澎湃的江水，激起了我的遐想，真希望能骑在圆木之上顺水漂流，奔向远方……

迷人的"三雅"

雅安古称雅州，相传女娲补天来到此地时，七彩石几乎用尽，故而留下了这片最大的"天漏"。气象记录表明，雅安年均降雨量接近 2200 毫米，年均降雨日 220 天左右，是我国降雨量、降雨日最多的地区。

如果说青衣江孕育了雅安，那么雨水则滋润了雅安。雨乃大自然之精灵，雨丝如同情思般扯拽，雨滴仿佛珍珠般洒落，自然会给人美妙的感受和无尽的遐想。

不过，阴雨连绵，整日湿漉漉的，也会让人不舒服。多雨之地，往往乌云满天，人们盼望阳光灿烂，四川民歌《太阳出来喜洋洋》，就表达了这种心境。

雅安素以"三雅"著称，"雅雨"当推为首。每日几乎下雨，每每都在夜里，恰如杜甫诗咏："随风潜入夜，润物细无声"，绝少倾盆而作，大都如抽丝般飘洒。静夜拥衾而卧，听梧桐滴水，闻芭蕉细语，梦里也浪漫。天色微明，云开日出，曙色里空气都是甜的。

若是日间落雨，小城的街头巷尾，色彩斑斓的油纸伞顿时遮住天幕，"滴星"洒落"撑花"，激起"哗哗啵啵"的脆响。有了雅雨的启迪，雅安人将落雨想象成了"滴星"，打伞比喻成了"撑花"，诗意盎然。

雅安地处四川盆地向青藏高原过渡地区，群山环绕，森林覆盖率很高，向有"天府之肺"的美誉。不过，若无雅雨润泽，草木大概也不会如此丰沛。互为因果，翠绿的群峰又为从天而降的雅雨搭好了天梯。

晚清诗人赵熙咏道："塞外天明掌上秋，晓寒六月透重裘。回栏右指山底处，一角云窝是雅州。"诗中"云窝"乃雅安东南不远的周公山，海拔逾千米，层峦叠嶂，终日云雾缭绕，遍布茂林修竹、灌木藤萝，自然是打柴的好去处。不过山路崎岖，非人人可以攀爬。

焦其明算是与我有点交情，架不住我的软缠硬磨，好歹带我上山砍了次"青杠"柴。那种柴火硬，余烬不是灰，而是成形的木炭，积攒下来，冬日里可放入火盆取暖。一背青杠柴大概能卖块把钱，听起来也不算少。然而背起柴捆下山时，焦其明跟跟跄跄的沉重脚步，给少年的我留下了深深的印象。

周公山下有条周公河，相对青衣江那条大河，人们称其为小河。岸边邻水的深潭洞穴里，就隐秘着著名的"雅鱼"，雅安得天独厚的高氧环境，使其在这里怡然自得。

雅鱼似鲤而鳞细如鳟，青黑修长，大的不过斤许，一般的也就七八两，肉质细嫩肥腻，没有泥腥味。据说清代上贡慈禧，被誉为

"龙凤之肉"，亦被奉为"三雅"之一。雅鱼是裂腹鱼的分支，学名齐口裂腹鱼；另一个分支重口裂腹鱼，生活在岷江、大渡河水系。雅鱼名贵，有人亦以重口裂腹鱼冒称。不过，雅鱼颅腔内有一根似剑的骨刺，当为身份的明证。民间演绎，那把"宝剑"乃女娲补天时遗落江中，被雅鱼误吞入口。

20世纪60年代，小河与大河交汇处有座小桥，桥头上有处馆子叫越香村，临河悬浮探出。称谓很雅，建筑也有意趣，砂锅雅鱼是这里最著名的菜肴。

除了近郊的周公山，城内还有座苍坪山，比高虽不过五六十米，名气却不小。当年刘文辉的国民革命军第二十四军军部，就设立在那里，彼时其兼任西康省政府主席，省政府亦设在山上。刘文辉家族显赫，他的侄子刘湘当过川军总司令，他的胞兄刘文彩曾经闻名全国，刘文辉后来还当过共和国第一任林业部部长。

刘文辉雅安的公馆位于苍坪山上的军部里，那是一座欧式风格的三层小楼，底楼的客厅以六边形呈现，六扇细长的窗户，镶嵌着那个年代鲜见的彩色玻璃，平添了几许梦幻的色彩。

刘文辉的三姨太杨蕴光是成都女子模范中学的校花，刘公馆设宴，砂锅雅鱼是道当家菜。然而更吸引人的是公馆客厅里的舞会，能够接到刘军长或是刘主席的请帖，雅安的士绅是非常荣幸的，他们盼望一睹杨蕴光的芳容，她的身上演绎着"雅女"的美丽。

不过，杨蕴光绝非仅仅美丽，颜值之外，亦善于周旋，十分有主意。民国二十二年（1933）"二刘争川"，刘文辉败北后，退到川西一隅，刘湘依然紧追不舍。刘文辉有些垂头丧气，杨蕴光独自去了成都，见到刘湘后，软中带硬，第一句话便是，到底要把你幺爸（小叔）赶到啥子地方去嘛？

刘湘自然懂得穷寇勿追的道理，打着哈哈道，幺爸腰杆不能硬，一硬就出事。我不是要搞垮他，只是想压一下他的气焰。婶婶说话了，幺爸就在雅安等起哟！

刘文辉这才稳住了，转而成为西康王。

1950 年 2 月，人民解放军六十二军进驻雅安兼西康军区，军部或曰军区接管了苍坪山。1955 年 9 月西康省撤销后，这里成为雅安军分区营区。1958 年夏日五十四军从朝鲜移师四川，一三○师师部进驻苍坪山，师长董占林住进了原来的刘公馆，我也常随着其子董朝出入其间。

最令我惊异的，还是木格窗棂里的彩色玻璃，它们和山下天主教堂里的一模一样，让人感觉到了某种神秘和遥远。董伯伯的警卫员何其宗吓唬我们说，很多年前三楼曾经吊死过一个丫鬟，这让少年的我感到了惊悚。不过，这也许就是个故事。

"三雅"之中，还是雅女最吸引眼球，青衣江哺育了她们的性情，飘洒的雨丝滋养了她们的肌肤，温润的阳光为她们白皙细腻的面庞染上了些许红润，使其宛若天仙。

初夏时节，高高大大的黄桷树上，花蕾绽放，细长秀美的黄桷兰倒垂枝丫，任意悬挂。循着花香，另一位雅女飘然而至。她叫云秀，在雅中读书，温婉腼腆，长得好美。她也是保姆婆婆的邻居。第一次相遇，一股清香飘了过来，沁人心脾。

云秀喜欢黄桷兰，或别插发辫，或拴挂胸襟，花香伴着体香，随风飘散，吸引了保姆婆婆的儿子九哥。他与云秀两情相悦，就连年少懵懂的我，似乎也感觉到了些什么，然而两人还是失之交臂。

后来我才知道，云秀的父亲三年困难时期曾经倒卖过几十斤全国通用粮票，被定为投机倒把分子交街道管制，云秀自觉低人一等；九哥尚处于羞涩的年纪，亦是张不开口。"文革"清队不久，云秀全家被遣返乡下，二人再也未能相见。

几十年过去了，云秀如今在哪里？我的脑海里还会浮现出她的身影，像一朵隽秀的黄桷兰？我说不清楚。但少年时的记忆依然那样清晰……

雅安，真是美丽！

原载 2023 年 10 月 17 日《烟台晚报》

大理忆旧

很小的时候，电影《五朵金花》就带着我领略了美丽的苍山雪、洱海月、三月街、蝴蝶泉……年龄渐长，又知道了大理曾为南诏古国的中心，那种神秘和遥远，更加令人向往。没想到十二岁那年，终于有了一番难以忘怀的亲历。几十年过去了，那些往事依然还在眼前。

行路难

1968 年 10 月，五十四军从四川移师滇西重镇大理。那时，著名的成昆铁路尚未贯通，高速公路更是闻所未闻。从内地到边陲，路途似乎十分遥远。军列又是闷罐车厢，没有铺位，两侧摆满了稻草垫子，中间仅留了条狭窄的通道，角落里是用雨布遮围的厕所，条件十分简陋。不过，我们这些孩子却非常兴奋，因为许多家庭躺在一个大车厢里，很是热闹。

我们自重庆九龙坡火车站出发，越过白沙沱大桥，经江津地区进入贵州，沿途穿遵义、贵阳、安顺。这一段，虽说山高坡陡，火车气喘吁吁，总算相对顺利。进入云南后，则险象环生。

　　经过连日的颠簸，从曲靖西行时，大家都很疲倦了。半夜里，本来轰隆隆行进的列车"咣当"一声不知怎么突然停在了隧道里。迷迷糊糊之中，我被这一晃惊了一下，接着又闷头睡了过去。没过多久，有人咳嗽了，很快像传染了一样，四处响起了此起彼伏的咳嗽声。我们几个挤在一堆的男孩儿，本来没什么大事，一听周边的动静，也故意大声"吭吭"起来。

　　这时不知谁惊恐地喊了声"煤气"，大家顿时生出恐惧。昏黄的灯光下，车厢里似乎弥漫着淡蓝色的烟雾。

　　随车的战士打开紧锁的车门，我们扒着门边探出一颗颗小脑袋，看到车头方向一片火光，心里不免有些悲凉，然而谁也不愿第一个说出害怕。就在大家的忍耐几近极限时，列车"咣当"一声又启动了，出了隧道，南国暗夜里略带清香的新鲜空气慢慢飘进车厢，大人孩子顿时欢呼雀跃起来。

　　黎明，列车终于在缓慢的爬行中来到了铁路的尽头——云南广通。走出车厢，人们披着高原的曙色，谈论起夜里历险的情景，仍然心有余悸。

　　广通是昆明西部的一个小镇，为滇缅公路的重要节点。早饭后，在兵站院子里，家属们按照"司政后"序列登上了征用的客车，很快沿滇缅公路向大理进发了。

　　滇缅公路是1937年云南省政府主席龙云在南京最高国防会议上

提议修筑的，1938年贯通。昆明为起点，经楚雄、大理、保山、潞西至畹町，云南境内近千公里。出境后与缅甸的公路相接，是抗战时期西南地区最重要的交通动脉，也是日军占领缅甸前援华物资的主要输送线。1949年后虽然进行过整修，由于地质条件恶劣和物资紧缺，路况一直不好。

时令已近初冬，高原上依然阳光灿烂，暖洋洋的，没有四川盆地的潮湿阴冷。天蓝极了，离我们很近，似乎伸手可及。远山近坡，芳草松林的气息沁人心脾。汽车沿着山路盘旋，路面很窄，转弯极多，探窗望去，悬崖峭壁让人头皮阵阵发麻。转了半天，好像也没走多远，始终在山上环绕。

我们从小生活在四川，领教过蜀道之难，滇缅公路之艰险，丝毫不亚于它。临近中午，总算到了楚雄兵站，匆匆吃了点饭，往水壶里补充了些开水，就继续赶路了。

也许是滇西高原离太阳近了两千米，午后竟然热了起来。车队在干燥的公路上行进，卷起了滚滚红尘，雾一般顺着前车的轱辘钻进了后车的门窗缝隙，车厢里弥漫着呛人的泥土味。

大家不停地喝水，仿佛只有这样，才能压住心中不断涌出的烦躁。红色的尘土附着在人们满是汗水的脸上，犹如涂了一层浓重的油彩，有点像戏曲里的关公，众人对视，不禁哑然失笑。

危险与麻烦的事情还是发生了，前车转弯会车时轮胎压在了悬崖边上，一半着地，一半悬空。我们这辆车的驾驶员赶忙一个急刹车，大家被晃了个前仰后跌。然而最糟糕的是那只没有扣牢盖子的保温桶也躺下了，水几乎全洒了。

重新上路没有多久，干渴就开始困扰我们。那时候，一家只有一个军用水壶，喝光后才从保温桶里续水。如今保温桶里的水洒了，水源一断，谁也无可奈何。云南虽说是全国水量第二的省份，佢水大都在山脚的江河之中，山上始终是缺水的地方。

望着四处的崇山峻岭，真是有点绝望的感觉。小一点的孩子开始哭闹，水壶里仅剩的那点水留给了他们。家长们则用电影《上甘岭》里那个苹果激励我们这些稍大些的孩子，这个办法似乎管用，我还真是感觉到了口舌生津。

车辆东歪西扭，继续颠簸在盘山公路上。也许是大家说到了《上甘岭》，旁边的王老师不知怎么轻声哼起了"一条大河波浪宽……"，她是政治部一位年轻干事的爱人，四川音乐学院毕业的，长得很漂亮。

我们这些十多岁的男孩子都喜欢王老师，只要她那双大眼睛一出现，大家好像都有些发呆，觉得她就像《上甘岭》中的王兰，又有点像《英雄儿女》中的王芳。歌声飘荡在车厢里，我的眼前仿佛出现了那条大河翻滚的波涛，渐渐忘记了干渴……

傍晚，阳光开始收敛它的威严，接近终点的希望支撑着人们的信心。薄暮时分，我们终于远远地看见了大理。

城楼与三塔

我们抵达大理古城时，太阳已经落山，暮霭中首先映入眼帘的是一座高高耸立的城楼，它是古城的南大门，名为承恩楼，修建于公元1382年，也就是明洪武二十三年。由于年代久远，感觉有些破

旧，唯有城门上方郭沫若先生 1959 年手书的"大理"二字，似乎还算新迹。

进入城中不久，又看见了与其遥遥相对的另一座城楼，它是古城的北大门，名为安远楼。南北城楼间略偏西南方向，还有一座钟鼓楼，本名五华楼，是南诏王的国宾馆，明初战乱被毁后重修。这三座城楼，青砖灰瓦，飞檐拱梁，透出了一种雄伟和古朴，让少年的我仿佛进入了历史的深处。

五十四军进驻大理时，"文革"已进行了两年多，大规模的破四旧基本结束。但拆除城楼之声仍很强烈。新上任的昆明军区政委谭甫仁巡视到此，也主张拆了。陪同谭政委视察时，董占林副军长在首长面前进言力保，城楼才得以保留下来。这位只读过四年私塾的儒将是京郊房山人，印象中的北京城楼让他难以忘怀，大理的城楼虽远在西南边陲，却唤起了他旧时的记忆。

董伯伯后来告诉我，军长韦统泰事后对他说，老董，咱们剟来，与谭政委也不熟，你这个人胆子大，敢讲话！董伯伯说，他的劝解委婉巧妙，是用"废物利用"的理由说服了谭政委。于是做了几幅迎"九大"的巨幅宣传画，将三座城楼上半部正反两面全部遮了起来，由军方严守，百姓不得登临。九大召开后，又换成了庆九大的内容，终于使拆除城楼之声慢慢消失了。

其实，古城原先还有东西两座城楼，1958 年修水库时拆除了，钟鼓楼最终也没有逃脱厄运，1975 年古城大道要裁弯取直，钟鼓楼恰好矗立在弯道上碍事儿。彼时董副军长早已升任恢复组建的十一军军长继续留驻大理，然而受到"九一三"事件株连正在接受审查，没有话语权。

1982 年 2 月，国务院公布大理古城为全国首批二十四座历史文化名城之一，南北城楼也按照整旧如旧的原则进行了修葺，镶嵌了"文献名邦"四个字。不过，如果当初不是董将军力排众议，历史就会在这里拐个弯。

1994 年末，我有幸重访大理，终于登上了古城楼，想起这些亲历的往事，不禁心生陈子昂那样的感慨："念天地之悠悠，独怆然而涕下。"

后来，董占林担任了兰州军区副司令员，分管作训。2012 年初春，在北京总政西直门干休所他的家中，年近九旬的董伯伯笑着告诉我，1985 年，四十七军到麻栗坡轮战，他到老山前线勘察完地形后，拐了个弯来到滇西，最后一次登临了大理城楼，他心情激动地对陪同人员说，这座城楼能够留下来，他是出过力的。

大理作为滇西重镇，历来驻有重兵。远的不说，民国初期就有滇军的一个旅。1949 年底二野太岳兵团十四军进驻，1968 年 10 月五十四军调防到此，1969 年底恢复组建十一军，军部都在大理古城。

古城方圆不到四平方公里，军部大院就占了城区的六分之一，军直机关和直属队都在这个院里，唯有军高炮营在北门外苍山脚下的崇圣寺，那里是南诏时期最著名的建筑之一，由于寺中矗立了三座古塔，习惯上亦称"三塔寺"。1944 年滇西反攻前，国民革命军第二十集团军总司令霍揆彰曾率部在三塔寺驻扎，他们最终从这里进发，从日寇手中收复了腾冲。

也许是高炮营的驻守，三塔寺"文革"期间得以完好地保存下来，但也差点发生了一件不同寻常的大事。

高炮营营长是位东北汉子，1948年锦州攻坚战前入伍，一脸络腮胡子，人称大胡子营长，文化程度不高，作战勇敢。高炮营彼时刚从越南轮战归来，战功卓著，受到了胡志明主席的嘉奖，情绪高昂。他们进行高射机枪射击预习时，总以千寻塔塔顶那个金属圆球为目标。

一日夕阳将沉之际，落日的光芒将塔顶的圆球映照得熠熠生辉，金光灿灿。大胡子营长突发奇想，准备用高射机枪把它打下来，看看究竟是纯金的还是鎏金的。纯金的就上交，鎏金的那就卖了给连队添置些锣鼓家什。

当他得意地将这个想法汇报给下连检查作训的董副军长时，受到了严厉的训斥。大胡子营长委屈得不得了，他不理解，为什么要把这些陈旧破烂的玩意儿当成好东西。

如今大理的旅游景点中，三塔寺可以说是最具特色的，碧水倒映塔影，轻风吹拂竹海，恍若神仙境地，让人流连忘返。我曾数次重返大理，三塔是必去之处。每次我都会想起这个故事，我也把它当作笑话讲给了大胡子营长的儿子，他说不记得他爹说过这件事了。是呀！历史往往就这样湮没了。

古道与浣渠

古人喜欢逐水而居，洱海恰是迷人的地方。云贵高原湖泊众多，五百里滇池闻名遐迩，洱海屈居第二。以"洱"为名，乃其"形若人耳"；将"湖"称为"海"，源自西南习俗。

洱海水面有三岛，沿岸有四洲、五湖、九曲，风光秀美，面积大概 250 平方公里，容量可以到达 25 亿立方米以上，总的径流面积接近 3000 平方公里，入湖的河道沟渠差不多有 200 条。洱海从西洱河流进漾濞江，然后又汇入澜沧江，最终注入了太平洋。从这个意义上说，"海"的称谓也不虚妄。

围绕着这片美丽的水面，历史上散布着六大"白蛮""乌蛮"部落，部落的酋长曰"诏"，因而有六诏之谓。乌蛮蒙舍诏地处南部，也称南诏。战国开始，中原地区就派兵进入过云南。唐太宗时，南诏因牵制吐蕃有功，在唐王朝支持下渐渐强大起来。唐玄宗时，南诏皮逻阁被封为云南王，他兼并了另外五诏，成立了统一洱海地区的南诏国，中心就在大理古城，那里是苍洱间的一片平坝。

云贵高原名不虚传，苍山连绵 48 公里，最高峰海拔 4122 米，不过比高却只有 2100 多米。也就是说，大理古城修在了高出大海 2000 米的地方，最初的建设就是从古城的大道开始的。

这条古道，顺着苍山洱海的山脉海势，从西南向东北纵贯，穿城之后又回转西北连接到了三塔寺，整条道路全部用 10 厘米见方的棱石铺就。这种道路，标准叫法为弹石路，欧洲保存得最好，国内已不多见，云南大概是最多的地方，古城则规模最大。不过，白族人却喜欢叫它苞谷路，意为高低不平，如同苞谷粒附着在棒子上一样，非常形象。

大理是茶马古道的重要节点，旧时马帮不断，骡马整日在苞谷路上行走，蹄钉把凸起的地方磨得十分圆滑，棱石慢慢泛出了光亮，道路如同铺了一片青黑色的鹅卵石。我曾在相当长的时间里，以为苞谷路就是条鹅卵石铺就的道路，心里很是奇怪，那么多的鹅卵石究竟是从哪里来的？那时我们刚从都市搬到边陲，山城重庆的柏油马路令人记忆犹新，看着大理凹凸不平的弹石路，心里十分不屑，哪里品味得出这里面的历史沧桑。

苞谷路东侧，有一条贯穿南北的浣渠，宽一米左右，深三尺有余；西侧街面上，东西向伸出的条条支渠，通过苞谷路下面的暗渠，与南北向的主渠相连，源源不断引入苍山的溪水；东侧街面上，条条支渠又将主渠的溪水引入条条小巷，最终流向了洱海。

苍山有十九座山峰，终年积雪，两峰之间的山谷，形成了十八条溪流，雪水和山泉相融，甘洌清凉，顺着山谷经年不息地流向东方，其中桃溪、中溪、绿玉溪从不同方向穿越了古城，淙淙的流水声萦绕耳畔，四时不断。

旧时的古城，饮水靠井，淘米洗菜则依赖浣渠，推开街门，就是溪水，每隔百八十米，浣渠都留有开口，方便人们上下。令人印象深刻的是，每个开口处，都镶嵌了图案各异的天然大理石，我经常蹲在那里，饶有兴致地仔细端详着那一幅幅美丽的画面，感觉造物主的鬼斧神工，实在有些不可思议。

夜晚人少，有时我们光着身子就跳进了浣渠，惹得白族人很不高兴。其实，我们更喜欢跳入洱海游泳，不过家里管束较严，因为洱海为典型的地堑式湖盆，岸坡陡峭，入水就没顶，大人怕我们下去后再也上不来了。虽然他们防不胜防，我们毕竟还是偷偷摸摸。白天很难过瘾，那就晚上到浣渠里嬉闹。

非常遗憾的是，如今人们已看不到苞谷路了，浣渠也面目皆非。1975年，十一军驻守大理期间，准备整修三塔寺营门附近的道路，这个想法与地方不谋而合，县里抓住机会，立即派县委办公室主任张舟去了昆明。

张舟阿姨与我们曾是邻居，后来她笑着对我说，经过多次软磨硬泡，她终于从省里争取了二十多万资金，县里又筹措了一部分。有了这个基础，县委又安排张舟阿姨与部队联络。

张舟阿姨的爱人王庆喜曾任十一军政治部副主任，她与十一军后勤部政委王凤阁也很熟，三方的资金合在了一起，很快古城大街的苞谷路就被沥青覆盖了，那时大家都不喜欢它的坑坑洼洼。覆盖时为了拓宽道路，顺便把浣渠也填埋了，捎带着还拆除了钟鼓楼。

虽然彼时古城已有自来水，然而一条浣渠穿城而过，仿佛一条内河，给古城增添了不一样的秀美，极具观赏价值，然而当时说填就填了。

旅游业兴起后，人们恍然大悟，然而木已成舟，悔之晚矣！苞谷路已无法复原，工程浩繁，成本也太大，只能退而求其次，在沥青路面上铺了一层花岗岩火烧板，然而感觉上完全不是那么回事。浣渠虽然恢复，但旁边没有苞谷路相伴，缺少了情趣。还有就是1998年重修的钟鼓楼，昔日的沧桑与厚重永远也找不回来了。

小吃与饵丝

大理的茶花闻名天下，令人称奇的是，山茶树竟然可以长到五六米高。苍谷路上、浣渠两边，白族人家院子里的绿树红花伸出墙外，使得条条小巷犹如道道茶花走廊，花香弥漫全城。最令我们这些馋嘴巴兴奋的是遍布花廊的白族风味小吃，虽然极其普通，却给我们带来了很大的乐趣。

最普遍的一种零食是酸腌菜泡萝卜，只要你有一分钱，婆婆就会从坛子里捞出一片渍好的萝卜，然后用酸腌菜叶子包裹起来，再抹上些许辣椒酱递给你，那种酸辣微甜的感觉可以浸入心肺。几十年过去了，我的口腔里似乎还残留着那种诱人的味道。

还有一种零食叫"麻子"，秸秆形似芝麻，籽粒只有绿豆一半大小，剥去外面那层薄脆的壳，沁人心脾的酥香就会散发出来。买上五分钱的麻子，如果吃得精心一点，全家人可以磕上两小时，据说有通肺润肠之功。后来听说这种东西能够提炼麻醉用品，控制就严了。

酸角也有意思，这种灌木果实外形有点像蚕豆角，不过略微扁长些，味道偏酸，要用糖腌制。云南虽然盛产甘蔗，但那时白糖也很紧俏，凭票供应，一般舍不得用，都是用糖精替代。夏日的早晨，我们取出罐头瓶，放入腌好的酸角，灌上凉开水，再把瓶子放进竹篮用绳子吊送到井里，绳子的另一头则系在井旁大树的枝丫上。傍晚时分，取出来酌饮，那种酸酸甜甜的味道十分爽口，比酸梅汤好多了，一口下肚，凉气就会从头顶窜到脚心。不过，我们往往等不及，经常偷偷把篮子拉上来，抱着瓶子先喝上一半，然后再往瓶子里补充些井水。大人发现后，我们完全是一副无辜的样子。

当然高档些的就是"乳扇"了，这种食品类似奶酪，形状似扇，是一种凝结的牛奶皮，美味无比，也是白族妇女月子中的传统补品。

食用前一般要在火上烤一下，有条件的撒上些白糖就更好了。大理的岁月里，虽然我只吃过一次乳扇，至今觉得口齿留香。

洱海里的螺蛳味道也鲜美，由于产量丰富，餐桌上根本消化不了，大多成了鸭子的美食。刚到大理时，我们是不敢吃的。那时候，血吸虫病防治宣传在南方十分普遍，电影《枯木逢春》里，苦妹子那双忧郁的大眼睛，令观众对血吸虫病印象深刻。在四川时，学校就经常组织我们这些小学生到沟渠和田埂边捡拾钉螺，砸碎后放在烈日下暴晒，说是血吸虫寄生在那里面，这种记忆让我们对螺蛳充满警惕。后来看到白族人吃得香喷喷的，禁不住诱惑，结果一尝而不可收，成了每餐不可或缺的佳肴，五分钱就可以炒一盘。

桃花盛开的时候，洱海里的弓鱼以嘴衔尾，如同"弓"一样跃出了水面，出没于溪流进入洱海的交汇处。这种鱼长不盈尺，四五两一条，鳞细刺少，肉质滑嫩，平日一般躲在洱海浅滩的鱼洞中，深藏不露，春天是上钩的最好时机。彼时上学几乎流于形式，整日里就是游泳钓鱼。竹子遍地都是，曲别针磨尖了就成了鱼钩，金贵的是鱼线。不过，五十四军几年前参加中印边界自卫反击战，团以上干部每家分了一个缴获的印军降落伞，面料大都拆成了被里，尼龙绳则堆在了那里无用，我们就把它拆解开来当了鱼线。

母亲那时在饮食服务公司当革委会主任，馆子里的大师傅教她，弓鱼佐以新鲜的蚕豆米煨炖，是最受欢迎的做法。二十多年以后，我再次来到大理时，到处询问，想要弄几条弓鱼回味一下。老乡告诉我，如今稀罕得很，他们已经十几年没有见过了。

饮食服务公司饭馆后身是一个很大的作坊，里面有一个巨大的水车，在苍山溪水的冲击下，不停地旋转。蒸熟后的稻米放入碓臼后，被水车舂成了饭泥，然后像压面条一样压切成了"饵丝"或揉成了"饵块"，这是白族人最有特色的主食。

饵丝与米线近似，只不过前者以米饭制作，后者用干米粉加工。如果用面条比喻，饵丝类似新鲜面条，米线则类似挂面。口感上饵丝有些黏糯，米线则显得顺滑。最著名的饵丝为巍山的"爬肉饵丝"，猪肘子烀到入口即化的程度，连汤带肉浇到烫热的饵丝上，一碗下肚，舒服极了。不过，不到年节，是见不到猪肘子的。饵块切片后与猪肉、蔬菜、木耳等炒食，也很有特色，有点类似宁波的水年糕。不过，白族人更喜欢将饵块用火烤软后，抹上辣椒酱边走边吃。

我们在大理的时候，正是物资极度匮乏的年代，那种条件下，吃的记忆始终令人难以忘怀。

民居与洋房

古城民居一般坐西向东，这与地处山谷坝子有关。苍山位于古城西边，自南向北延展，洱海位于古城东部，亦呈南北走向。古城坐拥其间，房屋背倚苍山，面向洱海，符合古代风水学的要求。

白族人在盖房修屋上十分讲究，不论穷富，绝不马虎。大理一带有过这样的民谣："大瓦房，空腔腔；茅草房，油香香。"前边说的是白族人，倾其所有也要建造外观漂亮的住宅；后边说的是客籍人氏，只要吃得好，哪怕住茅草房也心甘情愿，完全是两种境界。

青砖灰瓦白墙是南方民居的标配，但白族民居让我惊讶的是白墙上一定绘有水墨丹青，几株小草、几只小鸟……笔墨不多，意趣横生，让人感到素雅清新。南方多雨，四川的房屋，到处都是乱爬的苔藓和阴雨洇湿墙体后霉变的痕迹，而白族民居的外观却很洁净，这得益于云南的干燥气候。

另一个特点是房屋的内墙和院子里的照壁，到处镶嵌着天然大理石，上面的图案如同一幅幅美丽的国画。这种优势，大理得天独厚。那个时候，交通极其不便，开采下来的大理石难以外运，谁也没有料想到几十年后它们大都成了稀世珍品。白族民居木材选用也比较讲究，如今珍贵的云木、红椿、楸木、云杉，当时举目可见，屋檐、房梁、廊柱到处雕刻着吉祥图案，门窗则雕凿成了格子形状，叹为观止。

最为典型的就是大理一中了，它本为云南提督杨玉科的府第，落成不到两年时，提督大人调任他职。临行前，捐出了这处宅子和田产办学，最初为"西云书院"，光绪二十八年（1902）开始创办新学。

这处一进四院的宅子，每一围都由两层的房屋环绕，中间是一个巨大的天井，足以容纳全校近千名师生。天井西侧是个大理石砌成的戏台，后面为一大殿，是教师办公的地方。

北侧有一小门，通往"湛园"，那是一个精巧别致的庭院，里面花团锦簇，古树参天。清洌的溪水从苍山下来后，顺着浣渠流进了城里，穿街绕巷，在庭院之中汇聚成一湾潭水，别有情趣。潭水中心是处亭子，一条小径通向其间，约略可坐八九人的样子，院门一关，俨然世外桃源，据说校革委会的秘密会议常在那里召开。

20世纪30年代中期，滇军旅长刘正富驻节大理，率部筑路．深孚众望，大理百姓在苍山青碧溪畔修建了一座圣麓公园以志纪念．大理一中那位法国留学归来的女教师柳含眉，就是在那里与刘旅长熟悉的。

他们相恋不久，抗日战争爆发，刘旅长升任新组建的五十八军新十师师长，率部出滇，转战于湘鄂赣战场。话别之日，刘师长在湛园送给柳老师一件湖蓝色旗袍。后来，刘师长遇刺身亡，柳老师终身未嫁，她就像苍山顶上的望夫云一样，经常凝视着东方的洱海。"文革"初期，柳老师年近六旬，造反派污蔑她是法国特务、国民党军官姨太太。由于不堪凌辱，一次批斗会上，柳老师一头撞向了戏台上的大理石廊柱。人们灵魂震颤之际，突然发现柳老师穿的就是那件湖蓝色的旗袍，想来她早就想魂追刘师长了。

这个哀婉凄恻的故事，我是听当时的物理老师张必熙先生讲述的。这位一脸络腮胡子的年轻人，1965年刚刚从云南大学物理系毕业。来到大理不久，就目睹了这幕惨剧，看到了殷红的鲜血染红了柳老师清癯的面庞。

重访大理时，我已是一位匆匆过客，徜徉在一中的院内，很想寻觅一下旧时的足迹。当我问起柳老师时，人们都不知道了。是啊！斯人已逝，谁还记得起几十年前一位普普通通的女性呢？

后来，古城已容纳不下更多的建筑。当初外出经商发财或是做了官的人，就相中了紧靠洱海的喜洲。他们在这里重修祖宅，民国时期又形成了一个新的白族民居建筑群，比古城的建筑高大宽敞气派。1949年以后，房屋收归了军方，那个时候我们就得以将那些院落转了个遍。

在这个建筑群落里，有一座中西合璧的花园洋房，是一位法国神父的手笔。这位传教士不远万里跑到越南，不知怎么后来又相中了滇西，也许受到洱海的点化，修建教堂时，顺便盖了一座洋房，点缀在一片白族民居之中。洋房的院子里，有一处花池，是用大理石中的上品采花石砌就的。军政治部文化处干事卢德邻是位画家，他告诉我们这些孩子，这种石料，富含水墨画卷的意趣，自然构图中有明显的横米点笔触，是大理石中不可多得的瑰宝。

我们似懂非懂，然而花池中心那块天然大理石上，两只小猫栩栩如生，呼之欲出，仿佛双猫戏绣球，还是给我留下了深深的印象。洋房内那个时代极其少见的西式抽水马桶，透出的现代文明让少年的我更是惊讶不已。我不知马桶是哪里生产的，但有一点可以肯定，上面的字母不是英文，不过"1900"的字样让人感到了年代的久远。

神父洋房里的女佣是位美丽的白族少女，后来成了神父的妻子，20世纪20年代随夫去了法国。白族文化受汉族同化，但婚俗却不似汉族刻板。神父与白族少女有了个女儿后，当地的白族人并没有大惊小怪，倒是在汉人中引起了轩然大波。据说这个消息后来传到龙云耳中，这位彝族将军只是一笑了之。

岁月湮没了往事，只是那对可爱的小猫依旧。而当年嫁给神父的少女，也许是白族最早漂洋过海的人了。

……

我怀念旧时的大理，那里有太多的故事。

原载《老照片》第127辑

故乡琐记

我们老家那个村子坐落于两山之间，东边为龙山，西边是雨山，当然也就还有东山和西山的称谓。

蓬莱地势南高北低，最高峰当属艾山，海拔超过八百米，不过位于蓬莱栖霞交界处，各持一坡，以此炫耀容易惹得邻居不高兴。崮山与磁山，也是类似情况。完全境内的，巨山之外，就是龙山和雨山了。

两座山峰海拔都接近四百米，听起来似乎不高。不过相比芝罘大名鼎鼎的烟台山，龙山、雨山的高度几乎是其七八倍，就有些震撼了。还有种比较，譬如西南、西北的大山，海拔高度都有些吓人，比高却大打折扣。云南苍山的最高峰海拔四千一百二十二米，比高则要去掉一半，因为山脚平地的大理古城，海拔就差不多两千米。胶东的山脉海拔高度与比高相差无几，如此说来，龙山、雨山也可以算作巍峨壮观了。

龙山有五条岭岗，如同巨龙的五爪伸向了不同方向，许多与龙相关的传说活灵活现，不过此类民间附会四处皆然。倒是甲午陆战期间蓬莱籍抗日名将宋老帅，据说就掩身于龙山之阳，只是不知墓茔的确切之处。

雨山亦有羽山之谓，源自"羽山殛鲧"的说法，相传禹之父鲧治水九年，劳而无功，舜帝派火神祝融在羽山明正典刑。史书虽有记载，然而语焉不详。华夏羽山者众，四处都在拉扯，不过后世更倾向于海州，也就是如今连云港一带，否则雨山之谓何以取代羽山？

两山耸峙，谷底的村子愈发显得狭小，百十户人家散落匝坡，房屋层层叠叠，倒也耐看。村子名曰石门曲家，习惯上都叫曲家疃。石门易解，两山洞开之喻。奇怪的是，七八户曲姓、李姓、祝姓人家外，皆为张氏子孙，莫非曲姓乃土著耳？也有些说不通。

我在村子那两年，张家分别为"兆、有、本、方、克"五辈人，往上和往下的我不知道。等到想搞清楚时，村里人甚至还不如我明白。族谱之类的，据说特殊的那几年又烧掉了。乡村衰落，后人要想了解身世，越来越难了，不过感兴趣的人也不多。

追根溯源，都说先祖大概是明代从云南那边迁徙过来的。看不到族谱，唯一的线索，说是脚上的第二趾长于大脚趾当为佐证，不知是何道理，不过胶东很多地方都是如此说法。

村子南边里把路是谭家沟，顺着沟边大路爬到垴顶是道分水岭，两山间的溪流汇聚那里后，南北两别，南水汇入艾山脚下的黄水河，北水流经我们村子后，最终涌入了平畅河。

说不清村边那条河的名字，只听说了南河与北河的叫法，当为以村落为地理坐标的习惯称谓，并不规范。彼时河水充盈，旱季依然流水淙淙。

南河西岸低洼处，汇聚了一潭清水，村里的女人夏夜都去那里洗澡。我们这些半大小子顺着河岸苞米趟子就钻了过去，说是要去看西洋景。月光之下，远远望过去，朦朦胧胧只是白花花的一片，不过大家描述起来却是绘声绘色。姑娘媳妇也知道有人偷窥，骂起来毫不客气。乡野淳朴，只要没上炕，摸一把掐一下都无所谓。几个大老婆，没准就会在打麦场上把嘴巴讨便宜的保管的裤子扒下来，说是"盖土地庙"，还会用他蘸水笔的墨水，在其私处涂抹一番，也不当回事儿。

河水在北河东岸也凹出个大湾，深丈余，面积两三百平方米，绿汪汪的清水挤在里面，满满当当，一晃像是要淌出来。那年天旱，生产队用195型柴油机抽水浇地，水不足半湾时，许多孩子都跳进去嬉水，我在南方练就的游泳功底这时就派上了用场。我总觉得水下该有点东西，扎下去东摸西寻，没想到抱上条近两尺的大草鱼，兴奋极了。水差不多见底时，又露出了两只土鳖，村里人没有吃甲鱼的习惯，也被我拿回了家中。

那些年夏日常发洪水，1970年7月29日那天，汽车沿206国道把我们从烟台拉到蓬莱城边不久，就转入了蓬莱到栖霞寨里那条道。过了磕头崖后，卡车在回家大桥西面停了下来，往南的简易公路被洪水冲毁，无法通行，我们的那点家当被卸在了路旁。父亲与路人攀谈，恰巧他就是我们村里人，捎信后大队组织了十几辆独轮车，借着夜色帮我们把东西推了回去。

河水漫滩，一片狼藉，坑坑洼洼，难以分清道路，只觉得一溜上坡。虽然残月宛如蛾眉，星星闪闪烁烁，然而习惯了城市灯火的我心情晦暗，感觉前途渺茫，就像眼前的道路一样。

我们村向北至回家大桥，一拉溜三个村，石门张家外，还有响水湾吕家和李家，那两个村几乎连在一起。1971年夏季连日暴雨，河水猛涨，吕家村南的拦河水库决堤，吕家与李家沿河的房屋悉数冲毁，惨不忍睹。回家大桥北面，由于河面宽阔，周边的村子就没有大的损失。

救灾物资很快送来了，主要是盖房子的建材，钢筋水泥的檩条椽子让乡亲们感到新奇。那次大水后，响水湾水库再也没有修复。我们村东西两边也有水库，东山那座叫龙洼水库，西山那座为牛栏沟水库，从未出过险情，为灌溉提供了不少便利，看来选址的确重要。

平原地带，出工一般都说下地，俺村不管干什么，都说是上山。彼时集体劳作，天刚蒙蒙亮，三个生产队队长就站在不同的高处吆喝起来，声音在山谷里回响，嘹远悠长，譬如"二队的，上山喽……"

然而，也有不大用上山的，这是乡间的另一道风景。某次听作家卢万成侃大山，他说农村的故事，几乎都在匠人身上。我一想，还真是这个理儿。走村串户，见识自然要多些，孤身之旅，往往又耐不住寂寞。三十年前，读周大新的小说《银饰》，小银匠和老银匠的故事难以忘怀。

我们村没有铁匠，也无木匠，只有公社驻地龙山店才有铁匠铺，方圆十里八村也没听说过木匠，有活要花钱去远方雇人，还得好酒好菜伺候。

那时木匠要拉大锯，圆木破成板材方能做成门窗，檩条椽子还得用锛，都是出大力的营生。破开的木头要晾上一年半载，否则做什么都会变形。那年刘沟公社有个木匠带着徒弟在我们村拉大锯，小木匠看上了东家的闺女，眉来眼去挺开心。没承想那姑娘早已许了婆家，小木匠转过年再来干活时，知道心上人已经出嫁，蔫头耷脑了好几天。

村里倒是有些砌墙垒砖的，不过各村的汉子几乎都会点这种手艺，故而大家都出不了村，也就能在家门口垒个地堰什么的，算不得真正的瓦匠，叫得硬的是那些掌尺的。

彼时农村修房盖屋，石头是主要材料，除了门窗两旁可能有几个砖垛子，墙都是石头堆砌起来的。村里有位掌尺的，上山干完活后，一天三趟肩上扛块石头往家捎，哪块石头被他盯上了，早晚会出现在他家宅基地里。石头攒多了堆不开，收工后他就砌上一截墙，一截一截就垒高了，连窗框门框也是自己弄，最后找几个人帮忙上梁履瓦安门窗，就算大功告成了。

房子盖好了，屋里的顶子总得遮挡一下。我们那一带有个裱匠，他用胡黍杆，也就是高粱秸子在屋顶扎上框架，糊上一层白纸打底，再糊上有图案的彩纸，屋子里顿时光鲜起来。肯多出钱的，还会剪裁两条粗细不一的黑色蜡光纸条，顺着顶棚转圈一贴，层次感立马就出来了。顶棚四角，还要分别贴上只蝙蝠，不明就里的人，以为仅仅是取"蝠"之谐音表达祈"福"之意，其实那里掏了几个洞，借蝙蝠之身隐藏遮掩，一般人根本看不出来。屋里漏风时，风气借着暗洞回转，顶棚就不会"咕嘎咕嘎"作响，甚为绝妙。

裱匠干活仰面朝天，空中的姿势很是别扭，材料工具运作十分麻烦。然而他干活利索，纸张贴得规整，看不出一丝缝隙，整个棚顶像是一张纸糊出来的，也不像有的人浆糊抹得到处都是，手艺有点像老舍先生的名篇《我这一辈子》中的福海。

新房子要糊顶，旧房子住久了也要再糊一遍。灶间之外，三间屋一般要糊两天，几十个村子就这么个裱匠，自然忙得不可开交。只要每天交队上一块钱，换回整劳力工分，就可以分粮分草。他家日子滋润，他也很会做人，都说他家炕头上常有队长、会计什么的，小酒一喝，皆大欢喜。

我的印象中，裱匠留了个偏分头，很白净，他的手艺活都在屋里，不见日头，是那种捂出来的阴白。他四处转悠着糊顶棚，十天半月也回不了趟家。

老爷们要上山干活，给他打下手的都是老娘们。他很会讨女人喜欢，糊顶子外，常常顺手帮人家糊个纸缸。其实我们那里的女人几乎人人会糊纸缸、纸笸箩之类的，但是有人相帮，而且他糊得确实周正些，女人都很高兴。后来听说他被人揍得鼻青眼肿，不用猜就明白怎么回事儿，其实乡间这类故事挺多。

少年的记忆中，最难忘的还是拾草，然而复收也给我留下了深深的记忆。彼时乡间倒是脱离了严重的饥馑状态，汤汤水水地吃，口粮差不多能维持下去。公粮是有征购指标的，数据算到了骨头里，不敢马虎，然后是留足种子，最后才能分配口粮。

麦收时节，拔完或割完麦子后，队里会让放麦假的半大孩子捡拾一遍，掉下的麦穗都在明面，轮不到各家各户。秋季的地瓜、花生刨了后，埋在地底下的就可以复收了，谁有本事谁弄，收获归己，聊补无米之炊。

开山的头天夜里，大家摩拳擦掌，第二天蒙蒙亮就上山了。复收花生拐个篓子，拿把三齿小抓钩足矣；复收地瓜得用三齿镢头，一般人需要个大篓子，能干的得背个扁筐。有个同伴半上午就能弄一篓子花生，让人羡慕不已。他悄悄说道，俺爹刨花生时做了记号，有的地方故意刨得不干净，我恍然大悟。那时候，要想给外地亲友寄两斤花生米，全靠这点收成。

其实胶东盛产花生，我们那一带都叫长果，不过社员几乎捞不着吃，差不多全部出口换汇了。带壳的挑出一遍后，剩下的剥米子，然后大小分开，选出所谓的一等米和二等米，破皮的或者瘪的则用来榨油。

油坊是大队的，每个小队抽三四个人，集中一起用碾子榨油，完全靠力气把油挤出来，效率低，出油率也低。十来个人在油坊里一待三四个月，全身衣服油渍麻花的。沉浸后的第一遍油还是捞不着，要交给公社粮管所，第二遍的才能分给各家，每人也就四五斤，全年得省着用，当然最后还会分点花生饼和黑乎乎的油底子。花生饼也不是如今这样用来喂猪或是施肥，有时候焅菜舍不得用油，掰一块在碗里也能有点油腥气。

地瓜分下来后，挑出没怎么破皮的放入旱井贮存后，剩下的家家户户开始推粉团，也就是做淀粉。地瓜磨碎后包在纱布里，放在水中不停搓揉，淀粉就渗出来了，沉淀后倒水晾干就做好了。孩子们也帮着忙乎，乐此不疲。那几日，村里四处流淌的水都是白颜色的。淀粉的用处十分美妙，十印大锅里，只要勾上芡，一个鸡蛋，满锅都会飘起蛋花。

彼时领袖号召"大养其猪"，猪草、麸子、泔水等饲料一凑，各家各户每年都能养大一头猪，不过宰杀得送到公社供销社采购站，最多能卖给养殖户几斤肉，也就是香香嘴而已。

人们极度缺乏油水，总会绞尽脑汁弄点好吃的。二队有头耕牛干不动了，队上想杀了分肉，虽然有些残忍，乡亲们也是无奈。然而耕牛等大牲畜属于生产资料，没有公社批准随意宰杀是要抓人的。后来不知谁出了个主意，把牛从崖上推到沟底，摔成半死后报告公社，这才杀了。

我看到摔伤后的老牛躺在沟里痛苦地淌着眼泪哀嚎，心里难过极了。牛杀了后队上给每户先分了点肉，骨头和下水在马号的大锅熬好后，又分了点杂碎汤，然后每家留下个男劳力，很快就把剩下那点骨头啃光了。

我们那里城市回乡的叫"外头来的"，村里有好几户这样的人家。有户从上海回来的，在河东龙山那侧盖了栋房子，不像大家都住在河西雨山这边，显得有些"各色"。

那家主人是部队某被服厂的头头，行政十七级。1968年知青上山下乡时，他的四个孩子两个在列，他想把他们弄到崇明岛，好歹离上海近些，然而没有那个本事，只能去北大荒。恰好他到了退休年龄，老婆又是家庭妇女，反正孩子要去农村，一气之下，索性带着全家回到了村里。

他的老大叫英子，是个姑娘，说不出多么好看，但是面孔白皙，又是从都市回来的，自然有几分洋气，我那时虽小，也喜欢多看她几眼。年纪仿佛的自然想入非非，然而姑娘心气高，几个媒婆都吃了闭门羹。

落实知青政策后，英子去了南王公社农村信用社，依然没有离开乡下，一辈子再也没回过上海。他的大弟弟接班顶替安排在了老爹原来的单位，然而学业荒废，身无长技，酗酒而亡。他们的弟弟、妹妹没有知青身份，一直待在乡下，很多年后见到时，与老农别无二致，让我想起了鲁迅先生关于闰土的描写。

有户从大连回来的人家也很曲折。我的辈分高，那家主人年纪老大我也叫三哥，三年困难时期动员家属还乡，三哥经不住劝，把全家带回来了。其实村里还有户在大连的，情况差不多，人家不听那一套，也就不用走了。每当三嫂说起这事儿，总是不停地抹眼泪。

三哥的长子留在了东北，后来在辽阳公安部门当了个小头头，1971年秋天返乡探亲，说是可以带个人出去工作，老二、老三都想走。三哥两难，只得抓阄，结果老二走了，老三大哭了一场。我回村时常看见老三，说起往事，他说那都是命。命数我说不准，但是环境的确改变人。

彼时村里大队书记也是外头来的，本为某部炮连连长，驻地高密。"支左"期间全军统一按一正三副配备班子，这项工作结束后，多出来的人无处消化，一些连排级基层干部就复员回了原籍。我那时年纪虽小，毕竟在军营里待过十多年，一看他的做派，就觉得像军人。1975年左右落实政策，县里安排他去了供销社，离休后又回到了村里，日子过得惬意舒坦。

不过，村里另外两位20世纪50年代回来的连排级干部就差多了，二人皆残废军人，本家兄弟，一个子弹打瞎了只眼，一个炮弹炸断了条腿，都是四野的兵，除了残废金，也没有其他照顾。瞎眼的那位叫张本宽，冬天总戴着顶东北部队带帽檐的那种皮帽子，两只帽耳朵上的毛脏兮兮的，看不出本色。别人挖苦，他说那是熊瞎子毛，本来就是黑的。

村里的返乡知青张平是从青岛回来的，个子细长，有空就在村小旁的篮球场晃荡，那里紧邻泥场，土崖有好几人高，村里人脱坯、拌粪都在此取土。那日傍晚收工后，张平刚摸起篮球，泥场轰的一声塌了一片，两个挖泥的乡亲被埋在了下面。张平第一个冲了过去，扒拉出来后，全都咽了气。那几日，篮球场再也听不见张平的声音了。

那时候知青点的本地知青安排工作容易些，回乡的则要往后排，张平后来去了县里的水泥厂，就在我们公社的宋庄，还是没有离开老家这片土地。

我在张平家炕上，看到过一本褐色封皮的《收获》，1957年第4期，其中艾明之的小说《浮沉》深深吸引了我，改编后的电影叫《护士日记》，男主角乃扮演过《南征北战》中师政委的汤化达，女主角为王丹凤，里面的插曲至今记忆犹新："小燕子，穿花衣，年年春天来这里……"

原载 2023 年 12 月 28 日《烟台晚报》

苹果园往事

20 世纪 70 年代初，有几部朝鲜电影在国内陆续上映，很多人都被《卖花姑娘》的悲情打动。其实，另一部影片《摘苹果的时候》，亦给人留下深刻印象。

《新中国译制片史：1949—1966》记载：《湖北省电影发行放映编年纪事》描述，1971 年 10 月《摘苹果的时候》在武汉上映时，竟然出现了一股"苹果热"……彼时国内推崇铁姑娘形象，宣传画上大都为面膛黑红、膀大腰圆的类型。那部影片中，朝鲜功勋演员郑英姬饰演的贞玉，青春靓丽，语态娇柔，令人耳目一新，笑眯眯的酒窝掳走了许多青年男子的心。

我就是那个年代回到故乡的，然而电影到了县城，已是第二年夏天，一票难求。我们走了几十里山路来到蓬莱城里，左等右等，好不容易从别人手里买到了晚场的票，看完时已过夜半。

回返的路上，繁星点点，夏日的晨风拂面，大家意犹未尽，沉浸在想象的意境之中，干渴的心田似乎得到了一丝抚慰。路过枯头苹果园时，有人感叹，都是摘苹果的，怎么咱就遇不到那样的大闺女？别人打趣，就你那个熊样，别想好事儿了，老老实实在家拉锄钩子吧！

这话说得我也有点悲凉，自己虽然只有十五六岁，朦朦胧胧中已经感觉到了青春的触碰，前途渺茫，说不定这辈子只能窝在山沟里了，心想要是能在果园队待着，也比种庄稼强。

我们那个村叫石门曲家，两山夹峙，东为龙山，西为雨山，满坡都是苹果喜欢的沙土地，山间渗出的汩汩清泉，甘洌清甜，日夜滋润着田野，村里的苹果在蓬莱一带响当当的。虽然如今栖霞苹果誉声九州，其实胶东半岛的苹果，品质皆为一流。当初宣教士从家乡美洲大陆把苹果引进烟台，相中的就是这片区域的土壤气候。

小时候在四川，吃得最多的水果是橘子和柚子，几乎见不到苹果。大人出差，偶尔带回几个，稀罕得不得了。回到故乡后，看到苹果挂满枝头，满心欢喜，然而供销社统购统销，差不多都收走了，一年还是吃不到几个。

印象深刻的是，每隔个把星期，家家户户一大早就有人挑着陶制的尿罐子，把积攒的尿液挑到果园喂树。工分之外，果园每年也就能分点剪下来的苹果枝给各家各户当烧柴，当然还有几个落果。果子不太熟的时候，果园没人看。放学的路上，我们往往会偷着摘几个生不拉几的青涩果子过过嘴瘾，果园的人看见了也无所谓，最多呵斥几声。

姑姑一直待在乡间，每年深秋都会想办法弄上两个又大又红的

苹果，放在碟子里摆在矮柜上，如同在神龛前上供一般。我嘴巳馋，问摆在那里干什么？姑姑说就是好看。彼时神龛类的东西属于迷信，特殊的那几年都烧掉了。后来我才明白，姑姑心中肯定有尊神龛，观音菩萨也好，祖宗牌位也罢，经常会在她的脑海里浮现。

姑姑嫁在本村，刚回村时我常借住她家。有天晚上实在忍不住了，我摸到她的屋里，把摆放的苹果偷吃了一个。第二天姑姑说，昨天晚上菩萨来咱家了，唊了个苹果。姑姑的几个孩子面面相觑，我有些脸红。姑姑笑着说，本来就是给神仙吃的，人家自己来拿了，省咱的事儿了。

我在蓬莱小门家高中读书时，学校有学工学农的课程，学工主要是拆解组装 195 型柴油机，学校有两台，都是莱阳动力机械厂的产品，一台用作晚自习发电，一台用于教学。此外就是学习驾驶 12 马力拖拉机了，围着操场转圈。

学农的内容就多了，学校有不少土地，除了小麦，地瓜苞米花生大白菜都种。不过，也学习果树修剪等技术，主要就是苹果。教我们的老师叫张大升，高高瘦瘦的，北沟公社人氏，似乎是莱阳农校毕业的。

苹果下树不久，张老师带我们到学校旁边的陡山大队果园现场教学，我至今记得什么"里芽外蹬""双芽外蹬""老虎咧嘴""老虎龇牙"等修剪方法。剪枝可以提高坐果率，同时还能疏通枝条，减轻腐烂病的发生。

苹果树也得一年到头忙活，头年冬天就要用刮子把枝干上如同皮肤溃疡般的烂皮刮掉，然后再涂抹上药水。这种病也叫串皮湿，主要危害盛果期果树的枝干，导致枯萎直至整株死亡。开春施完肥后，夏季就要打药防虫了，主要为 1605 和波尔多液。1605 高毒、高残留、高污染，如今早已禁用；波尔多液为硫酸铜、生石灰配比而成。苹果在我国的栽培史不过百余年，如今有人说过去的苹果不打药，我的亲历中，至少五十年前就已经开始使用农药了。

1973 年秋假开学后，为了感谢陡山大队果园的支持，学校组织我们帮人家摘苹果。秋收的农忙假大概从 9 月中旬开始，四周左右，围绕秋分前后刨苞米、种小麦展开，一时耽搁不得，花生地瓜收获则没有那么紧张。秋假结束，差不多就是摘苹果的时候了。

就在一年前的夏末，报刊转载了毛主席在解放军某部报告上的批示："锦州那个地方出苹果，辽西战役的时候，正是秋天，老百姓家里很多苹果，我们战士一个都不去拿。我看到了那个消息很感动。在这个问题上，战士们自觉地认为：不吃是很高尚的，而吃了是很卑鄙的，因为这是人民的苹果……"

后来得知，这段话的内容，领袖早在 1956 年八届二中全会上就说过。这么重要的指示，当然要贯彻执行，我们去果园前，教导主任兼政治课老师赵丕旭就此专门给我们上了两节课。

如此庄严隆重，同学们当然也很自觉，嘴巴想吃，也都忍着。乡亲们热情，一个劲儿劝我们吃，我们真的和解放军一样，硬是一个苹果也没吃。其实乡间习俗，收获时倒是可以吃的，只要不往家拿就是了。

苹果叶子铺满果园的时候，我接到了一封信，信封落款"内详"。

拆开一看，写信的人与我们村有点关联。她是南王公社大丁家村人，父亲当兵后转业在呼和浩特，始终想调回家乡，先把她送到了我们村他舅舅家暂住，这些是我后来听说的。

我们素无来往，连一句话也没说过。她比我小两三岁，大大的眼睛，由于是大城市回来的，显得洋气些，村里人夸她长得和《英雄儿女》里的王芳一样。信中说她已经去了蓬莱城里的一中读书，一切都好，问我情况如何。

我有些发蒙，不过隐隐约约也能读懂信中的意思，我不知说什么好，没有回信。不久第二封信来了，说我已经把友谊的红线头抛给了你，约我星期六回村在苹果园见一面。十六七岁的年纪，这种事儿怎能不动心？

我骑车走了几十里，傍晚去了苹果园，没想到她比我去得还早。天气已凉，她却没穿外套，只穿了件红毛衣，大概是为了好看。

苹果叶子厚厚的，非常松软，我们坐在地上，背倚着苹果树。她身上散发出一种好闻的味道。她说毕业后还要回呼和浩特，问我愿不愿一起去。我说就是想去也说了不算，户口迁不了。她说我还会给你写信，我说那我也给你写。

我再也没接到她的来信，也就不敢给她写信，从此失去了联系，以为她返回内蒙古了。许多年后，当初的班主任告诉我，那时侯学生很少有接到信件的，他们发现有人连续给我寄信，就拆开了，一连扣了三封，然后寄给了一中的教导处。

鱼传尺素，驿寄梅花，本来是件美好的事情，如此戛然而止，夫复何言？

　　我虽然到了乡下，由于户口随着母亲，还是非农业人口，这也是当初母亲无论别人如何威逼，坚决不肯退职的原因之一。高中毕业后，我插队去了龙山店公社正晌大队。

　　知青点共十七人，都分在果园队，其实我们是去分一杯羹的。熟悉后人家说，你们没来是这些活，多了你们还是这些活，但是工分毛了，这是从俺们嘴里抢食吃，说得我们无地自容。

　　知青点的村子，条件大都相对好些。彼时各村工分分值没有可比性，有的村每天满分十二分，早上两分，上下午各五分；有的村连早上全天只有十分，我们那个村就是如此，十分大概七八毛钱。

　　果园队活路轻快些，不过三夏、三秋要去生产队帮忙。彼时伏苹果是秋花皮，稍晚些红香蕉、青香蕉和金帅就下来了，最后是大国光和小国光。

　　我在高中学过苹果树的种植管理，活路不陌生，理论上还比有些果农会说。最打怵的是夏季挑水打药，不管什么药，都要用水稀释，挑水是最累的活。村里都是山地，苹果树层层叠叠顺着山坡往上爬，水却在沟底，一担水大多五六十斤，我们用的那种带收口的大塑料桶却有七八十斤，走起山路来汗流浃背。更要命的是，大裤衩子走不多远就拧成了一股绳，勒得胯裆生疼，只能光着腚挑，打药的妇女老远望见纷纷避开了目光。

　　大家强烈要求打井，然而县里的机井队要价太高，果园队只能自己上马，费了九牛二虎之力，终于打出了一口井。队长刘明亮说，要不是你们知青吵吵，这口井打不成；没有你们这些劳力，这口井也打不成。

我们终于有了成就感，后来看郑义的小说《老井》，感触就更深了。不过，胶东比雁北条件还是好了许多，虽然也遭罪，毕竟不似那般痛苦。那部中篇改成电影后，张艺谋扮演了男主角儿孙旺泉，既非摄影，亦非导演。

井打好不久，有次筲掉进了井里，由于井壁较深，怎么也捞不上来。我自恃水性不错，一个"冰棍"跳了进去，虽然捞到了筲，却把大伙儿吓得够呛，挨了队长一顿呲。

伏苹果下来时，其他的也七八成熟了，不看就有人偷了。队长把看园子的活交给了知青，两人一晚上。我的同宿舍叫张维明，1978年夏天考入了山工机械系，我们俩一拨守夜。

苹果下完要选果分等，小国光个头小，只要没有磕碰，80口（指直径80毫米）就算一级，若是着色好，就是特级，价钱还是一样，不过供销社奖售化肥。那时候，能够买到尿素、碳酸氢铵，得有天大的本事。

为了避免霜冻，队里在空地挖了个大坑，铺上沙层后放上苹果，然后盖上了厚厚的叶子。我们想，苹果进坑后，弄点出来也发现不了，监守自盗，每人弄了筐扛回了宿舍。

我们宿舍与农家房屋别无二致，只是没有炕，洋槐枝子当床腿，铺板为棉槐条子编的篦笆，床下放筐苹果不成问题。我俩在里间，怕惊动别人，下半夜才动手，一人进屋先打开窗户，里应外合。那时有得是力气，很轻松就把两筐苹果放到了床底下。苹果筐没有衬底，苹果也未包裹，满满当当，一筐足有七十斤，美美地吃了一冬。

离开果园后，与苹果的渊源还是断不了。那年想给南方的亲属寄筐苹果，没想到费尽周折。我用自行车捆绑着那筐六十斤重的苹果，晃晃悠悠去了如今的环海路，火车站货场零担收取点就在那里的空军转运站隔壁。轮到我时，人家说太晚了今天不收了，让明天再来。第二天又跑了一趟，好不容易寄了出去，然而差不多半个月后才收到，一路颠簸，几乎坏了五分之一。

那些年有关联的单位之间，经常利用各自的地理方便，交流些土特产，算是给职工搞点福利。譬如我们劳动技校，每年冬天都会去临沂拉大米卖给教职员工，每人四十斤，不收粮票。

彼时我是校办副主任，有一次去济南给省劳动技校送苹果，有几户是要送到家的，这是礼数，没想到闹出了笑话。那时没有手机，头筐上楼后，寻思不要太打搅，等另一筐扛上去再敲门。两筐都扛上六楼后，一敲门人家搬家了，只得又扛了下来，累得气喘吁吁。

后来红富士苹果就出现了，表弟问小国光树刨不刨，我说，红富士价格高，你那些小国光还能挺得住？他没全听我的，留了十来棵，没想到反倒成了稀罕。有些人说还是小国光口感好，其实那是怀旧。

很快套袋技术又出现了，不论枝头朝向，个个红彤彤的，煞是可爱；看久了又觉得假得离谱，像是蜡光纸包裹起来的一样，不套袋的又开始受到追捧，真乃此一时彼一时也！

原载 2024 年 1 月 11 日《烟台晚报》

揉进白面里的年味儿

记得周有光先生说过，中国的传统节日，人文性质的不多，端午之外，大都与天文现象有关。不过，升斗小民是很难掰扯清楚这些的。

自农耕时代，收获贫乏，人们连最起码的口腹之欲都难以满足，只能压抑旺盛的生理需求，崇尚节俭。不过，隔三岔五若是不找个借口吃点好的，就感觉没有盼头，节庆当然是最好的理由。

只要有点说辞，就会冒出个节日来。二十四节气在民间解读里，许多都变成了节庆，融进了不少与"吃"相关的内容，甚至喧宾夺主，天文学的本意反而淡化了。至于"二月二龙抬头""七月七鹊桥会"等许多名堂，就更是数不胜数了。

过节打牙祭，理所应当。虽然需要破费，却可心安理得，与会不会过日子无关。其实也是掩耳盗铃，聊以自慰而已，东西就那么多，总量摆在那里，今天多吃，明天就得少吃。有些人家日子过得紧巴，就是这样也难以应对，遇到过节就打怵。

几十年前，北方农民的口粮中，小麦的比例很低，公粮以外，一个人分到手的麦子也就几十斤，去掉麸子，全年不过三四十斤白面。这么金贵的东西，只能留待节日享用。平日里，家家户户都是苞米面、地瓜干……

乡下的老娘们也是聪明，为了弥补不足，也为了调剂口味儿，她们在豇豆面、胡黍面、地瓜面或是玉米面中掺和上少许白面，揉在一起后，缺少面筋的杂粮粉也能凑合着擀皮切面了。

农活很累的时候，虽不到节日，女人往往也会擀上少量面条，撂在一大锅汤里，捞出碗干的给出力的男人后，其他人碗里也就只有数得过来的几根了。不过，那碗面汤依然可以香香嘴，孩子们还是吃得津津有味。许多人非常怀念那段岁月里母亲做的烂面汤，除了味蕾的因素，就有些"珍珠翡翠白玉汤"的意思了，实乃酸楚之事。

新麦子下来那几天，是人们热切盼望的日子。麦子粉碎箩好后，可以敞开肚皮吃顿馒头，胶东地域一般称作"卷子"，这样的时刻如同某些国家或民族的丰收庆典。此等享受，一年只有两次，下一次就要等到过年了。

元宵汤圆，端午粽子，中秋月饼，南北皆然。其他的节日，北方地区也就是包子、饺子或者面条了。没有旧时经历的人说，若按如此标准，我们现在几乎天天都在过年。这话儿说得也没错，昔日年节的饮食就是这种档次，套用当下时髦的话语，就是贫穷限制了我们的想象力。

当然，无论如何，过年还是隆重了许多，一年之始，马虎不得。

此时亦是农闲，时间相对充裕，尤其是北方，天寒地冻，也做不了什么，年味儿折腾得就比南方浓一些。

胶东半岛一进腊月，似乎就来到了年口。小年开始就更忙乎了，炸花鱼、炸丸子、炸面鱼，打年糕、蒸饽饽、包饺子……

渤海湾的"劳子鱼"或曰"劳板鱼"，学名"鳐鱼"，舟山一带称之为"花鱼"。奇怪的是，鳐鱼干水发后连着骨头裹上白面酥炸，我们这里也说成了"花鱼"。是年节之故要用美称，抑或历史演变中的遗存，不得而知。

花鱼属荤菜，丸子是素的，青头萝卜擦成丝后水焯，佐以葱姜调好味道，再用白面搅和成团油炸，亦是美味。说来说去，这两道硬菜，离不开的还是白面。

鳎目鱼学名"半滑舌鳎"，广东人称之为龙利鱼，形状扁长，肉质细嫩，品质上乘。由于获取不易，人们只得在遐想中，用醒发的白面仿制，油炸后美其名曰"炸面鱼"，这是过年最受欢迎的主食。外地人说，那不和油条差不多嘛，无非形状不一样而已。其实不然，它们的用料的确没有太大差异，只是油条最好选用高筋面粉，面鱼恰恰相反。工艺上也有些区别，面团揉搓过程中，面鱼不但要加入花生油，而且需要二次醒发，油条则没有这两道工序。口感上，油条酥脆，面鱼柔软，更富有弹性。不过老烟台人，也就是芝罘的原住民，却把面鱼叫成了"草鞋底"，外观倒是挺像，与食物联系在一起，就不太舒服了。哪像人家岭南，明明是鸡爪子，却说成了"凤爪"。

面鱼好吃，然而花生油金贵，主打的还是饽饽。它与馒头的最大区别，在于多了道"饧干粉"工序，也就是面团发酵后，要掺上总量五分之一左右的干面粉，耐着性子反复地揉，越久越好，很消耗体力。春节前属于农闲，饧干粉的活大都是小伙子完成的。馒头咬起来虽然松软，却没有嚼头。饽饽吃起来就完全不一样了，撕一绺扔进嘴里，特别劲道，旧时济南府的名吃"高庄馒头"，就是这种感觉。

饽饽出屉后，花鱼和萝卜丝丸子也炸好了，全家人围坐在一起，大快朵颐，生活的滋味儿就显现出来了。不过，饱餐一顿后，其余的要放在院子里的缸中冻上，留待正月里待客。

蒸饽饽时，还要顺带做些巧果，面团塞进木质模具里按紧后，倒扣出来，千姿百态的动物形象就呈现在了眼前，煞是可爱，此乃乡间孩子过年时最喜爱的零食。

除夕，自然就是饺子了。传说这是东汉张仲景发明的药用方式，演变为食品后，有很多叫法。到了清代，形成了大年三十晚上包饺子，子夜时分享用的习俗，取"更岁交子"之意。不过，胶东一带亦称"箍扎"，面皮放上馅儿后用力一捏，就箍扎在一起了。

辞岁的夜晚，有些会过的女人，给一大家子箍扎好白面饺子后，自己的那几个，还是要掺上点地瓜面或是胡黍面，甚至整年也不"割舍"吃顿纯白面食物。男人不落忍，也只有叹气的份，谁叫自己没能耐呢？其实，那个时候，你就是只钻天的鹞子，也没有办法。

饺子之外，要弄几个菜喝杯酒。除了花鱼、丸子，白菜粉条里或许还会有点豆腐甚或猪肉，这就很不一样了。彼时领袖号召"大养其猪"，几乎家家户户圈里都供奉了天蓬元帅，这个不算所谓的资本主义"尾巴"。不过屠宰时要送到公社供销社采购站，不能随意宰

杀。采购站牌价收购后，可以少留点肉给你，但要扣钱。猪头、猪蹄、杂碎、板油最为紧俏，能够买到这些稀罕之物的，起码是个吃公家粮的。

第二天就是新的一年了，一大早还是饺子。勤快的女人打个盹后，现包现煮，图个新鲜；不太讲究的人家，头天晚上剩下的熥一熥，也就对付过去了。这顿饭，反倒不如除夕夜里正式。

早饭后就是拜年，五服之内的本家、村里的长者，都要走一圈，然后就是东家进，西家出。那时大家都穷，长辈也掏不出压岁钱，彼此都不给，这个习俗自然就免了。

天近晌午，就在平日走得近的人家中坐下了。也不用太忙乎，地瓜干酒端上来，还是那几个菜，当然会加上碟油炸花生米；殷实些的人家，或许还会有碗“冻”，那是猪蹄或猪皮与鸡一起熬制的。喝得差不多时，饽饽切成片熥好上桌，然后约好下一顿去谁家，这顿饭差不多就结束了。

我的故乡蓬莱地界，初一在村里拜完年后，初二要上姥娘家，初三则要去丈人家，然后就是舅家、姨家了……孩子们都巴望“出门”，乐此不疲。待在家里，面鱼、饽饽就没有了，饼子、地瓜这些老一套又开始当家。出门大小都是客，都得上桌伺候，为了这顿饽饽……孩子们宁愿跑几十里山路。虽然转回家后又是饥肠辘辘，起码中午过了嘴瘾。

出门不能空手，这是礼道。胳膊上挎的篓子里，还是白面制品：饽饽、面鱼、巧果。好一点的要加包桃酥，依然是面粉做的，只是高级了不少，六毛钱、六两粮票一斤，半斤十片，封成一长溜，两溜捆成一包。回礼也是这类东西，大同小异。

桃酥轻易不能启封，要在亲戚间倒来倒去，一直到包装纸完全被油浸透，甚至放到变质还是舍不得吃，令人唏嘘。有人好奇，曾在送出的桃酥上做了记号，过了几天，当初送出去的又转了回来。有人打赌，十分钟内不喝水，若是一气吃完半斤，那就加送半斤；若是输了，就要倒贴半斤。刚开始劲头十足，最后一两块时就咽不下去了，几乎无人能赢。

吃商品粮的城里人，白面的比例虽然多了些，苞米面、地瓜干等粗粮依然不少，比乡下也好不到哪里去。

我的记忆里，年节就是期望有好东西吃。然而那些好吃的，几乎都离不开白面，感觉整个节日都被揉在了一大堆面团之中。

改革开放后，日子迅速改善。1985年麦收时节，我回了趟老家，表弟炫耀地说，如今日子好多了，"卷子"管够，愿哪么"啖"就哪么"啖"。胶东方言习惯以文言词"啖"表达进食之意，读音上则由"dàn"演变成了"dǎi"，外地人听起来觉得有趣。

那个时候，北方地区商品粮的供应，几经调整，还有30%粗粮。农村先行一步，一时好过城里。1987年我评上讲师，中级知识分子优待之一，就是全部供应细粮。1992年10月1日，粮票才正式退出历史舞台。

民国时期，面粉以序号排列，分为四等。1949年后则是三个等级，"富强粉"为高筋面粉，杂质少，也称"70粉"，一百斤麦子只出七十斤面粉，类似现在的麦芯粉；"建设粉"则为"85粉"，"生产粉"为"90粉"。

统购统销政策实施后，城市居民供应的大都为"生产粉"，军供则有"建设粉"。普通人家就是过年，也吃不到特供的"富强粉"。乡下标准更低，麦子大都磨成了"92粉"，舍不得箩那么细。

然而，似乎一夜之间，白面的金贵地位开始弱化，替代食物眼花缭乱，全面粉开始流行。麦子磨后不过箩，麸子要留在面里。这倒不是口味儿的异化，而是保健的追求。

过年时馇馇、饺子虽然还是主食，已经名不副实。琳琅满目的海鲜、畜肉及蛋禽，渐渐改变了人们昔日的饮食习惯。

有人说，现在的年味儿淡了。穿新衣、吃好饭成了平常之事后，自然就缺少了新奇感。旧时整日里企盼的春节，不过是增加了"春晚"，还有就是把春联变成了印刷体，拜年改成了发微信。

从另一个角度理解，是我们已经习惯了好日子。天天过节有什么不好？非得像过去那样，巴望着过年时才能满足一下自己那点可怜的心愿，那种日子有什么好？

有段时间，我也不太喜欢过年。衣食之忧没有了，就觉得春节过于喧闹，想躲个清静。母亲说，那是你累了。不知从什么时候开始，我又喜欢上过年了。母亲笑道，那是你上了年纪。是啊！眨眼之间，竟然进入耳顺之年，时光真的有如白驹过隙。

其实随着年龄的增长，人们差不多都有这种感觉，朋友的女儿问，我怎么现在一点也不喜欢过年？我以母亲当初对我说过的话应答，那是你长大啦！她似乎有些不解。她当然难以理解，代际相承，老辈儿的经历，只有盛年之后，方才能够体悟到那里面的深邃含义。

很多年前，听过阎维文那首《中国的年》，心中有些感动，其实是喜欢里面的几句歌词："……奶奶的皱纹里，蕴藏着年的故事；妈妈的笑容里，饱含着年的祝愿；……爷爷的酒壶里，盛满着年的喜悦；爸爸的目光里，诉说着年的变迁……"

上了年纪怀旧，其实反倒是想图个新鲜。昔日已经不复存在，将现在的物质条件，放进旧时的环境里度量，是不真实的幻觉。

青砖灰瓦的老宅，院子里是拧成辫儿的苞米棒子和大蒜，墙上的干辣椒在漫天鹅毛大雪的映衬下愈发红艳……窗外天寒地冻，屋内暖意融融，一家人围坐在炕桌旁，地瓜干酒烫得热乎乎的，夹个葱姜味儿十足的白菜猪肉馅儿饺子，还要蘸上口蒜泥儿，掰一块饽饽扔到嘴里，嚼得腮帮子都累得慌……

不过，这只是脑海中的一幅图景罢了。人们真正眷恋的，无非还是一家老小凑在一起的那种感觉。就像一堆白面，揉成面团儿后，就难以分开了。

原载 2023 年 1 月 13 日《烟台晚报》

拾草那些事

深秋的夜晚，冷霜打落了满树枯叶。翌日清晨，我有事起了个大早，机关院子里几乎无人，满地的黄叶灿烂耀眼，没给其他色彩留下一点空间，让人感到恍惚迷离。

办公楼大门外，惯于起早的秘书长伫立凝思，似乎也被这片美景吸引住了，我有些文人气地问，您看这像不像东北深秋的白桦林？

秘书长不苟言笑，不过经常会蹦出些冷笑话。他没接这个话茬，而是一本正经地说，你出去看看，外面有没有拾草的。

我"噗哧"一下乐了，没想到他居然也开起了玩笑。然而就是这句话，一下触动了我深埋心底的往事。

1970年夏末，"文革"中的清队基本结束，我们随父亲从城市回到乡下老家。彼时我还不满十四周岁，生活一下子发生了急遽的变化，艰辛得让人喘不过气来。

村子在山沟里，却缺少柴烧。虽然满山都是黑松，秋天梳理树枝还会刷下许多枝丫，然而这些柴火要送到县城卖钱，舍不得分给社员。有些不一样的是，我们村的柴火不是砍下来的，而是用那种砍刀般厚实的镰刀割下来的，小孩胳膊粗细的枝丫，一镰就割断了。若是不割，黑松就不往高处拔，也长不粗壮。

割柴火的都是精壮汉子，割下来的枝丫先用胡黍杆儿，也就是高粱秸子捆成个扔在山上，待到松针发黄时，再用两头带尖的硬木棒，一边插上两个挑下山，然后一头驴驮上四个柴火捆，由女人赶着送到城里。那种硬木棒类似旧时码头工人用的杠棒，行走时没有扁担那种颤巍巍的感觉。挑柴火的人显得孔武有力，阳刚气十足。

柴火捞不着烧，庄稼秸秆也金贵，苞米秸子和地瓜蔓子要留给牲口当饲料；胡黍秸秆，粗的要留做裱糊屋顶的龙骨，细的要穿箅子；能烧的只有麦秸，然而一大垛也就能应付三两个月，做饭主要靠烧"草"。

夏秋割青草，深秋直到开春都是搂枯草，蓬莱话习惯将"搂"说成"划拉"，如同刮地皮般，只要能烧，都不嫌乎。

割草与搂草蓬莱一带皆称拾草，多为半大孩子的营生，每日天不亮就得起身，拾完草才能吃早饭；下午放学后，还得上山再拾一趟才吃晚饭，星期天整日都在拾草，始终在劳碌中。彼时我读初中，正是拾草的年龄，然而半坡起步，刚开始自然比别的孩子遭罪。

割草几乎每天磨镰，一开始我怎么也磨不快，磨着磨着刀锋就偏了；竹箅用久了得用手掰住在煤油灯上烤，以恢复弯曲度，我不是烤煳了就是烤不到位。

拾草干活，还有个问题就是饥困，饭口时似乎饱了，上山不久又是饥肠辘辘。苞米饼子和地瓜倒是管够，然而"瓜渍"，也就是咸菜疙瘩以外，只有大葱蘸酱，当然冬季还有大白菜和青头萝卜，这些东西都缺少油水，不垫饥。我吃惯了大米饭，很长时间吃不习惯苞米饼子。饿急眼了，就去生产队的果园偷东西，半生不熟的果子摘下来就吃，有时还去扒生地瓜，也顾不得泥土，边啃皮边往肚子里咽。

行家里手上山，会先割下把草握住，以此为依托，如同拿着叉子般抵住要割的草，右手的镰刀"嗖嗖嗖"忙活七八下，一搂就是一小堆。这般武艺需要点功夫，我玩不顺溜，只会割一把放一把，别人讥笑不说，下山时人家得意扬扬一大背，我却垂头丧气一小捆。

棉槐梗是不错的燃料，这种复生植物学名紫穗槐，每年割一茬，条子用来编筐编篓，割完后会留下差不多一拃高的细桩，两排间也就尺许，趟子很窄，梗叶就落在那里面，我的竹筢常常被桩子别得难以施展，人家却游刃有余。梗叶划拉成堆后，要刷掉碎石子，我刷不好，筐里混杂了不少，下山时经常压得龇牙咧嘴。

苦草有木质感觉，像缩小版的凤尾竹，由于抗烧，几乎被人们割光了。有一天我在山洼深处的酥石硼边上，好不容易发现了一小片，那种青葱的感觉，让我仿佛回到了南方。恍惚间，别人过来几下就把它割完了，弄得我后悔了好半天。

棘子就更抗烧了，不过刺多，割起来麻烦，也不容易捆绑。不过，红红的棘子果，也就是酸枣点缀在一片绿意中，非常诱人。有一次，我捏住棵大棘子，摘下果子吃完后，右手猛地一用力，然而镰刀"秃噜"了，棘子没割断，左手拇指关节处却割开个很深的口子，伤及骨头，鲜血喷涌而出，好半天也止不住，留下了永久的疤痕。

洋相出尽，然而熟能生巧，慢慢地就琢磨出些道道，也有过露脸的时候。彼时家家户户都为燃料犯愁，满世界划拉，不肯放弃任何机会。山上光秃秃的，拾草挺不容易，记不得在什么书中看过，藏民们用牛粪干、马粪干生火。我怕人笑话，悄悄捡回些扔进灶膛，风匣一拉，火焰中冒出了蓝光，真的好烧。

夏秋时节，我们上山都带着竹镊子和小瓶子，说不定哪块石头底下就会有蝎子，每斤两块钱，"搂草打兔子"，运气好时捉上几十只，差不多就能卖上块把钱。

有一阵子，供销社大量收购山胡椒，这种草紧贴地皮，得蹲下身子薅，挺累人的，手上的印迹也很难洗掉，关键是晒干后比普通烧草只多两分钱，没人愿干。供销社说国家要拿它提炼航空煤油，把指标派给了联中，不薅还不行呢！

苹果下树后，落叶满园，果木栏子会开放几天，树叶弄回家也可以应付一阵。岁尾的时候，果园队还会分点剪下的枝条，我们就别提多高兴了。

深秋时，松针洒落树下，这种"草"火硬，燃烧时在灶膛里"哔哔啵啵"作响，火苗红中泛蓝，上蹿下跳很好看。松树底下自然被我们划拉得干干净净，像一根根捡拾过一样。俺村的黑松并不粗壮，林子也不茂密。村里人说，1958年大炼钢铁时山都砍秃了，这是后来发出来的，只有十来年光景。

初冬时节，松枝在风中摇曳，松果咧开嘴巴后，称谓变成了"松果娄"。胶东方言保留了不少文言词汇，"娄"意为"空"，加上这个尾巴后，表意更加准确，语言也变得灵动了。松鼠在枝头审来审去，轻松地从松果娄中掏食松子，非常惬意。滚落地下的松子，则成了我们的腹中之物。不过，伙伴们最惦记的还是松果娄，学校冬天生炉子取暖用它引火，每人须交十斤。松果娄不压称，弄够了挺费事，有时望着高处树枝上够不着的松果娄，我真想变成一只灵巧的松鼠。

松鼠不多见，我却在棉槐趟子里捉到过一只刺猬，伙伴们要把它裹上黄泥烧来吃了，我却无论如何舍不得。圈了两天后，怕其遭逢厄运，又悄悄送回山上放了，我实在无法与它闪烁的眼睛对视。

平日里，我们大多在村东距离近些的龙山拾草；不上学时，则会到西边的雨山偷草，那里是封山区，路途虽远，草多草厚。

冬日的一个周末，有人相约第二天起大早上雨山。我有点纳闷，起那么早，上山也看不见，没法拾草啊！伙伴说，不去拉倒，有好事。

第二天凌晨，我们向雨山走去，还没出村，前面就不动了，原来大家要去小龙家"听房"。小龙结婚好几天了，怎么才想起听房？同伴解释，前几日是大人的事儿，他们听够了，就该我们了。

那晚是下弦月，只有镰刀那么一钩，村子黑乎乎的。我们来到小龙家北面，他家后院围墙顶端与外边道路崖包几乎齐平，大家蹲在那里，悄没声地等候。蹲了很久，腿都酸麻了，还是没有动静。眼见失去了耐心，正待起身时，屋内传来了女人的声音，我想尿尿。

我们抑制住激动，不约而同地屏住了呼吸。小龙朦朦胧胧地回答，下炕尿呗！媳妇儿赖叽叽地说，怪冷的，你把尿罐子给俺拿上来嘛！小龙嘟囔了声真硌硬人，还是顺从了女人，接着就听到尿液滋到尿罐子上的动静……

那声音挠得伙伴们心里痒痒的，不知谁抓起一把沙土猛地扬到了窗户纸上，大家随之"嗷"地怪叫一声就跑了。彼时我们正处于荷尔蒙亢奋期，似乎从那一天开始，突然间就有了心思。看山的追赶我们，谁也没有东躲西藏，早早就被撵下了山。

"立冬"那日，封山区开山了，苦干一日可顶平常十天半月，半夜里伙伴几个就爬了起来，早早赶到山上占地儿。天刚蒙蒙亮，勉强能看到景物，大家就动手了，集体操作，众人平分，有人拿镰，有人用笆，有人收堆。你占的地方别人也能来，我们仗着人多，谩骂、起哄，想方设法要把别人撵走。

日上三竿，我们狼吞虎咽地吃了点干粮，趴在泉眼上喝了口水，接着又忙活起来。太阳当顶时，封山区几乎扫荡一空，我们就着瓜渍啃完苞米饼子后，开始回返。平日每次只能背个草捆子回家，这一天得背好几大背，家中那些比我们小的孩子，午饭后都赶到山上来帮着看堆。

最后那趟，太阳已经落山，我实在没有力气了，勉强走到半路，再也背不动了。一个看堆的孩子给我一个他啃过几口的小苹果，另外几位同伴采取"倒"的方式，轮流帮我把草背回了家。

开山之后，我大病了一场，躺了几天没下炕。姑姑给我擀了碗面条，还卧了个荷包蛋，那种味道至今刺激着我的味蕾。彼时乡下不到年节是吃不上白面的，鸡蛋则要留下卖给供销社，换点咸盐灯油等杂物，轻易也舍不得吃。

母亲那时发配在几十里外另一个公社供销社下面的代销点，非常偏僻，两个月才能回来一次，那次回来恰好看到我病成那样，一个劲儿埋怨父亲。

父亲却说，小孩子磨炼一下好！

其实，不磨炼又能怎样？我和父亲平常各自洗衣服，寒冬天气，父亲下河洗衣服，逼着我一起去。他是老军人，当了三十年兵，虽然成了农民，还是当兵的那一套。

砸开冰层后，我的手很快冻僵了，父亲还在坚持。我气得不干了，跑回家后舀上一大锅水烧了起来。心想草是我拾回来的，水也是我挑回来的，凭什么不让我用热水洗衣服。父亲回来后，一句话也没说。

天气太冷，门窗四处透风，唯一暖和点的地方就是火炕。大人的炕早晚两头可以烧一下，孩子的炕也就中午烘一烘。母亲让我到父亲的炕上睡觉，我心里抱怨，宁可挨冻，也不愿凑过去。

父亲下地干活，做饭是我的事儿。尽管手冻得像烂地瓜，不做饭就没吃的。别人家做饭一人锅里，一人锅外。我只有一个人，烀饼子时，手上黏糊糊地粘着苞米面，灶膛却没火了，赶紧抓把草续进去，扑落扑落后继续团饼子，有些草屑就这样团在了饼子里。

我在乡下待了几年，由于母亲勉强保留住了公职，我还是非农业户口。高中一毕业，我就被打发去了知青点，反正都是农村，倒也习惯了。

1975年开春，村里派我外出学习沼气技术，这让我很兴奋，因为拾草的记忆太深了，早就想有替代之物。我背起铺盖卷，走了几十里山路，到南王公社枣林店待了差不多一个星期，认认真真学习了这门正在推广的新技术。

回来后，我兴奋地向大队书记汇报，满心期待安排任务。没想到他却说，公社叫去咱不能不去，去了就得了，哪里会有说的那么好？听兔子叫还不用种豆呢，净瞎耽误工夫！兜头一盆凉水，我体会到了理想和现实的差距，还得烧草。

回到城里后，虽然有了蜂窝煤，还是不行。整日上班，炉子封得稍微不好，晚上就得重新引燃，加上冬季取暖，炕炉每日傍晚都得生火，最大的困难还是缺"草"。

枯枝败叶以外，破烂家具、废旧包装箱木板，只要能引燃炉子，四处划拉，什么办法都用了。虽然聊胜于无，依然是个难题，当然最终还是找到条不错的途径。码头堆放的圆木，机械装卸时磕碰剐蹭下来不少树皮，那是生火的好材料，不过得认识港务局的人，否则买不到。然而人托人终归有办法，只要能装满辆三轮车，一年的引柴足矣！

后来条件一天天好起来，液化气、管道煤气，还有各种做饭的电器，步步升级，真的就不用烧草了。很快农村也不烧草了，各种山草似乎一夜间冒了出来，漫山遍野，四处都是，没人待见。

我却好像有了魔怔，一看到哪里草多，不由自主就想去拾，如同一种心结，始终被捆绑着……

原载 2023 年 10 月 24 日《烟台晚报》

鸡蛋和鸡的故事

很多年前，《南方周末》有篇文章《1969：孵小鸡的好时光》，言及物资匮乏年代养鸡的故事，读来让人感慨，我也产生了留下一段文字的冲动。

1959 年初，母亲带着两岁多的我从天津来到四川，与刚刚从朝鲜归来不久的父亲在重庆团聚。彼时已进入三年困难时期，物资供应渐趋紧张。不过，军人服务社初时尚好。

某日，母亲在服务社买了半斤切成块的卤肉，就去忙别的了。那股异香吸引着我，不知怎么我三弄两弄打开了纸包，抓起肉就往嘴里填。母亲后来回忆，那包肉几乎被我吃了一半，一下子伤着了。从此我几乎不碰猪肉，鸡蛋就成了最重要的蛋白质来源。

不久，我们搬到乐山专区夹江县。大妹妹出生时，父亲尚在西藏平叛，县里照顾了三斤鸡蛋。坏了三个，母亲吃了三个，其余的都让我吃了，说我那时体质弱。后来政策允许推出了高价鸡蛋，一元一个。以父母之收入，倒也买得起。母亲却怕人说三道四，不为所动。

后来县人委组织机关干部"生产自救"，每日下班后干一阵农活，翌日补贴个半两的小馒头，母亲舍不得吃，也留给了我。有次临睡前，她倒了杯开水，用筷子蘸了点酱油，搅了搅方才喝下去。后来我问为何如此，母亲苦笑道，肚子饿，没有东西吃，白开水太寡淡，这样喝有点味道。很多年后谈及这些往事，虽然时过境迁，依然伤感。

搬到川北巴中后，保姆婆婆在天井里养了只鸡，由于四处便溺，后来拴在了柱子旁。失去自由的小母鸡，常常无助地望着我。我看着可怜，有时会偷点大米，给囚禁之中的它打打牙祭。

寂寞和孤独中，母鸡伴随着我温和的目光渐渐长大，然而下的蛋总是碎的。保姆婆婆怀疑是我之顽皮所致，我大呼冤枉。父亲的警卫员一语中的，咳！鸡蛋下在石板上，还能不碎？

1962年10月，父亲再次入藏，参加了著名的中印边界自卫反击战东线瓦弄作战。临别时提回一篮鸡蛋，摸着我的头问，这次够了吧？

后来西藏军区司令员、开国中将张国华之女张小康结合史料，在采访了大量参战官兵基础上，撰写的"反击战百问之五"提及，瓦弄之役震撼了印度朝野，"步兵第三九〇团在阎平团长、张子高政委的指挥下，最先打响战斗……抵达中印边界传统习惯线"。

那个政委就是我的父亲，那次战役有较多牺牲，他的指挥位置距攻击交火处不足百米。对于战争的残酷性，他早有思想准备，那篮鸡蛋的寓意，很久以后我才体会出来。

从巴中搬到雅安，情况开始好转。那段时光，每天我都能吃上个鸡蛋。然而好景不长，很快就得凭票了。刚开始每月都有，后来什么时候供应，就要听凭通知了。到了云南大理，供应更加紧张，品尝一次非常喜欢的蛋炒饭，就成了一种奢望。好不容易有了一碗，我总是小心翼翼地吞咽，生怕它消失得太快了。

那个时期，军人服务社还供应过蛋粉，据说是快过期的援越物资，内部处理，不限量，可以用水调和后炒着吃。大人多在朝鲜时吃过，说是发渣，兴趣不大，聊胜于无，我却吃得津津有味。

"文革"清队后期，我们回到老家蓬莱，虽然还保留了非农业户口，然而供应关系落在公社驻地，实际已成为乡下人，鸡蛋彼时只供应到县城，吃鸡蛋就更难了。农村虽然家家户户都养了几只鸡，下的蛋却舍不得吃，要攒着到供销社换点食盐和火油，所谓零花钱要从鸡腚眼里抠。

彼时母亲被打发到了几十里外的另一个公社供销社，我在村里陪着父亲，家中做饭的烧草，全靠我上学前后上山划拉。1972 年初冬，封山区开山，为了"抢"草，我累得大病一场，好几天没能下炕。姑姑给我擀了碗面条，还卧了个荷包蛋，令我感念至今。

村里偶遇红白喜事，待客的面卤里也有鸡蛋。做饭的人手艺真是叫绝，水烧开后先勾芡，然后勺子顺着一个方向在锅里搅，接着压住灶膛里的火，逆势把蛋汤拉出一道线倒入锅里，在水流的旋转冲击下，满锅顿时漂浮起蛋花，其实十印大锅里也就个把鸡蛋。

当工人后，由于单身职工是集体户口，供应关系在食堂，鸡蛋类的紧俏食材，往往被司务长、伙食会计自己买回家了，还是难得享

用。不过，我们那座工厂，隔壁就是烟台地区肉类联合加工厂，没成为大名鼎鼎的"喜旺"前，也收储鸡蛋，磕碰碎了的蛋汤会卖给内部职工。我们厂是生产自行车的，电镀、烤漆等工种适宜干私活，不合格的钢管还可以焊床焊椅子，工友们依靠着这些优势，换回了不少蛋汤，还真是解了馋。

恢复高考后我上了师专，1980年那个冬天异常寒冷，那时宿舍没有取暖设施，居住北屋的同学很多冻感冒了，我与上铺的同学干脆挤在下铺上，所有的被子都摞在了身上。

有位让我心仪的女同学发烧，想吃荷包蛋。情急之中，我跑到旁边的世回尧公社供销社饭店想办法，账台不肯通融，我找到大师傅磨叽，说就顶买了份炒鸡蛋不行吗？你还不用费工夫。他一想也是，左挑右拣，选了四个最小的鸡蛋递给我，收了八毛钱。我心里骂他太黑，不过转念又想，人家毕竟帮我解决了难题，也该感谢！

回到学校后，我捡了一堆干树枝，在数学楼北面的墙角处把铝饭盒架在几块破砖头上，好歹煮熟了荷包蛋，弄得手和脸一片黑花，感动得那位同学眼泪稀里哗啦的，不过她最终还是没有嫁给我。多年后我对她讲起鸡生蛋、蛋孵鸡，循环往复，越滚越大的财富美梦，她却让我思考是先有鸡还是先有蛋的哲学命题。

毕业后自由市场开始活跃，鸡蛋论"把"卖，十个一把，以大小定价。一位女同事邀我同去市场买鸡蛋，途中询问讲价诀窍，她秘而不宣。结果挑选时她连比划带咋呼，就往袖筒里藏了一个，平均价格立马拉下来了。我想如法炮制，却又做贼心虚，玩不转这活儿。

20世纪80年代中期，副食品多了起来，口粮不像过去那样吃紧，粮票慢慢有了结余。放开手脚后的农民，四处奔波又需要粮票，两下一拍即合，粮票换鸡蛋大行其道。有位朋友攒了一百多斤粮票想换些鸡蛋，别人告诉她，临近国庆，现在不合适，过完节再换就是了，她觉得有理。没想到就在这年，也就是1992年10月1日起，施行了近四十年的粮票，一夜间成了废纸，她后悔不迭。我安慰道，粮食敞开供应是大好事儿啊，你不就是少吃了几个鸡蛋嘛，今后有得是！

这个时候，炒盘鸡蛋就是再普通不过的事儿了。我不吃猪肉，却非常喜欢吃葱炒蛋，这盘菜也做得地道。有人撇撇嘴说，这比西红柿炒鸡蛋容易。我与其细究，发现他还真不明白，他炒鸡蛋，是把葱花搅在蛋汤里炒，炒好后大葱有水唧唧的感觉；我是先炒葱，炒出葱香后，再把蛋汤扣上去，味道就大不一样了。他回去如法炮制，佩服不已。

鸡蛋不犯愁后，很快人们觉得，圈养后的蛋鸡，下的蛋味道差，更害怕饲料中添加了激素和抗生素。有人花大价钱请农村亲戚养鸡下蛋，不过也是悖论。如同一个经典段子，说是农民种菜分两种，打药的拿来卖，没打药的自己吃。甚至还奚落道，城里人真抗药，打了那么多剧毒农药，什么虫子吃了都活不了，就是药不死他们。这是同一个道理，还是要看大环境。

后来大连韩伟集团搞出了"咯咯哒"，没过几天，超市里的鸡蛋几乎都装在盒子里了，品牌五花八门，统统号称土鸡蛋。问题是有鸡才有蛋，这么大的产量，哪来那么多的散养鸡？

日本的"伊势卵"瞅准机会，顺势进入中国，在广东河源建立了生产基地，冷链运输，便宜的一枚差不多也要两元。日本企业信誉度高，条件允许的人相信了这个品牌。

然而，有人又担心起鸡蛋的胆固醇问题，一些毫无医学背景的人，四处传播道听途说的碎片化知识，使得很多热衷"养生"又无基本科学素养的人，居然畏之如虎。胆固醇学界确有争议，然而鸡蛋营养全面却是共识。

我还是愿意相信张文宏医生，每天必吃鸡蛋。

中国的饮食文化中，鸡乃是比鸡蛋更为贵重的食材。孟浩然的《过故人庄》中有这样两句："故人具鸡黍，邀我至田家。"《后汉书》里也讲了个故事，山阳人范式在京城太学读书时结识汝南人张劭，相交甚笃，分别前表示两年后要去张家看望。张劭回家言及此事，父亲笑道：两年后的事儿还有准？没想到范式如期而至，张家欣喜异常，杀鸡焖饭，盛情款待，"鸡黍之交"遂成友情深厚的象征。

还是以"鸡"为题，俗语"杀鸡问客"却讥讽了虚情假意之人。客人光临，主人问道，杀只鸡吃吧？客人推辞，何必破费？主人顺水推舟，赚了个空口人情。其实反过来想，倒也怪不得主人。物资匮乏年代，要了面子，日子就会受影响，如之奈何？

我的记忆中，关乎鸡之印象也有不少。

1968年深秋，五十四军调防云南，离开重庆头几天，赋闲在家的父亲让我去大坪买只老母鸡炖汤。来到市场后，看到公鸡赤红的鸡冠和鲜亮的羽毛时，我把叮嘱忘到了脑后。黄焖后觉得公鸡的味道更诱人，没等开饭就忍不住抓着吃，结果把菜盆打翻了。郁闷中的父亲并未责怪，母亲捡起来冲洗回锅后，虽然打了折扣，依然好吃。

插队当知青时，杂粮倒是够吃，只是肚子里极度缺少油水，总感觉饥肠辘辘，偷鸡摸狗的勾当没有少干。然而看到失窃农妇伤心的样子，心中实在有愧，那时我们已经懂得农家日子的艰辛，母鸡生蛋，是可以解决不少问题的，很快就收手了。

我当教师时，每年9月10日是我们那所学校新生报到的时间，1984年恰逢中秋节，发录取通知书时忽略了这个问题，弄得家长抱怨，教师也发牢骚。若是推迟一天，大家都可以在家过个团圆节，皆大欢喜。

接新生这种活儿跑不了年轻教师，那年我在烟台汽车站值守。傍晚快撤摊时，去了趟西大街罗锅桥市场，两只脏兮兮的小公鸡缩在那里无人问津。摊贩说，早起来市场时，自行车在一条几乎干涸的河沟倒地，他和鸡一起弄得满身泥污，也没水冲洗，现在就剩下最脏的这两只了。我抓住摊贩急于回家过节的心理，一番讨价还价，一元一只成交。

那段时间每隔个把月，也就是薪水下来时，我会趁午休骑车去罗锅桥拎只鸡回来，只需"飞鹰"牌剃须刀片，就可解决宰杀问题。然后用投拖把的镀锌铁桶，到学校水房接半桶开水，不到半个小时就秃噜干净了，晚上回家一炖，那日子让人感到了滋味……

然而，日子也不是瞬间就好起来的，直到工业化养鸡方式兴起后，紧缺的市场供应方才缓解。不过人们很快挑剔起来，觉得还是散养的跑山鸡口感好。然而，哪来的那么多跑山鸡呢？

有段时间，内蒙古赤峰搞出个"绿鸟鸡"，广告十分诱人：饿了吃青草，馋了吃蚂蚱，渴了喝泉水。禁不起诱惑，我也买了一只，结果骨头轻轻一掰就断，完全不是那么回事，很快在我们这里销声匿迹了。

馆子里号称跑山鸡的，一吃往往露馅。我问老板，真是跑山鸡？他苦笑着回答，半跑山吧！其实也怨不得我们，没有几百块钱，哪里能吃上只跑山鸡？然而食客往往又不肯多出银子，要求还那么高，我们只能是挂羊头卖狗肉喽！

他说的也不全对，只要品质好，价格高点还是有人要的。有些养鸡的回过味儿来，开始下功夫。著名的德州扒鸡也有了"枣林地的"和"柳林地的"之分，价格差了不少，然而肉质就是不一样。栖霞山区的芦花大公鸡，毛鸡每斤五六十元，还不好买，怎么做都好吃。

后来有了不少出差下馆子的机会，慢慢知道了上海的白斩鸡、广东的盐焗鸡、海南的文昌鸡、湖南的东安仔鸡、重庆的口水鸡，还有符离集烧鸡……曾经对着菜谱照葫芦画瓢，始终不得要领，觉得还是清炖、黄焖、辣炒来得实在。

那年春天，我对乡下的姑姑说吃不到真正的土鸡。没想到姑姑竟为我养了几只满地跑的公鸡。深秋的时候，我回了趟老家，姑姑用砂锅一炖，鸡汤浓浓的味道很快就弥漫开来了。

我轻轻地吮吸着那扑鼻的香气，思绪一下子回到了昔日的岁月，心中不禁涌出了浓浓的亲情。

原载 2023 年 11 月 9 日《烟台晚报》

联中记忆

著名作家王鼎钧先生在回忆录《关山夺路》中，曾经提及烟台联合中学，那是由志孚、国华、崇正、崇德、益文、中正六所学校部分师生组成的，其中的"志孚中学"乃烟台一中的前身。"联中"之谓，大概最早见之于此。

战乱年代，许多学校合并重组并不稀奇，譬如抗战时期国立北京大学、清华大学以及私立南开大学组成的西南联合大学就颇为著名，在极其艰苦的条件下，西南联大依然培养出了众多名满天下的学者，令后世景仰。

虽然无法与上述著名学校同日而语，几十年前我的一段联中经历，也留下了深深的印记。

年近九旬的蓬莱一中老教师周德惠先生回忆，1962年夏天他从山东师范学院政史系毕业后，分配到了福山一中。由于眷恋家乡，一直想回蓬莱，熬了九年，方才如愿。县城的一中大家都想往里钻，岗位有限，自己又是外来户，只得去了于庄公社高中。他说，"文革"前蓬莱只有两所完全中学，一中之外，就是位于大辛店公社驻地的二中了，郭沫若先生还为其题写了校名。

蓬莱二中教师王一军说，该校是20世纪50年代初建立的，当时只有初中部。1958年11月蓬莱、黄县、长岛三县合为新的蓬莱县，黄县一中变为蓬莱二中，原先的蓬莱二中只得改称蓬莱三中，不过增加了高中部，校长马玉敏还出席了1960年夏天在北京召开的全国文教群英会，返回后动员老师与学生寻找有影响力的人为学校题写校名。

王一军找到学生陈路泉，他的舅舅王廷芳为郭沫若的秘书。王廷芳提出家乡的要求后，郭老让他提供学校的详细情况，然后题写了"山东省蓬莱第三中学"九个字，落款郭沫若题，时为1961年岁尾，马玉敏早已调任蓬莱县委宣传部部长。

1962年1月1日，蓬莱三中新的校牌尚未制作完成，黄县又从蓬莱析出，重新单独置县，大辛店的蓬莱三中又改回蓬莱二中。正在制作的校牌把郭老的"三"字去掉了一横，后来蓬莱一中如法炮制，直接去掉了两横。

那时候学校有限，各地生源不等，允许跨县域招生。周德惠先生初中毕业后，报考了莱阳一中高中部。他的老家在徐家集，去莱阳读书比去蓬莱城远了不少。当时蓬莱的中学也不止一中、二中，譬如龙山店公社驻地就有一所，不过那些都是初级中学。

周先生辛亥年（1971）春节后去于庄高中任教时，接手的是第二级学生，他回忆当时第三级刚好入校。他推算说，于庄高中当为1969年初设立的。他的记忆很准确，那年全县各公社都设立了高中。

1968 年 12 月 15 日，根据山东省革命委员会和烟台地区革命委员会相关指示，蓬莱全县除一中改为工农子弟学校外，其余学校一律下放，而且公办小学教师全部下放原籍生产大队，既当社员，又当教师，同社员一样挣工分，工资及国家工作人员的待遇全部取消，子女亦转为农村户口，三十二名非蓬莱籍小学教师也在县境内农村落户。

1969 年全县形成了"大跃进"式的办学高潮，公社办高中，大队办小学，相邻片区几个大队联合办一处初中，所谓联中。全县二十三个公社共有小学四百六十多所，联中二百二十四所。不久部分联中还开办了高中班，师资经费由相关生产大队自行解决，十七处联中成为戴帽高中。学生也改为春季入学，初高中学制皆为两年，小学五年，直至 1974 年方改为秋季入学。

急遽膨胀的规模，使得校舍、师资、教学仪器都出现紧张，小学绝大多数为复式班，两个年级甚至三个年级在一个教室由同一位老师授课。1975 年我在龙山店公社正响大队小学当民办教师时依然如此，我教的就是复式班，一年级和四年级共处一堂，全部课程由我一人讲授。

联中条件好些，不过师资依然大打折扣，小学公办教师升格后成了骨干。"老三届"，也就是 1966、1967、1968 年毕业的高初中生毕业离校时间皆为 1968 年，正赶上学校扩大的节点，几乎都搜罗进了学校教书。高中毕业的大多去了公社高中，初中毕业生则分布在各个联中，皆为民办教师。

蓬莱如此，烟台地区其他县市亦然，甚或整个山东省也是大同小异，持续了十多年。恢复高考后，随着教育资源的不断整合，联中从 1980 年开始逐步退出历史舞台。

联中虽为联办，真正的管理权却在公社和县里的文教组，具体说了算的则是公社的文教助理。彼时全国推广"北京六厂二校"军宣队入驻经验，后来衍生出了工宣队进校，农村则为贫宣队进校，所谓贫下中农管理学校。不过，联中涉及的地域不大，乡里乡亲，宗族势力往往成为主导，贫宣队影响有限，更多乃象征性的。

联办更重要的意义在于，各村在人财物上要有相应的支出。譬如民办教师都是从联办各村挑选的，按整劳力记工分，酬劳均由各村自行负担。学校场地及菜地由驻地村提供，相邻的村子就得从自己辖属范围调整地块补偿，诸如此类。

1970 年 7 月 29 日，我回到故乡蓬莱县龙山店公社石门曲家村时尚不满十四周岁。回乡之前，我曾在云南大理一中和二中分别读过一段初中，那里的校园都很美丽。

大理一中本为云南提督杨玉科的府第，调任前他捐出了宅子办学，最初为"西云书院"，光绪二十八年（1902）创办新学。学校一进四院，每围都由两层木质楼房环绕，花团锦簇，古树参天，苍山的溪流顺着浣渠钻入庭院，汇聚成一湾潭水，别有情趣。大理二中所在地亦不寻常，民国时期大理闻人在紧邻洱海的喜洲，修筑了一片中西合璧的白族民居建筑群，规模宏大，学校就位于其间。

新的学校为石门张家联中，周边八个村联办，自南向北依次为谭家沟、石门曲家和张家、响水湾吕家和李家，以及东面的孙家沟、井湾子高家和周家。只有三排平房，没有院子，北面两排是六个教室，南面那排是教师办公室、宿舍及伙房，条件天壤之别，很长时间都难

以适应。

初期课本也很特别，署名山东省中小学教材编写组。政治课教材为毛选，语文教材是人物通讯集，战争年代的董存瑞、刘胡兰、黄继光、邱少云，和平时期的向秀丽、雷锋、王杰、欧阳海，以及新涌现的刘英俊、蔡永祥、门合、年四旺等，包括济南军区的盛习友、王士栋。数学以外，物理、化学混编为"工业基础知识"和"农业基础知识"。

教师住校，礼拜六放学后方能回家，礼拜天不能耽误晚上统一备课。校长吕圣浩，四十左右，皆称"大号"。学校不大，他管得具体，自然就有喋喋不休之嫌，这个绰号谐音语义都包含了，有点水平。其实吕校长挺厚道，他的面庞在我脑海十分清晰，若是健在，米寿之上矣！

语文教师李恩广前额宽阔，目光炯炯有神，仿佛饱读诗书。某次他拿了张《大众日报》，读了篇大概他认为有些美感的文章，问同学们什么体裁。我那时候刚刚知晓散文的概念，觉得应该差不多，就说了出来，李老师立刻刮目相看。

彼时每年十一、元旦，《人民日报》《解放军报》《红旗》杂志都会发表两报一刊社论。1971年初，李老师给我们出了个作文题：乘着元旦社论的东风胜利前进。如此内容对于我们这些不太够格的初中生过于高深，只得东拼西凑抄报纸，但是顺溜起来不是每个人都能做到的。我的文章里写了句"元旦社论是毛主席革命路线的体现"，他认为"体现"二字用得好，大为赞赏，很快吕校长也叫我小作家，全公社联中运动会时，我们联中的稿件都由我包了。

教数学的金老师年轻和善，面庞白里透红，人长得好看，是我们村南面谭家沟人，民办教师。有一次放学后与其同行，她对我的处境很同情，感觉像姐姐一样。后来她去了泰安农学院读书，临别时我有些不舍，眼泪都快出来了。毕业后她留校待在了泰安，后来出差时我还去看过她。

教化学的男老师家是学校驻地的，"家属还乡"期间随父母返乡，大连口音明显，妹妹与我同班。那时我十几岁，尽管压抑，男孩儿天性中的调皮还是时有显露。有一次他批评我时，竟以我父亲所谓的问题侮辱人格，让我受到极大伤害。多年后他辗转托人找我帮忙办事儿，虽然时过境迁，依然不很舒服。睚眦必报非余之脾性，不过也没帮他。身为教师，当明白事理，见微知著，亦非善类，这话或许不太厚道。

1971年麦假不久，母亲境遇略有改善，从得口店代销点调到小门家供销社，我亦随之转到小门家联中。公社驻地的学校，条件好了许多，不像石门张家联中校舍如同农家屋子。一个大大的院落，转圈都是黄色的房子，高高大大，仿佛小时候见过的云南讲武堂一样，竟然有些法式风格。这里的学生多了不少，显得热闹。

第一天我就引起了体育老师张泽勋的注意。他用篮球教学生打排球，几个示范动作后，让大家轮流学发球，阴差阳错，我一出手，竟然发得很漂亮，知道瞎猫碰上了死老鼠。我属于毫无体育天分的人，从来没捞着参加什么比赛。游泳略微好些，那是因为刻苦。张老师把我表扬了一番，大概以为我从外地回乡，曾经受过训练。他想组建个排球队，让我课外活动时参加集训，结果很快露馅了。

张老师戴着眼镜，古铜色脸庞，显得很威严。他当兵出身，1948年去了队伍上，后来整体转为公安军，官至连级。彼时《地道战》为当家电影，他经常学着鬼子山田抽出指挥刀的样子大吼一声，就是这一声，他那点威严全没了，我们根本不怕他。

张老师的口头禅乃"溜的乎也"，那时我们已经学会"溜之乎也"，有人说他是故意的，也有人说他压根儿就不懂。张老师离休，待遇不错，一直住在老家小门家镇下炉村。大约十年前我去看过他，感觉高速公路的一座桥就在他家头顶，觉得太吵。他说人老了，有点动静热闹，不知如今健在否。

语文老师于贵清在小学代过课，后来转为公办教师，只读了一年高中就因家贫辍学。他是那种绝顶的聪明人，哪门课都拿得起来，学生也爱听。我分到他的班级时，第一次的作文题目是：分清敌友，搞好革命——读《中国社会各阶级的分析》。还是前边说过的，这种题目大家只能抄报纸。天下文章一大抄，看你会抄不会抄。认识的深度，十几岁的娃娃谁也上不去，就看缀句成文的功夫了，没想到我的作文也受到了他的赏识。

那时候书籍缺乏，报纸是重要途径，他喜欢剪报，有一次把从《烟台日报》剪下来的两篇文章给我看，一篇为《灯塔颂》，开篇的句子依然记得："每当夜幕临空，浩瀚的海面上闪烁着一座明亮的灯塔……"另一篇是《水滴石穿的启示》，讲的是量变质变关系。彼时领袖号召工农兵学哲学用哲学，此类文章大行其道，里面有句话印象深刻："微小量的积累，可以造成巨大质的飞跃。"

文章贴在一本旧的《红旗》杂志上，他让我当晚抄完，第二天必须还给他，当宝贝似的。我也真当宝贝一样，觉得写得太好了。后来韩思芬老师从青岛跟着丈夫还乡来到学校，只能教语文，于老师就改教了数学。

　　于老师只比我大七八岁，我很快成了他的小朋友，他和另外几位老师睡在一铺大炕上，晚自习后有时我在他那儿玩，时间晚了就不回家了。母亲知道我在什么地方，也就懒得管我了。有天晚上肚子饿了，于老师带着我去学校的小仓库偷花生米吃。我很兴奋，老师领着偷，是另外一种心情。于老师学着阿Q的语调说，读书人窃书不算偷，肚子饿了弄点长果唉，也不算偷，再说这是自己的劳动成果。

　　他这话有水分，学校的地虽是老师领着种的，活大都是学生来干，应当说是学生的劳动成果。彼时落实"五七指示"，成天在地里忙活。种菜一般傍晚浇水，唯独黄瓜要大晌午顶着日头浇，男生常被叫去干这活儿。劳动成果大都改善了老师的伙食，也有些进项弥补了教学经费的不足。

　　学校厕所的粪坑在院墙外面，村里人总是偷粪，校长张百川看得很紧，稍微积攒些，就让挖出来送到地里。我们把泥土推入粪坑拌成半干状再掘出来。当时毕竟年纪小，干这活儿挺费力，同学们只得先掘出一头清出场地，然后跳进粪坑往外撂，学校买了几双雨鞋，大家轮着穿，谁都得下去。

　　后来我升入了高中，推荐选拔，28%的升学率，我这种身份很困难。母亲豁出去了，找到了公社党委书记贾桂镇。母亲转业时就分到天津市委组织部，曾经长期搞人事工作，会说那种话，我这才勉强读了高中。

　　彼时毛主席推荐了五本马列著作让大家读，有一次回联中，教导处李主任让我问问高中老师，《国家与革命》中的"容克"何意。

我刚好根据文意琢磨过，说大概是"地主"的意思吧！有人不以为然，李主任说，小门家公社最高学府的人都说了，咱们联中听人家的。

我很得意，嘴没把住关，一秃噜说出了手上还有套《红楼梦》，结果于老师立刻让我回家拿。那是我从自己村里那户大连返乡的人家中借的，三卷本，人民文学出版社 1957 年版。我清晰地记得，黄色封面上，有钢笔勾勒出来的人物肖像，白色线条，显得很素雅。主人本来秘不示人，看到报纸上领袖倡导阅读，拿出来显摆，被我看见。软缠硬磨，终于借到手中。

我小心翼翼包上书皮后，先给了于老师第一卷，原先准备收回一卷再出借第二卷，没想到又被物理老师王江东盯上了，慢慢地三卷全借了出去。那时候精神上处于荒漠地带，没有什么文学读物，《红楼梦》大家自然爱不释手。

书在王老师手上后，很长时间要不回来，弄得我不敢回老家，就怕面对书的主人。只得依靠于老师索取，辗转近两年，弄得于老师朝着王老师发了火才要回来，然而面目皆非，书皮磨得不像样子，几乎要掉下来，内页也脏兮兮的，主人十分气恼，骂我不讲信用，令我十分尴尬。由此得出教训，书是不能外借的，关系不错的更不能外借，借了往往就没有了。

母亲不久又调走了，有些人不把别人折腾得灵魂出窍，是不能消停的。我总不能继续转学，母亲于是租了联中化学老师张钦元家的北屋，把我安顿在那里。张老师是烈士子弟，一家人都很厚道，嘘寒问暖，我至今感念不已。

原载 2024 年 1 月 5 日《烟台晚报》

教书逸事

"谷雨"过后，大队党支部副书记李丹仁找到了我，我不知何事，心里有点紧张。插队已经大半年了，日子单调而重复，让人看不见希望。

那是 1975 年暮春，到处都在批判资产阶级法权，我们也搞不懂究竟什么名堂。然而针对知青的两句话："扎根农村干革命，铁心务农谱新篇"，却成天在耳边响起，弄得大家有点茫然，担心这辈子就窝在这个小山村了。

我们那个村子名字倒是很响亮——蓬莱县龙山店人民公社正晌大队。不过，它却在一条比较闭塞的山沟里，虽然地理概念上属于胶东半岛，离海边却挺远。传说薛平贵当年征东走到这里，抬头一望，日头当顶，说了声"晌了"！于是埋锅造饭，村子由此得名。

没想到李副书记找我是好事，有位女教师要休产假，他让我到村里小学代两个月的课。我挺高兴，觉得这是一个机会，真要是走不了，也算是一条出路。转念一想，又有点担心，顾虑自己"可以教育好的子女"那个身份。

李副书记看出了我的犹豫，安慰道，没关系，这事儿咱村自己说了算！

我不知为什么选中了我，大概是经常办黑板报的缘故吧！说实在的，村里的乡亲都挺厚道，平日里并没有歧视我这样的人。当然，入党、当兵、推荐上大学则是另外一回事。

还没代课，就赶上县里要召开知青代表大会，知青点带队干部老呼推荐我去县里搞材料。人一熟，知青办的领导老陈竟让我在会上宣读致全县上山下乡知识青年的公开信，号召大家当"扎根"派。

我知道这是瞧得起我，不过依然左右为难。读吧，那是自套枷锁，当着大家的面说了大话，以后招工怎么开口？不读吧，又辜负了上级的"厚爱"，最后还是没能悖逆领导。

回来以后，我心事重重。李副书记劝道，走不了也没关系，咱村挺好的。干上民办教师，别人会高看一眼，将来找媳妇也容易。其实，这也正是我的想法，只能循着李副书记设计的人生轨迹慢慢前行了。李副书记这人挺随和，心眼好，他在内长山守备区当过兵，见过点世面。

民办教师不拿工资，大队按整劳力上工分。不过小学教师每月有五元补贴，联中能拿到八元，高中则有十元，也许这就是李副书记说的"高看一眼"吧！

村小负责人唐老师是唯一的公办教师，当时没人叫她校长，兴许学校太小了吧！她爱人在胶南工作，相距虽然只有几百里，一年却只能见两次面，秋假她去，春节她爱人回来。她在村里找了个住处，孩子交给了婆婆，最大的心思就是一家人团聚。

我代课的班级复式教学，一年级和四年级在一个教室，教完低年级再教高年级，循环往复，语文、数学、音乐、体育全是一个人，好在那时不讲升学率，容易应付。

很快，那位女老师产假就要休完了，我的代课生涯即将结束。不知怎么，竟然产生了一丝留恋。虽然我也是半瓶子醋，然而学生却比较认可，也许身上多了些青春活力吧！村子不大，学生们的反映很快通过家长传到大队干部耳里，关键是唐老师也比较欣赏我，虽然她说了不算，但可以上达天听。

那位女老师白白净净，有些风韵。但是教学水平确实有限，压不住堂。村里人给她起了个绰号"地瓜芽子"，意思是太嫩。

她也挺不容易的，爱人在七机部研究所工作，她是农业户口，几乎没有到北京团聚的可能，挺孤苦的。不过，村里的老娘们对她并不同情，鄙夷地说，活该！非得找个"外头的"，嘚瑟得不轻！

这种说法有些葡萄酸了的意思，"外头的"还是很有吸引力的。我们那一带的大姑娘，曾经的择偶标准是：一军官，二区干，小学教师等等看，那些人恰恰都是"外头的"。

村里有个人当兵提干后，想要蹬掉以前定好的对象，结果女方要死要活，到部队一闹，男的不久就复员了。姑娘们一心巴望飞出山沟沟，只是不少人刚刚起飞又落了下来，走不出去，还不如一心一意在乡下踏踏实实过日子。

慢慢地，那位女老师听到了风言风语，说是大队要让我替换她。夏日的一个傍晚，她来到知青点找我，还没说话，眼圈就红了，接着眼泪就流了下来。我见不得这样，心里清楚她的意思，立刻表态，你坐完月子，我就回知青点劳动，你还回去当你的老师。她感激地朝我点点头，走到门口又回过头来，似乎有些怀疑。我赶忙补上一句，放心吧！

唐老师不高兴了，把我叫去好一顿"呲"。虽然当时不讲升学率，多少还是要顾及一下教学质量，唐老师要考虑学校的口碑。她去找了大队宋书记，我却不愿与女人争饭碗，那样会背上骂名。唐老师又找到文教助理老柳，结果还是人家公社领导水平高。柳助理告诉唐老师，各村马上要办育红班了，回头我告诉你们大队，把她调到育红班，还是当老师。

"育红班"就是幼儿园，当时农村就是那么个叫法。我以为这个办法两全其美，没想到还是得罪了那位女老师，因为育红班的教师没有补贴。我曾想对她说，五元补贴一人一半，虽然她不一定会要，不过这样做我会好受些。然而我一看到她那有些怨艾的眼神，心里就发怵，最终没有张开口。

"三秋"到了，学校放了秋假，唐老师去了胶南，我也回到知青点参加劳动。我本来可以找个借口赖在学校的，但是我不敢，害怕别人说我偷懒，将来招工受影响。每月那五元补贴，也都拿回知青点大家打了牙祭，希望以此换得个好人缘，其实适得其反，反而遭到嫉妒。

开学前两天，唐老师把我叫到家里，显得有些庄重。她炒了两个菜，还给我倒了半碗地瓜干酒，请我吃了顿饭，饭后又给了我两块青岛"高粱饴"，接着很神秘地告诉我，你要走了！我一愣，不知究竟。唐老师接着说，上次代课的事，柳助理对你印象不错，这次联中增加教师，点名让你去。

我知道，这一切都是唐老师说的好话，我根本就不认识人家柳助理。离开唐老师家，我剥了一块"高粱饴"放到嘴里，那种甜甜糯糯的感觉，让我在压抑中感到了一丝温暖。

联中是另一片天地，它是几个村合办的初中，一个公社有好几处。教师平日住校，周六傍晚回家，周日晚上返校。我们四人一间宿舍，其中一位是炊事员老王，他长得膀大腰圆，第一天我就领教了他的鼾声。第二天早饭后，同宿舍的一位老师悄悄对我说，老王是俘虏兵，解放战士。

我觉得这是个禁忌的话题，不愿触及。没想到，当晚老王就吹开了。他说在那边的时候，他们是中央军，后勤好，大米白面猪肉管够。到这边以后，条件就差多了，尤其是在朝鲜，物资送不上来，经常就是炒面，弄得他这个火头军常常不知干什么。我们就问他搂过枪没有。他回答，我就搂过烧火棍。

老王这人不太讲究，剁包子馅时，嘴里叼着根锥子把烟，两把菜刀左右开弓，舞弄翻飞。但剁着剁着烟灰就掉到了馅儿上，别人告诉他，他用菜刀贴着菜墩一翻，然后反问，我怎么就没看见？

他炒菜时双手拿着铲子搅动，汗水有时就滴在了锅里。看见的人不高兴，他左手把锅铲往菜里一插，右手一抹额头上的汗珠，随手就甩到了锅里，嘴里还大声嚷嚷，穷毛病，不吃拉倒！

老王天不怕、地不怕，只要校长一句那边的老毛病又犯了？他立马就老实了。不过其他人若是这样，他接着就会反击，老子是解放军！

学校有个猪圈，老王兼职喂猪，每年寒假前，学校要杀头年猪，教职工都能分点肉。但是那挂下水从来不分，据说连校长都捞不着。这一年，猪养到六七十斤重的时候，不知怎么突然死了，怪可惜的。校长去看了一下，让我们几个年轻教师挖个坑把猪埋了。

老王嘟囔道，瘟猪不瘟人。

校长瞟了他一眼，没有搭理他。有位教师逗老王，是不是你嘴馋故意弄死的？老王立刻翻了脸，他历史上有短，这种玩笑开不得。

当天晚上，老王在宿舍鼓动我们，猪埋了太可惜，应该把它挖出来。反正现在天气也不热，估计坏不了。化学老师说，高温消毒后应该没事，不过下水别要了。

第二天就是周六，放学后我们宿舍几个人磨磨蹭蹭，待校长和其他教师走后，立刻跑到地里去挖猪。不知谁走漏了风声，又有几位年轻教师折返回来。

我们把猪抬到厨房，帮着老王忙到天擦黑才下锅炖上，虽然扔掉了下水，那口十印大锅差不多还是填满了，灶膛里的柴草接着蹿起了欢快的火苗。

很快，厨房里飘出了肉香。大家很久没有闻到肉味，一个个像馋猫似的流着口水。我三岁时在重庆偷吃卤肉伤着了，其实是不吃猪肉的，不过愿意凑热闹，捞点海带吃也挺高兴。正准备动筷子，校长突然推门而入，大家一下子愣住了。

校长说，我估摸着老王闲不住，有点不放心，走到半道又回来了，我是怕你们吃坏了肚子！

说罢，校长从背在身后的手中拿出两瓶地瓜干酒，往桌上"咣"地一放说，都喝点，消消毒，我刚从代销点老矫那里赊来的，回头老王你从食堂拿点地瓜干给人家送去，钱我已经付了。

那时候，联中都有几块地种点零零碎碎的农作物，地瓜干不缺，那玩意儿可以到供销社兑换散酒，一斤酒三斤地瓜干，外加三毛五分钱。

我们突然觉得平日严肃的校长亲切了许多。那晚，校长也吃了不少肉，而且还有了酒意。校长恋家，第二天还是回去了一趟。我头天晚上喝多了，一大早爬下床在门口呕吐，恰好看到老王递了个纸包给校长。

起床后我开老王的玩笑，问他给校长送了什么礼。老王说，兄弟，本来我留了点肉，准备中午大家再撮一顿，没想到人家校长把酒都拿来了，咱也不能不懂事！你说对不对？

就这样我和联中慢慢有了感情。当然，还有一些男女俗套的故事，但我还是把持住了自己。我怕一旦放开，就会永远失去回城的机会。

李副书记一直惦记着给我保媒，对方是他本家的侄女。我总是找理由推脱，他有点生气，骂我是白眼狼，我知道他是真心对我好。

唐老师到公社开会时一定会拐个弯来看看我，我们像姐弟一样有了依恋。唐老师说，你不是这里的人，我有感觉，这里留不住你。

后来招工指标果然下来了，李副书记还是推荐我进了工厂。三十多年后，我回到村里看望李副书记，他已经有些记不得我了。而校长和老王据说在 80 年代末就退休了，我们实际上是两代人。

我和唐老师一直保持着通信联系。20 世纪 80 年代中期，她调到了胶南，我们再也没有见过面，不过心里始终默默珍藏着那份感情。

我很想去看她，不过当时太忙，交通也不方便，咫尺天涯，让我想起了杜甫那句古诗："人生不相见，动如参与商。"

后来条件慢慢好了，我借去青岛的机会转到胶南，但是之前一个多月，唐老师去世了，我不禁潸然泪下。

很多年过去了，往事渐行渐远。但在某个黄昏或者夜晚，一些沉淀的片段又在不经意间忽然被唤醒，从记忆深处潮水般涌来……

原载《老照片》第 124 辑

招贤巷拾忆

很多年前，在浙江永嘉偶遇一条胡同，蓝底的路标上，"招贤巷"三个白字十分醒目，让我想起故乡也有这么条小巷。

当地朋友说，北宋时期，这里有位良家女子路遇狂生欺侮，羞愤难抑，投井身亡。孰料知县受贿包庇，罪犯逍遥法外。贤士周侃看不下去了，拍案而起，具状揭露，冤案得以昭雪。宋真宗闻听后诏令进京重用，周侃婉拒不仕。永嘉太守杨蟠敬重其贤德，遂将他居住的那条胡同命名为"招贤坊"，后来改为"招贤巷"。

芝罘的"招贤巷"有没有这样的故事呢？引起我兴趣的缘由，乃是20世纪70年代中期，我与这段胡同有过短暂的交集。

我从蓬莱小门家公社高中毕业后，找不到工作，只能等待插队落户，郁郁寡欢。没事儿时常到母亲单位溜达，那时母亲被打发在蓬莱大辛店公社供销社旅社上班。

麦子收完没几日，烟台市建筑公司三队到大辛店公社周边招收临时工，两位管人事的同志，住在了母亲工作的那个小旅社。他们白天到各村挑选人员，傍晚回来休息。有一次过了饭口，供销社饭店收摊了。母亲不忍看他们饿肚子，于是点燃自己的煤油炉，为他们煮了点清汤挂面。

那时候没有什么娱乐活动，连场电影也看不上。有天下雨他们出不去，闲极无聊，就跑到登记室与母亲攀谈起来。母亲当兵出身，又去过朝鲜，是从大城市落难回来的，见过些世面，谈吐自然不俗，他俩颇感亲切。

那日雨下得大也下得久，他们去不了饭店，母亲下了两小锅面条，我们四个一起吃，大家吃得热乎乎的。不知怎么话题就扯到了我，夸我一表人才，就是身子骨弱了点。我说这几年什么苦都吃了，就是没捞着好东西吃，要是吃得好，早就蹿起来了。

他们说，不行先去烟台干临时工吧！我以为开玩笑，母亲却当真了。她说，要是真能去长长见识也好，整天窝在乡下，都木讷了。

他们接着说，你放心，我们招的虽然是壮工，还是会给孩子找个合适的活儿，不会太累，起码得让他身子骨先硬棒起来。

隔了几日，我坐着公共汽车来到烟台，在汽车站雇了辆三轮车拉着行李，找到了华丰街60号的三队队部。那两位招工的叔叔很够意思，把我分在了招贤巷内的维修班，那里距华丰街很近，拐个弯就到了。

招贤巷不深，也就百八十米，南口为东西走向的跃进路，当然现在叫南大街；出了北口就是华丰街，东北西南走向，是条斜街。

招贤巷地名当为民国甚或更早出现的，应该有点说法，不会浪得虚名。就像广仁路曾与广仁堂有关，而且还能与著名的盛宣怀拉扯上一样。

开埠之后，老烟台街，也就是芝罘迅速发展，许多地名都带有时代印记，诸如慎礼街、丹桂街等，只要相对中性，一般都会得以保留。然而，1949 年后，像烟台山的履信路，因为与英国首任驻烟台领事马礼逊（Morrison）名字的谐音相关，改成了历新路，虽然换了一个字的韵母，听起来还是差不多。

请教胡同里的居民，没人能说清楚巷子的来历；车间里的师傅，倒是有人说得绘声绘色，刚开始信以为真，后来方知逗趣而已。招贤巷虽在脑海里刻下了痕，然而人生忙碌，岁月很快将它抹平了。

两年多以后，我再次来到烟台，去了自行车厂，不久由电焊工变为管理支票的出纳，工作日每天下午都要去西大街银行办理业务，那里离招贤巷很近，几次想去看看，不知怎么总是错过。

时光流逝，我的工作历经变换，对市区的大街小巷渐渐熟悉起来，马马虎虎也可以算是老烟台人了，然而还是没有重返招贤巷。有段时间，每天都要东西往返，但是觉得南大街堵车，大都选择了避开。

新的世纪开始后，有一日从那里经过，突然发现，招贤巷竟然没了，瞬间就有了一种迷茫惶惑的感觉，仿佛历史出现了断层，实际上变化早就开始了。

1970 年夏末全家从外地返乡途经烟台时，在交通旅馆住了一宿，旁边的东风饭店，就是之前和之后的松竹林饭庄，它们的对面现在为华达大厦，当时记得是海港路包子铺和大华浴池。我们还在东风饭店吃了碗海米面，觉得家乡的人真是奢侈，面条里都有那么多的海米。

那一带如今成了工商银行和振华商厦，从工商银行顺着南大街往西，1990年矗立起一座六层高的海关大楼，它是广东街老海关与解放路新海关之间的过渡建筑，对看亚细亚大酒店。更早的时候，那段路的西头，也就是大海阳路与南大街交会处的东北侧，邮电大楼昂起了骄傲的身姿，成为南大街第二个高层建筑，略晚于劳动大厦，也就是如今的中心大酒店。

招贤巷就这样湮没在了高楼大厦之间，以至于完全消失了身影。芝罘有故事的地方太多了，譬如奇山所城，那里有明清卫所城池的风范；百年朝阳街，片片红瓦浸染了芝罘的沧桑；烟台山的诸多领事馆，始终在温润或刺骨的海风中解读着开埠的历史。然而招贤巷太缺少名气了，哪怕略微挖掘出点掌故，说不定也会留有一席之地。

我见到的有关招贤巷的最后文字，乃是2019年6月公布的建设用地出让供应结果，其中就包括招贤巷9号，再也没有找到其他记录。或许方志中会有那么一笔两笔，其实都不重要了。我倾吐的只是一种情绪，一种主观的感受，当然若能就教于方家，亦是幸事。

三队维修班在招贤巷西侧的一个院子里，与民居相邻，门脸不大，里面还算宽敞，如今是招贤巷仅存的遗迹，已经变为废品堆积点，估计也是临时性的，时日不会太多。

那时没有高层建筑，也就没有大型施工设备，队里的建筑机械，诸如卷扬机、搅拌机等有了毛病，都送到招贤巷维修。我的活儿主要是在模具上把钢筋弯曲成圈梁套箍，维修时也给师傅打个下手，其实可有可无。

建筑单位工资高，每天给我一元七角二分，如果每月按二十五天计，就是四十三元。当时工资较高的铁路、港务、邮电，还有劳动技校等，二级工也不过三十七八元。我后来工作的自行车厂，二级工仅为三十四元五角，服装公司那样的，只有三十二元。

师傅说，你的门子不小啊？到了建筑单位，能分到我们这里的都得有点关系。我说那你也有点关系吧？他捣我一拳，笑道，你小子挺会顶嘴。

后来我熟悉了杜永刚先生，他是从市委统战部常务副部长岗位退下来的，亦有过建筑公司的经历。他开玩笑说我们曾是一个单位的。1975年9月他从牟平插队返城后，最初就在市建筑公司安装队当水暖工兼记工员，不久成了材料会计，以后又跑了一段供销，1980年底成为公司团委书记。

1983年8月国务院批准烟台撤地建市后，烟台地区建筑工程公司要改冠"市"这个行政区划的头衔，原来的烟台市建筑工程公司退居为烟台市第二建筑工程公司，后来改制为德信建设。

杜永刚感叹道，一部建筑史，半部城市史。"二建"的历史可追溯到1956年，初为烟台市第一建筑合作社，由三十三户小业主和个体户组成，总共只有六十二人，主要从事建筑体的维修。1972年，为了迎接全国青少年运动会，西南河南头张家窑的泥场和砖瓦窑地带，兴建了体育场馆，办公生活区则留给了转过年由城建局三个建筑社为主体组建的基本建设局，不久基建局拆分为建工局和建材局，建工局就是后来说的"二建",四个施工队外,还有建筑设计院、机具厂、木材厂、预制件厂及安装队、维修队、运输队。20世纪70年代,市区最高建筑服装公司"七节楼",就是它的手笔;大钟楼建设中还采用了大板提升新工艺,千斤顶顶着楼板层层抬升,蔚为壮观。

曾经的建设集团副总、恒基建设的荆建武先生说,建设集团1950年起家的底子是烟台木瓦社,逐步积累,直到1972年才成为烟台地区建筑工程公司,地改市后,自然就是"一建"。你待过的三队属于"二建",福山撤县设区后,福山县建筑工程公司则改称"三建"。

长期在市房管局工作、后来的华宇置业董事长郝同福先生说,"四建"是以房管系统建设力量为主形成的,1950年初创时依托"恤养院"营造厂,1974年发展为烟台市建筑工程队,1978年整合为烟台市住宅建筑工程公司,地改市期间由房管局划归市建委后,分离出了烟台市第四建筑公司,后来更名建工集团,新世纪初与"一建"重组为建设集团,2006年改制为烟建集团;另一部分则变为烟台市城市建设综合开发公司,俗称"一开发",芝罘区城市建设综合开发公司则为"二开发"。

我与建筑业的渊源只有招贤巷那点残存的记忆,上面那些话按理不该我来说,然而往事钩沉,也就走笔至此,不揣冒昧。

唐山大地震前,楼房差不多都是预制板搭建的砖混结构,不过会有几道现浇的圈梁。施工班组忙不过来时,我亦去过华丰街25号的砂轮厂厂房工地、文化路南面的小黄山住宅工地绑过钢筋。

我们拿着钢筋弯钩，用钢丝把螺纹钢固定在套箍上，虽然不复杂，那时房屋也没多高，然而踩在脚手架上，还是心存恐惧，当时亦无安全带，全凭自己小心。高空作业很危险，我们村有位姓祝的钢筋工，好不容易转为正式工人，就是因为没系安全带，一头栽了下去，命赴黄泉。

工友邵世功在我眼里是老师傅，不过参加工作也就一两年。有次在小黄山工地出来后，他说先别回宿舍，咱们去小蓬莱转转。我很惊奇，蓬莱之外还有小蓬莱？那时候我还不知道"蓬莱"亦有神山之意。

我们每人喝了碗馄饨，吃了个菱形烤饼后，爬上了毓璜顶。他说烟台街有名的还是烟台山和小蓬莱，小黄山其实就是小荒山，后来觉得不好听才改为小黄山，大概是想借用屯溪黄山的美名吧！我不知真假，不敢全信，当初他还编过招贤巷的故事骗我呢！

天已擦黑，景物模糊，邵世功不停地唱歌，诸如《三套车》《山楂树》之类，他的嗓子不错。不过那些歌曲属于禁唱之列，我们以前只是小声哼哼，如今从他嘴里大声唱出来，很是惊讶！

不久我自己又去了趟小蓬莱，从山巅向东北俯瞰，毓璜顶东路人来人往，很是热闹，下山后转了过去，看见一位工友挑着一担水，颤悠悠地拐进了条胡同，这才知道他们也要担水吃。

我们的宿舍和食堂离招贤巷不远，就在大光明电影院南侧的院子里，顺着狭窄的巷子进去后，立刻宽阔起来，全队单身职工都住在那里，多是瓦工。闲暇时，我在影院看了部朝鲜电影《延丰湖的故事》。

最初我似乎没看得起泥瓦匠的手艺，觉得没有多少技术含量，等到自己想动手时，才知道了难度。1983年，劳动技校给我分了套凤凰台一楼的房子，只有二十多平方米，我想把阳台侧面堵上派点用场，弄来了红砖、水泥和沙子，然而不到两米的高度，我却无论如何垒不起来，最后只得请人帮忙，觉得自己十分可笑。

在招贤巷的日子是愉快的，回到山东后，我第一次在三队的食堂吃到了花菜，当然本地人叫菜花。那时喜欢较劲，我与他们争论，说是花一样的菜，而不是菜的花。

作家卢万成先生早年曾有菜店的经历，他说你觉得好吃，烟台街的人兴趣却不大，卖不动时，我们就动员单位食堂的司务长包圆。我在食堂里还吃到了蛇豆，感受到了久违的滋味儿。卢万成先生的父亲其时乃蔬菜公司生产科科长，那是他从南方调运过来的。

那段时光极其短暂，我知道临时工转正几无可能，不久就回到蓬莱插队当了农民。临走时我向带我到烟台的两位叔叔辞别，他们让我代问母亲好。遗憾的是，我没有记住他们的名字。

原载 2024 年 1 月 16 日《烟台晚报》

珠玑与新桥

那一年，我来到了烟台，时为 1976 年 10 月 24 日，"霜降"的第二天，气温开始降低，明显感到了寒意。我们四十多人在蓬莱那个叫作"解宋营"的地方集结后，被一辆"叮呤咣啷"的班车拉到了"珠玑"与"新桥"间的一座工厂。那是全国唯一生产 20 英寸小轮自行车的企业，如今已经倒闭，当时颇为红火。

入厂的第一顿饭挺有意思，终于可以吃食堂了，而且那日还有饺子。我很兴奋，拿着刚买的饭票在卖饺子的窗口排队。轮到我时，炊事员问预订了没有，我发蒙了。他说你没提前预订就不能卖给你，弄得我空欢喜了一场。我们是带着秋收的尘土从乡村走进工厂的，饥肠辘辘，那一顿我吃了四个四两的馒头还没饱，想再来一个，又怕别人笑话，勉强又买了半个，算起来也是一斤八两。

工厂西边是珠玑村，东边是新桥村，被一片田野包围着。不过当时"新桥"还叫"桥上"，不像后来那么好听。老烟台的城里人，是瞧不上这一带的。民国时期，他们眼里的城区，东到虹口，西到大海阳，南边是山，北面是海，就中间那么一窄溜。

后来城市发展了，老城居民的概念里，西边也就延伸到了通伸堡，上了堡往西，你就是说破大天去，他们也认为是乡下，珠玑和新桥就这样在城乡结合部尴尬着。

虽然城里人瞧不起，工厂却雨后春笋般不断蚕食村庄，今天冒出一个，明天钻出一座。我们厂的西边，很快建起了二机床、拖拉机配件厂、拔丝制钉厂……东边早就有了钟表机械、二棉纺、制毯厂，北面还窜出个烟台地区肉类联合加工厂，后来成为大名鼎鼎的"喜旺"。

我们那拨人有知青，有接班顶替的，也有大队书记的孩子，各色人等。从蓬莱乡间来到烟台街，大家两眼一抹黑，谁都不认识，好的工种根本轮不上。电工木工钳工想都别想，车磨刨铣也沾不上边，不是冲压、酸洗、磷化、烤漆、磨光、电镀，就是焊车架子、烧锅炉……

上岗前要学习一周，主要内容是批判"四人帮"，最后每人写篇心得。我当时对"阶梯诗"挺着迷，喜欢马雅可夫斯基。虽然买不到他的书，却买到一本贺敬之1975年版的《放歌集》，也是阶梯式的。

写心得的时候，我先在报纸上抄了些批判"四人帮"的内容，然后就在《放歌集》上找"金句"，可能受到"炉火""钢花"那些词的影响，搜肠刮肚捅出一句"我的脸被电焊的弧光映得通红"。其实这样的描写是不准确的，也有些花哨，电焊的弧光是蓝色的，电焊工都用面罩遮挡住了脸，否则还不烤焦了？

没想到的是，二车间主任修思胜却觉得不错，认为这小子文笔还可以，从原来的方案中把我调了出来，安排当了电气焊维修工，说这个工种没有固定任务，松快些，可以抽空帮车间搞搞宣传。

很快半年过去了。初夏的一个周末，师傅高培德说，明天你去珠玑干点活。我一愣，觉得行吗？师傅20世纪50年代初参加工作，是那种老派，在郑州抢修过黄河大桥，他有一张泛黄的喜报，是抢修指挥部颁发的，很神秘地拿给我们看过。师兄李国永悄悄对我说没盖章，我说可能忘了盖吧！我不相信师傅会弄张假的奖状炫耀。

师傅对技术要求很严，一天到晚"呲"我。见我发愣，师傅又说，你去吧！该出手了。我一听很高兴，师傅说的"出手"就是"出徒"，而我们满师需要三年。

星期天，厂区安静多了，没有机器的轰鸣喧闹，微风吹得白杨树的叶子哗哗作响，如同小河流水般欢畅，阳光透过枝叶的缝隙钻出来，斑斑驳驳，洒下一地金色的碎片。

我心情不错，思绪有点起空，觉得风吹杨树的声音也有点像大雨落在树叶上的声响。遐思中，旁边传来一句悦耳的女声，张师傅，走吧！

我一看，原来是珠玑带路的女孩儿，她在厂里做临时工。"张师傅"几个字让我听得耳热，赶忙拿出一堆2.0和3.2的焊条，拖起电焊车，向西边走去。

珠玑新买了台20马力拖拉机，想在上面罩上个棚，遮风挡雨以外，大队干部当专车四处跑跑也排场，请我师傅帮忙。师傅那天要去钓蛏子，就打发我去了。角铁倒不难焊，然而切割好的材料堆了一地，按照图纸摆放对接在一起却挺费事，忙活了一整天。

中午吃了打卤面，晚上炒了四个菜，备了酒，专门打发人去城里买来了小笼包子，小炕桌加上我围了六个人。包子真好吃，酒我不会品，但是年轻无所顾忌，让我喝我就喝，结果醉得一塌糊涂，躺在书记家大炕上睡了一宿。醒来后第一句话竟是，包子从哪儿买的？

不久，我在海港路找到了那家包子铺，一屉四两粮票、四毛八分钱，从此几乎一周一次牙祭。后来顺藤摸瓜，又发现了东升行包子铺，可惜后来不知搬到哪里去了。

当时珠玑、桥上在厂里当临时工的挺多，主要是搬运和包装，没什么技术含量。企业在人家地盘上，自然要接纳村里的人。厂子东北是片苞米地，围墙上有个小门，桥上的人都是经过苞米地边的田埂从小门上下班的。

桥上有位滕姓姑娘，在我们车间当临时工，上班经过小门时，门岗看着她怀里鼓鼓囊囊的，有些不怀好意地盯着不眨眼，小滕怼道，看什么看，往厂里带东西还不行吗？

她对我师兄有好感，偷掰了几穗嫩苞米献殷勤。我们把苞米放在铁板上，点燃气焊把子从反面烧烤铁板，苞米的清香就蹿出来了。

小滕的哥哥在北边的肉联厂当临时工，可以买到内部处理的碎鸡蛋汤，在那个物资极度匮乏的年代，这是非常大的诱惑。他的工友想让我们帮忙买自行车，我们这些普通工人哪有那个本事，于是就用自行车下脚料焊铁床、铁管椅子，以物易物，换回了不少蛋汤。

我母亲在天津工作期间买了辆墨绿色的飞鸽牌女式自行车，后来带到了四川，又去了云南、河南，最终带回了山东。二十多年依然完好，只是显得有点旧，师兄李国永去我家看到后，非要从蓬莱拿到烟台大修一次。

我们把所有的电镀件抛光后重新镀了一遍，又把车架车瓦等烤上了玫瑰色透明漆，到处新锃锃的，只有鞍座是旧的，没法换。我说厂里到处抓干私活的，一看鞍座就知道是翻新的，还不逮个正着。师兄说看你吓的，我和小滕往外推，先放她家存着。他俩从小门往外走，师兄走在前面，递了根烟给警卫，聊了起来，小滕顺利混出了门。

我们就这样在珠玑与桥上间晃悠着，不断磨损着自己的青春。没过多久，村子里的姑娘开始在我们中间踅摸女婿。老烟台街的人她们攀不上，那些小伙子要找非农业户口的媳妇，我们这些乡下来的城里人就成了香饽饽。

村子里有些姑娘真不错，一些工友其实配不上人家。然而当初男的却认为屈尊，后来郊区地盘富得流油后，女的又说是下嫁，世事轮回，令人感叹！不过，毕竟还是成就了几对鸳鸯，虽不能说佳偶天成，也算良缘。我亦曾被盯上，不过那时风传要恢复高考，我想读书。

厂里还有批济南军区警卫营的退伍兵，家属在老家乡下。我们进厂时，他们许多都当上了头头脑脑，有点小权。彼时珠玑和桥上的村办企业用的还是已经淘汰的皮带车床，谁有本事帮忙买台新机器，就可把全家的户口落到村里，不少人就是通过这个途径把老婆孩子迁到了珠玑或是桥上的。

我从烟台师专毕业后分到一所技校，后来当上了办公室副主任。有一年春节，主任请几位同事到他珠玑家中小聚。他是文登人，也是通过买机器将家属迁到村里的。

那一日，我又是酩酊大醉，陪客的就是当年的大队书记。虽然差不多十年过去了，我们都还记得往事，他一个劲地灌我，而且告诉我他家那铺大炕还在。那一晚，我果然又在炕上睡了。

学校还有位牟姓同事，"文革"前南京航空学院毕业，分配在沈阳某航空研究所，青梅竹马的发妻在桥上当小学民办教师，无法团聚，一年就靠那十二天可怜的探亲假。无奈之下狠心放弃了专业，调返山东，从此无缘航空，虽然心有不舍，却也优哉游哉。

后来他要翻新桥上的房子，请村里瓦匠帮忙。彼时亲戚邻里间互助干活不要工钱，但得管饭。学校倒是有个烹饪专业，教师不少，他请了位帮忙做饭，没想到那位老兄一顿就把人家半袋子海米用光了，心疼得老牟龇牙咧嘴。我和他关系不错，他对我说，这么个"作"法，那点东西不抗造，让我这个自吹的业余烹饪高手去替换。

我给他讲了乡间听到的故事，说有户人家盖房子舍不得给瓦匠吃喝，砌山墙时他们就一个劲地往夹层里灌稀泥巴，石头用得很少。房子盖好没多久，一场大雨山墙就塌了。

老牟有点紧张，我劝道，老辈儿的时候，地主家开镰收麦子，长工、短工吃得都比东家好，什么道理？吃不饱哪来的力气？这种钱省不得。

老牟说，饭还是不能让他们做，我就相信你。我说你真狡猾，多用了材料对不起你，饭做不好挨骂的是我。你得把家底亮出来，我好搭配一下。

后来老牟升任了副校长，我也调离了学校。有一次相遇，我拿那事涮他，老牟感叹，那时太穷了，不省着花，日子过不下去。

1985 年左右，桥上在大道边开了家饭馆，名字很响亮，叫"第一家快餐厅"，里面虽然大都为劣质人造革包裹起来的"火车座"，但是比较新奇。我们去凑热闹，没想到遇见了小滕。大家一高兴，喝了不少烟台第二啤酒厂生产的"烟港啤酒"，那个厂就坐落在珠玑村。

那天，电视里不断地播放着"青岛啤酒，很德国，很德国"的广告。小滕却说，我嫁到了珠玑，就得喝珠玑的啤酒。

有一些年，我每天上下班开车都要经过珠玑和新桥，但一直没有进去看看。后来，高楼大厦不断拔起，村落已经不复存在，故人也都四面八方，关于珠玑与新桥，就这样定格在了记忆里。

原载 2018 年 12 月 16 日《烟台晚报》

白石村与凤凰台

我教书的那所学校在白石村，那是芝罘略偏西南的地方；我住的地方则在凤凰台，那是更偏西南的地方。不过，最初我也在白石村住过。

白石村比较有名，那里有新石器时代白石文化遗址。不过当时我是不知道这些的，后来才觉得学校真是有远见，选在了一个文化积淀很深的地方。但是，彼时白石村挺破烂，与珠玑、新桥差不多，也位于城市的边缘。当然，我们这些外地来的人，能够偏居一隅，已经很满足了。老烟台人的口中，我们都是"巴子头"，也就是乡巴佬的意思。

学校南门对着一条深沟，后来楼宇从三个方向包抄，深沟渐渐变成一个大大的深坑，虽然车辆不断倾倒建筑垃圾，那里似乎永远也填不满，于是就有了一些很八卦的说法。后来学校重建了南门，最大的特点就是打破了对称性，造型奇特，在那个年代独树一帜。背地里却有一些风水的解释，也是八卦。

学校单身教师宿舍斜对着那个大坑，夏日一汪水，冬天一片雪。大坑西边是个小卖部，专做学生的生意，买卖好得不得了。我们闲暇时经常斜倚着窗栏，像旧式小说里无聊的女人，寂寞地看着远处的街景。

有位体育老师，戏谑地自称"两毛五"。他家住在东边的白石九街，每日中午、傍晚下班时，他都要向西绕一头，到小卖部喝上一毛钱地瓜烧，干拉，没有肴，吱溜一声就下了肚，风雨无误。当然，还要花五分钱买上包"锥子把"烟，凑够两毛五。

那个年头，光棍们改善生活的最好方式就是下班后煮碗挂面，这比食堂的窝头白菜多了些暖意。我和一位后来发展得不错的官员曲衍斌一个宿舍，他家是打鱼的，我们的碗里除了面条，有时还会有点鱼腥，这就很不一样了。

仲春的一个傍晚，天气还有寒意，我们下好面条，刚喝了口热汤，"咚咚咚"的敲门声就响了起来，我们以为是保卫科的，吓了一跳，赶紧把电炉子藏了起来。然而进来的却是他弟弟，只见他手拎一个脏兮兮的尿素袋子，带着一股海的咸腥，那大半袋子青色的对虾令我大开眼界。他弟弟在船上当渔民，泊岸后用铁锹胡乱铲了三两锹，就从公利市场方向的渔码头溜了出来。

我正在发愣，曲衍斌一下把锅里的面条倒在了他的脸盆里，开始煮虾。那一次，我吃了六只对虾，第二天也没有像人们说的那样鼻口蹿血，只是那锅面条有点可惜了。彼时我们都只有一个盆，什么都洗。洗过脚的盆盛面条，我吃不下去。他反正是自己的盆，也不嫌乎，

依然吃得津津有味。

剩下的虾我们拿到小卖部想换点东西，老板十分精明，转动着一双狡黠的小眼睛，给了一些淀粉太多的灌肠，明显地坑了我们，当时也只能瞪着眼睛吃亏。

后来他的弟弟又送过来半袋子对虾，我说别上小卖部换东西了，还不如煮了晒虾干。曲衍斌把煮好的对虾拿到教学楼二楼南面的雨棚处摊开。午休的时候，我从宿舍窗户向外望去，发现学校副书记杨元温正在那里剥虾干吃，赶忙喊醒了曲衍斌。我们俩乐了，原来领导也偷东西吃，于是朝着窗外大吼了一声，吓得他浑身一激灵，四处张望了一下，赶紧离开了。

下午没课时，我和曲衍斌常到西炮台一带爬山，每次出了南门后，他立刻离开人行道，下到马路上行走，我有些不解。他说，学校南高北低，南围墙外面矮里面高，走在人行道上，领导坐在办公室就能看见你离开了校园，下到马路上，他们就看不见了，就差这么点。我甚为佩服，到处传授他的经验。

1982年秋天，我在白石村西南角分到了单元房，一套房子三户人家。不久，《文汇月刊》主编肖关鸿来到烟台，他的名气很大，1975年就曾在《人民日报》连续发表过两篇小说，所谓《小将》扛《大梁》，震动了文坛。只是那类与走资派斗争的作品，很快就销声匿迹了。

我与矫健是同学，他的《农民老子》《老霜的苦闷》《老人仓》都是在《文汇月刊》发表的。那个时候，《老霜的苦闷》刚刚获得

1982 年全国优秀短篇小说奖，矫健志得意满。他说肖关鸿来了，上你家吃顿饭吧？

矫健知道我那点心思，我也有写作的爱好，然而才情不够，只是在地方的小刊物上发表过散文，对于肖关鸿这样的大编辑，还是挺想巴结的。

午饭后，我到罗锅桥附近刚刚兴起的自由市场买了只鸡和几条小鱼，回到学校后用"飞鹰"牌剃须刀片把鸡杀了，然后放进投拖把的镀锌铁桶里，到开水房烫了烫，一会儿就秃噜干净了。回家的路上，顺路又到小卖部提溜了两瓶牟平白干。

那一晚，我讲了对虾的故事，大家喝了个天昏地暗。返程时，公交车早已停驶。我陪他俩在街上逛荡，路过小卖部时，肖关鸿借着酒力，非要敲开小卖部的门找老板看看对虾还有没有，矫健则要下去探探旁边的大坑有多深。

有一天晚自习，我到班里转了一圈后，就和一位年轻教师去街上溜达。走到南传达室时，看到警卫拦着两位学生家长不让进门。他俩是从掖县赶来的，路途不熟，辗转多时，转来时已经天黑。我们看不下眼，与传达室理论起来，没想到看门的挺凶，振振有词。

我们干脆不搭理他，对那两位家长说，我们是学校的老师，你们只管进去，我们替你们做主。那位警卫还想阻拦，我们反将他拦住，学生家长得以进入。

第二天传达室把我们告了，保卫科打电话到教务处通知我去一趟，我说备课没时间。一会儿科长张和平来到我们教研组，他挺懂得工作方法，先是说了传达室不问缘由就不让学生家长进门不对，又婉转地批评我的方式也有些欠妥，挖苦道，你一个读书人和人家看门的吵起来，也不嫌丢人？我说他要是像你这样讲道理，我们也不会那样做，就此我们成了朋友。

1984年寒假开学后，学校办公室副主任李喆在家里请几位中层干部喝酒，请我去当大师傅。那日喝的是"菊花白"，三元七角一瓶，他从外贸公司托人买来的，北京出产。据说初为清宫内务府"酒醋坊"酿造，菊花以外，辅以人参、枸杞、沉香等二十余味名贵中药材，同治元年传入民间。说来也是奇怪，加了那么多东西，酒色却澄澈透明，不像其他药酒颜色黑黄，不过药味儿却很浓郁。

我端上一个菜，他们就敬厨师一杯。那天的杯大概四五钱左右，七八个菜下去，我差不多就喝了小半斤，而且光顾做菜，也没怎么吃东西，很快就有了上头的感觉。李喆家住在白石村的坡上，从他家出来时，天空飘起了小清雪，地上已有薄薄的一层，回学校推上自行车走到南门那个斜坡时，脚一滑，崴在了地上，当时就疼得站不起来，众人把我搀扶到了单身教师宿舍。

借着酒劲，当晚睡得呼呼的。第二天凌晨，朦胧中感觉右腿疼得要命，发现脚踝处肿得很粗，完全不能动了。上班后张和平把我背到学校那辆上海牌轿车上，送我去了烟台山医院，拍片正骨打石膏折腾了一个上午。张和平事后骂我，说正骨时我疼得抓住他的手不松，几乎把一个手指头掰断了。

我在白石村住了不到两年，搬到了凤凰台，房子在最南头，紧贴着山。有了新居，师专中文系几位老师跑来喝酒祝贺。教写作的陈吉厚老师是四川人，很幽默，他望着山坡，背着手用椒盐普通话对我说，这个地方名字倒是很有诗意，就是晚上可能有狼！

他的玩笑开得一本正经，逗得大家哈哈大笑。然后他又学着《列宁在一九一八》中瓦西里的腔调说，面包会有的，牛奶会有的，一切都会有的，然而我却没有那么乐观。

凤凰台当时地处城市最西头，十分偏僻。解决温饱问题后，大家都很渴望精神生活，黑白电视机开始流行。然而那里的收视效果太差了，屏幕上经常一片雪花，据说附近海军雷达团的信号有干扰。眼巴巴地望着电视机却收看不了节目，许多人又躲回了父母家。

我是外地的，只能继续蜷曲此地，不过很快就没心思看电视了。1982年初，全国职教委和总工会等五部门发出了《关于切实搞好青壮年职工文化、技术补课工作的联合通知》，要求1968—1980年的高初中生全部回炉学习，考试合格者重新核发文凭，那时大家都挺在意这些的。

凤凰台西边七八里地有个水泥预制件厂，他们找到了我，一商量我把语文、政治、历史、地理都包了，每节课八毛钱，一晚上一块六。课时费虽然不多，几门课加起来，也很有吸引力。

那个厂很偏僻，黑灯瞎火的，挺不好走。不久教务处知道了我在外面讲课，非要我上交一半的课时费。我负责任地教完了那个班，通过率还挺高，最后厂长出面请我吃了顿饭，就此不干了，凭什么我业余时间辛苦挣两个小钱他们也想克扣？

白石村和凤凰台之间有座篓子山，机床附件厂在那里有个液化气站。下午没课时我会从学校溜出去，在液化气站门口停好自行车后开始爬山。跋涉中认识了站内一哥们，喝了次酒就成了朋友。那时很多家庭都置上了煤气罐，不过大多无固定气源。那哥们不是官，不过县官不如现管，有时也能解决点问题，我就是从他那里帮着矫健的小姨子搞到了一罐气。

我住在凤凰台，却在白石村上班，还是更了解那个地方。后来白石九街改称白兰街了，似乎先要从概念上美化城市，虽然增加了不少文气，实际上并无什么变化。不久那位自称"两毛五"的体育老师身体不行了，据说是肝脏受损，他过去每天喝酒的小卖部还在，只是不卖散酒了。

凤凰台到白石村距离不远，骑车不用二十分钟。但当时是沙土路，汽车从身边一过，浑身灰尘。为人师表，还得注意点形象。天一刮风，我就向西通过经编厂那条南北小路转到跃进西路绕着走。绕来绕去，渐渐绕走了青春，也绕得我再也没有去过凤凰台。

后来我离开了学校，一路向东，西南方向就很少去了。一些年过去后，学校南门外那个大坑终于填上了，上面盖了座影剧院，变成了"大世界"，花花绿绿很热闹。旁边有家吉福羊肉馆，是座板房，挺干净，老板总是笑呵呵的，像个弥勒佛，收留了不少孤苦的孩子。以前的同事让我去那儿喝羊汤，我记住了那里的虎酱羊肉，分量很足。后来吉福又开了家大餐馆，只是不卖羊肉了。

又一些年过去了，学校西迁，校园变成了"大成门"，是个住宅小区。看到这个名字，我的眼前不禁浮现出了当初学校的南大门。

原载 2019 年 3 月 18 日《烟台晚报》

幸福河与毓璜顶

1985年秋天，我从凤凰台搬到了幸福河，那个地方听起来很美，其实满目荒凉。不少城市冠以"幸福"二字的地方，往往只是一种憧憬，一般都是新兴之地，远离主城区。似乎有种规律，叫"幸福"的地方往往不那么"幸福"，如同名字为"美丽"的女孩未必漂亮一样。但是毕竟房子比原来大了十几平方米，宽敞了许多。

幸福河过去的名字并不陌生，其实就是大名鼎鼎的西沙旺。峻青的《秋色赋》曾经生动地描绘过那里苹果丰收的景象，给一代人留下了深深的记忆。

不过，很多年以前，那里还是海洋，后来海水退缩，慢慢变成了茫茫沙滩。直到清末，西沙旺才有了人烟。有些闯关东的人辗转到此后，缺少继续前行的盘缠，便搭起窝棚定居下来，慢慢形成了村落。

对于西沙旺的人，芝罘的原住民有些不屑，蔑称其为"西府来的"。那些人有所不知，历史上恰恰"西府"优于"东夷"，大海的优势显现出来不过几百年时间。不过，"西府来的"用芝罘方言说出来，又多了几分戏谑。官方认知中，那些村落似乎叫作侨户村。

烟台开埠后，北美长老会的宣教士从家乡纽约引进了美国苹果幼苗，很快在毓璜顶一带开花结果，惹得人们眼热。招商局轮船公司烟台分公司经理李载芝，瞄上了荒凉的西沙旺，廉价购得一片沙土地，陆续建起了东西两个芝圃园，栽种的红香蕉苹果一眼望不到边。

1959 年始，侨户村演变为后来的幸福一村直至十六村。我们的新居就建在曾经繁茂、如今已经衰败的苹果园上。对于一个异乡之客，落脚侨户村的地盘也算恰当，我们本身似乎就属于"西府来的"那拨人。

楼宇的西边，"六五"期间全国十大重点项目之一的烟台合成革厂一期工程已经投产，二期建设正在如火如荼进行；东边二十六军在马路两侧建成了干休所，北边是军职的，南边为师职的；合成革厂和干休所之间还有劳动局锅炉压力容器检验所和公安局交警支队车辆管理所。不过，穿行其间的幸福南路还是条沙土路，依然有乡下的感觉。

那么偏远的地方，生活有些不便，洗澡成了难题。城里虽有大华、新华、光华和向阳四处浴池，距离太远，而且拥挤排队。周末我们经常大摇大摆地混进合成革厂职工澡堂洗个痛快。那个厂很大，门岗认不过来，然而心虚之人往往就被拦下了。

二十六军干休所门诊部那时已经开始创收，为周边居民提供了就医的便利。虽然医术一般，却不至于讹人，因为彼时尚无"老军医"

的概念。某次同伴在合成革厂洗澡时，发现私处有些红肿，感觉不自在。那时已有很多耸人听闻的故事，非常可笑，然而我们少见多怪，尤其是听说合成革厂来了拨施工的南方人，他以为自己洗澡时染上了性病，吓得要命。我陪他来到门诊部，叙述后军医摇了摇头，扒开一检查，哈哈大笑，说你们怎么一点卫生常识也没有，太夸张了吧？

日子就这么慢慢溜过去了，虽然经常巴望着有一天能够住在广仁路、十字街这些令人向往的地方，然而也只能想想而已，我一度以为这辈子就在幸福河扎根了。

又过了些年月，我调到了毓璜顶一带的市直机关，这里足够繁华。毓璜顶公园、南山公园，红旗里、东风里，后来又有了环翠里、青翠里，听名字就觉得舒坦气派。南山公园还有一汪碧水，瞄上一眼就让人心旷神怡。

不过，我还是只能住在幸福河，就像大户人家的仆役，白天看到的都是富丽堂皇，收了工还得回到逼仄的小屋。毓璜顶距幸福河太远，每日骑车往返，单程近一小时，最难走的是亚细亚大酒店东边那个陡坡，我铆足了劲，最多蹬到大半截，剩下那段还得推车走。力气当时足够，不过总感觉自行车链条要断了。

改革开放之初真是让人怀念，干什么都风风火火，激情昂扬。那时候我跟随一位领导同志当秘书，工作节奏十分紧张，撰写材料、组织会议、处理事务都是一个人忙活，加班加点更是家常便饭，经常晚上十点以后才能回家，通信、交通工具又跟不上，非常辛苦。有次写完会议纪要已是半夜，骑车回家走到芝罘屯时，竟然在车上睡着摔倒了，胳膊腿儿都蹭破了皮，幸亏还给我留了脸，没有破相。

不久，一个全国性的体育工作会议要在落成不久的烟台大酒店召开，我跟随的那位领导代表地方致辞。那天后半夜开始，风雪冒烟，我怕误事，起了个大早，怀揣头天加班写好的讲话稿，乘六点钟的第一班公交车就往单位撵，接近八点才走到海员俱乐部。眼瞅着来不及了，我跳下车一路狂奔，好歹八点半前跑到了毓璜顶。到了单位，裤腿湿了大半截，鞋里还灌满了雪。以后遇到这种天气，我干脆就在会议室沙发上蜷一宿，以免尴尬。

那日雪大，路又太滑，金沟寨立交桥正在封闭施工，车辆只能绕行东炮台，结果却没能爬上月亮湾的大坡。我下车向正在附近扫雪的一位海军上尉说明情况，他一挥手招呼来了七八个战士帮忙拦车，但是无论如何也推不上去，只得折返。

1988年，数字BP机还是稀罕之物，我的号码为126呼2370，是单位配备的，很多人都羡慕，却不知把人绑得死死的，你就是钻进老鼠洞里，它也能把你拽出来。只要值班室一呼叫，就得到处找电话，折腾得够呛。晚上回到家，BP机一响，我只能到幸福河8路车终点站借人家的值班电话，他们看了我的工作证后，倒是还挺通融。

1992年初，办公室搞了几部对讲机，跟随领导的秘书每人配备1部，总台就设在值班室，与BP机配合使用，联系方便多了。我那时当上了行政接待科科长，值班室归我管，手上也有一部。

不久到了春节，正月初四，假期最后一天晚上，我去白石村劳动技校副校长胡本进家喝酒，他是我的老领导。正在兴头上，BP机响了，一看是值班室，我急忙打开了对讲机。值班秘书说刘挺章秘书长让我去一趟，我有点头大，忙问什么事，他说不知道。我估计此时没有大事，借着酒意道，你告诉秘书长就说没找到我。结果值班台里立刻传来了秘书长威严的声音，你说什么？吓得我立马就往毓璜顶赶。

彼时芝罘还没有出租车，公交车冬日又收得早，我顶着雪花在结冰的道路骑行，四站地摔了两跤，酒彻底醒了。当我推开秘书长办公室的门问有什么指示时，他指着桌上的对讲机说，我试试这个东西好不好用，你回去接着喝吧！这个故事一时广为流传。

刘秘书长看起来十分严肃，实际上很随和。他家住在红旗里，走路到办公室不过十分钟，他偏偏不喜欢中午回家吃饭，就愿和我们凑在一起到食堂打饭吃。当然他不会去食堂，都是我们代劳。他也不愿意陪客，除非来的客人太多，实在排不开了，我们才把他请出来。然而陪了一两次后，也不安排他了，他不喝酒，往往客人还未尽兴，他就抹抹嘴说，你们慢慢吃，我吃饱了，就把客人撂在了那里。

有时候他嘴巴馋了，说是不是炖锅排骨？第二天早上我们就去南山公园早市采购，然后到单身秘书宿舍用电炉炖上，午饭时端过来。排骨的香味儿飘出后，有些领导下班走到楼下我们科门口时说，挺好闻的，我中午也在这儿吃吧？我们也不客气，说你没交伙食费，没给你准备。那时的领导也没太有架子，也就一笑了之。到发工资时，刘秘书长把工资袋在我眼前一晃，说该给你们多少钱，自己拿。

当时市政府办公条件太差，砖混结构的两层小楼，是 20 世纪 50

年代末莱阳专署迁为烟台专署时盖的，除了市长，副市长的办公室也就十平方米左右，办公桌外，两个单人沙发和一个文件柜摆放后，就几乎没有空间了，汇报工作进去两个人还马马虎虎，再多一个，就转不开身了。虽然彼时控制楼堂馆所的建设，然而如此条件也的确需要改善。

1992 年全国一个减灾与防震会议在烟台召开，刘秘书长看了报告单后说，开完会你去找找地震办，让他们把咱们这个小楼检测一下。经过评估，结果经受不住五级以上的地震。刘秘书长开始游说盖办公楼的事儿，然而年底他就调到市委当秘书长了，未能如愿。后来聊起此事，他不无遗憾，我说"官不修衙"，他瞅了我一眼道，我还没那么庸俗，该办的事儿就得办。

那一段的工作紧张忙碌，当然也有忙里偷闲的时候，所谓文武之道，一张一弛。闲暇时我喜欢跑到毓璜顶公园放松一下，那里属于盆景式公园，玲珑精致，转一圈不用很多功夫，而且不像南山公园，还要收门票，当然后来南山公园也不收门票了。不过更吸引我的是旁边的毓璜顶宾馆，那是彼时烟台最高级的酒店之一，尤其是二楼那家华园餐厅，是烟台最初经营粤菜的馆子，让人感到新鲜。

我们比较喜欢它的鱼头豆腐汤，这是芝罘原来没有的做法。我十分惊异他们怎么能把汤熬成奶白色，老板张华神秘地说，他用的是"鲩鱼"。后来一了解，草鱼而已。

我回家试着做了几次，没有那种效果。反复琢磨，甚至怀疑馆子往汤里加了牛奶，结果还是不行。以后和张华熟了，他笑着告诉我，你把花生油放到锅里烧热，然后加水一激，一定就变成了奶白色。鱼要先用油煎一下，不能直接熬汤，我恍然大悟，原来奥秘在此。

后来，周梅森到芝罘找矫健约稿，他就是后来写《人民的名义》那一位，不过彼时名气还不是很大，尚在南京《青春》当编辑。矫健让我推荐家馆子，我介绍了华园餐厅。吃饭时我卖弄鱼头豆腐汤的学问，周梅森打击我说，这有什么了不起！我们南京熬鲫鱼汤给产妇下奶，就是这种做法，众人哈哈大笑。

再后来，合成革厂变成了万华集团，幸福河也热闹了起来，真的有点幸福了。不过，我却搬到了塔山……

原载 2019 年 8 月 5 日《烟台晚报》

我的两位师傅

从乡下进工厂，两三年光景，我就经历了两位师傅。彼时我们那座滨海小城，"师傅"乃流行语，属于尊称或曰敬辞，只要是成年人，谁都可以被称为师傅。不像远一些的省城，习惯叫法是"老师儿"，儿化的韵味听来有些滑稽。不过这里言及的师傅，乃授业之师，与那些"师傅"不一样。

我们进厂那会儿，正赶上批判"四人帮"的当口，先要集中学习一周，其间赶上了运动会，大家都跑去看热闹。一位身着紫红运动衣裤、白色球鞋的中年人格外引人注目，有点像电影《女篮五号》中刘琼饰演的教练，意气风发。中年组百米预决赛前，他在原地不停地踮着碎步热身，看那架势，冠军非其莫属。

没想到结果大出所料，他竟然跑了个倒数第一，奔跑时两腿虽然摆动很快，但是步幅太小，似乎只有常人的三分之二，观众干着急也没办法，引得满场哈哈大笑。我心想，怪不得都说人不可貌相，原来我被那光鲜的衣着迷惑了。更没有想到的是，几天之后他竟成了我的师傅。

师傅高培德，地道的烟台人，老辈儿的房子就在通伸，那是芝罘略微偏西的地方，一条小河穿行其间，自西向东缓缓流淌。学徒后的第一个周末，师傅让我星期天中午去他家吃饭。我不太情愿，主要是拘束，怕不自在。不过盛情难却，加之师命难违，换了身干净衣服也就去了。当时挺穷，也没舍得花钱买点礼物，关键还是不懂礼数。

师傅家离厂子不算远，1路公交车直线三站，向北再走一站地儿的距离就到了。心里一盘算，为了省下五分钱，走着就去了。进了通伸，七拐八绕，好不容易找到了。师傅正在自家小院门口扫地，见面后指着旁边的小河说，水有点臭！

我是从乡下来的，虽然以前也是城里人，然而睽违日久，早已忘记了繁华，如今好不容易钻了回来，哪里会嫌弃这些？不过，那条小河其实就是条大水沟，称之为河似乎有些抬举。

茉莉花茶沏好的时候，师傅又说起了那条小河，感叹道，还是人家大城市气派，北京的龙须沟比这条河脏多了，一解放就治理好了。

师傅说的龙须沟较为著名，老舍先生为此创作了与地名相同的话剧，后来搬上了银幕，小学时我就看过那部影片。龙须沟乃明代挖掘的排水河道，横贯京城东南，在城里转悠一番后，注入了永定门外的护城河。宣统之前还曾水清流畅，民国时由于河水枯竭，变成了一条污水河。周边居住的多为卖力气、耍手艺的底层民众，与通伸一带有点相像，师傅由身边的小河想到了龙须沟，大概觉得栖身此地有些委屈。

　　说来也是，彼时通伸虽然热闹，却掩盖不住与生俱来的贫穷，房屋低矮破旧，街巷狭窄局促，如同上海的老闸北，更确切地说，很像电视剧《人世间》主人公居住的场景。往西上了通伸埝，就是乡下的概念了。

　　20 世纪 90 年代，那条水沟改成了暗河，屋舍拆迁重建后变成了"东方巴黎"，听上去非常光鲜。其实，根儿上的东西，哪能倏忽间就变了呢？

　　后来我理解了师傅内心的感叹，他是五级焊工，支援抢修郑州黄河铁桥时，所在班组荣立过集体一等功，见过些世面。彼时工人分为八级，1958 年始，学徒期满转正定为二级工后，就再也没有升级的事儿了，直到 1978 年才又松了口，五级工是此前就参加工作的，资格老得多，这让我陡生崇拜。

　　师傅在老烟台街是数得着的钓蛏子高手，那个活儿要去深水，起码没过头顶。师傅不会游泳，更别说潜水了。他的办法是，踩着特制的高脚板凳，用比别人长的竹竿绑住钩子，如同踩高跷般在海里穿梭，虽然水中平衡不易，师傅却能行走自如，从来没有出过问题，也是奇迹。

　　师傅的拿手好菜是木须蛏子，他家这道菜的特点是蛏子多、鸡蛋少，与一般做法相反。彼时物资匮乏，这两种食材都很金贵，且蛏子价值高于鸡蛋。然而鸡蛋凭票供应，蛏子取自大海，师傅有赶海的本事，弄蛏子相对容易些，我们徒弟几个自然得以大饱口福，我就是这样在他家第一次见识、品尝并且喜欢上了蛏子，当然还有海蛎子。师傅曾在滴水成冰的时候，领着我去礁石上挖过海蛎子，还逼着我生吃，弄得我现在还好这一口。

师傅很严厉，学徒没几天，跟着他去补焊电镀槽子，他蹲在两个槽子间，焊了一会儿后，伸手要锤子想敲掉焊缝上的药皮，看看有无气泡。我把锤子递过去后，接着就被扔了回来，一下砸在了我的脚面上，疼得我龇牙咧嘴，好几天才消肿。师傅出来后，瞪着眼教训我，递工具要递把，尤其是别人干活不得劲时，从此我养成了这种与人方便的习惯。

师傅电焊手艺全厂大拿，不过谱有点大，也有些爱显摆。厂里传达室有个水炉，科室都到那里打开水，不知怎么裂了条小口子，师傅让我拉着电焊机去修补。那个水炉是不锈钢的，得用镍焊条，这种焊条不易掌握，炉里还满是开水，我心里发怵，热胀冷缩，若是炸裂，开水喷出来就糟了。

我让传达室放水，他们懒得搭理我这个小学徒的；我返回找师傅请教，他说就那样焊。我只得硬着头皮拿起焊枪，没想到刚焊了几十毫米，口子就向前开裂，补多少裂多少，我完全蒙了。手足无措之际，发现师傅就站在身后，原来他也有些不放心，跟了过来。我眼巴巴地望着他求助，师傅一言不发，一把将我拨弄一边，夺过焊枪后，麻利地在新开裂处的尽头点了一下，两头对接，缝隙立刻就封住了。那一刻，真是让我佩服得五体投地。

看热闹的纷纷鼓掌，说还是师傅厉害。师傅很得意，焊枪往我怀里一丢，头往后一甩，扬长而去，颇为潇洒。不过我有点认死理，事后请教了技术科哈工大毕业的工程师赵永佑，他说你的担心有道

理，那种操作是违规的，然而我却不敢与师傅争辩。

师傅发现我喜欢钻研，遇到大活就刻意栽培。我们厂电镀活多，车间里两溜十几个铁槽，宽两米、长四米、高度一米半，虽然加了聚氯乙烯软塑料内衬保护，然而长期在盐酸、硫酸环境中，铁槽还是要不定期更新，焊接铁槽则是提升平焊、角焊技艺的好机会。

师傅带了六个徒弟，三男三女。每逢这种时候，他往往周六才领着徒弟们把五块铁板点焊在一起，然后当着大家的面故意说道，小张住宿舍，闲着也是闲着，礼拜天把槽子焊了。

我清楚这是把机会留给了我，满心欢喜。铁槽板材厚度虽然只有十二毫米，还是很沉，要想把所有缝隙焊住，得翻转几遍，我就找来同住宿舍的光棍汉们帮忙。周一上班师傅看到后很满意，告诉了车间主任，表扬我能吃苦，肯下力。其实，我哪有那么高的觉悟，无非想练练手而已。夜班闲着时，我也会找两根二十毫米的废钢筋，往操作转盘上一竖，练习立焊。

时间不算太长，不过一年多光景，我就掌握了角焊、平焊、立焊的操作要领，只是仰焊尚有欠缺。工友们平日嘴无遮拦，一说起"仰焊"二字就会哈哈大笑，怪模怪样的。每当这时，师傅会故作严肃地"呲"我们几句。某次锅炉有个部位需要仰焊，师傅把我派了过去，焊了半天还是有气泡，我掀开护罩观察。由于空间逼仄，不小心焊枪擦出弧光，眼睛被"打"了一下，红肿得厉害。

师傅说弄点奶子汤抹抹就好了，旁边机加工车间有位开车床的师傅恰在哺乳期，师傅让我去要点。这种事情，二十岁左右的年纪哪里张得开口，最后还是师傅把我领了过去。一说缘由，人家倒是大方，找了个僻静处，挤了点盛在杯盖里就给了我，几天后真的消肿了。不过话说回来，这种办法并无科学依据，只要到了时间节点，什么都不抹，恐怕也会好起来，然而彼时都是那种认知。自此以后，师兄师弟甚至师妹都抓住这个话题开玩笑，弄得我看到人家那位师傅就绕着走。

我们厂原先叫烟台自行车配件厂，1975 年 2 月 28 日，烟台地区开始自行车、手表、缝纫机"三大件"会战，"配件"二字终于抹去。别看上海"凤凰""永久"以及天津"飞鸽"大名鼎鼎，但规格都是 26、28 英寸，唯有我们的"飞蝶"牌为 20 英寸的，也算独领风骚。

第二年"五一"前，厂里挑选了五十位男女青工，骑着首批试制成功的五十辆崭新的苹果绿自行车，风驰电掣般冲下通伸埠，向市委、市革委报喜，向劳动节献礼，引得万人空巷，争相一睹风采，蔚为壮观。

自行车大架连接要溜铜，我们班组专业是电气焊维修，电焊为主，当然气焊气割的活也不少，什么都要拿得起来。焊车架子是套子活，技术含量不高，不过怎么着也得学上三两个月。没想到我学徒还不到一周，乙炔和氧气开关配合都搞不熟练，半瓶醋也算不上，师傅就把我派去气焊车间帮忙。彼时全国各地都在"大干快上"，厂里不停地搞会战，维修班组甚至科室每天都要抽人到生产一线干活。

溜铜就是先用气焊把子将车架子连接处烤红，然后用黄铜焊条蘸上硼砂一抹，接着融化铜条，铜水"滋溜"一声就渗进了缝隙，管件就此连在了一起。不过说起来简单，没练过还真是不行。

气焊车间真够气派，工位分列三行，拉成长溜，每个工位旁一摞车架子，几十把焊枪喷射着红蓝色的火苗，煞是壮观，然而"呼呼"的响声也够吓人的。我生怕气焊把子回火，若是处理不当，引起氧气瓶爆炸就坏了，紧张得不得了。而且我那时根本掌握不住火候，铁管经常被烧出窟窿，只得不断用焊条去堵，留下了不少疙瘩，铜水溜没溜进缝隙也不知道，质量一塌糊涂，自然出尽了洋相。

干了一个夜班，我说什么也不去了。别扭了半天，师傅让师兄李国永替换了我，他早我一年进厂，干这些活儿游刃有余。后来我才得知，师傅不愿借人，又拗不过车间主任，这才把我这个生手派过去支应。

我不明白溜铜为何要抹硼砂，师傅说那是为了清洁焊材表面，有利于黄铜融化后流动。他又说，硼砂洗头可以止痒去屑。我们彼时都是用肥皂洗头，既然硼砂有清洁作用，何不试试？反正有得是。几次之后头发开始脱落，立马不敢用了。人体表皮非金属表面，这么简单的道理自己居然想不明白，说来也是笑话。

师傅电焊、气焊没得说，然而气割却略逊一筹，气焊车间有位王师傅在这点上喜欢和他较劲。王师傅割炬一收，铁板"砰"地应声落地；师傅起身后，往往还要用铁锤使劲砸。铁板都存放在空旷处，大庭广众之下，我感觉师傅面子有些过不去。

久而久之，我和师兄摸到了窍门，师傅主要是走枪过快，氧气风量开得也不够，这与他的急脾气亦有关系。很快，我和师兄在气割上就不输师傅了，他自然心知肚明，不过谁也不会点透。有时别的班组要用铁板，往往会对师傅说，这点小营生就不用劳你大驾了，打发个小徒弟去就行了。

然而很粗的圆钢就是另一码事儿了，我割过一次直径四百毫米的铁柱，起重机把它从车上吊起拽在钢材库地上后，就任谁也搬不动了，需要就用割炬截下一段。这活儿先要在圆钢身下挖个深坑，以备贮存流下来的铁水，大号割炬外，两个氧气瓶要并联吹风，那种场景一直在我脑海里挥之不去：红中泛白的铁水烤得衣衫很快湿透，巨大的风量使得双手几乎控制不住气割枪把子，震耳欲聋的声响令人心惊胆战，现在想起来依然有些害怕。

我是主动请缨，想有那番经历。那天师傅去了，王师傅也去了。师兄后来告诉我，师傅没把握，怕出问题，但又要面子，于是让师兄悄悄请来了王师傅压阵。其实，术业有专攻，他山之石，可以攻玉，谁也不是神仙。想透这一点，什么都好说了，只是人们往往难脱窠臼。

自行车生产钢管用量很大，厂里有个冷轧车间，带钢在那里压延制成各种规格的管子，废品则成了大伙儿的宝贝。彼时工资可怜，日常开支都挺紧巴的，报废的管材就成了稀罕之物，厂里也体谅职工，谁要结婚，就会批点钢管给他做张床或是做几把椅子，象征性地收几个钱，加工则是我们的事儿了。

班组门外有处铁质平台，不到二十平方米，管子摆在上面焊接，才能保证铁床横平竖直不走样。不过手艺再好，焊口那里也不会太好看。两根四十毫米立柱与两根二十五毫米的横梁连接，怎么也离不开气焊。然而那些十四毫米的竖撑，只要在两根横梁上等距离钻上孔，直接插进去就不用焊接了，这样会美观不少。我想改变工艺，师傅不允，偷着试了后，得到了大家的夸奖，师傅也就不放声了。

后来就恢复高考了，然而考试头天傍晚，师傅却让我上大夜班。小夜班到零点，大夜班则是通宵，我觉得不近情理，师兄要替我，师傅也不答应，我犟了几句嘴，结果被车间主任修思胜"呲"了几句，幸而厂里的书记赵春学通情达理。这件事儿使我与师傅有了隔阂，虽然后来他解释是舍不得我走，然而这种方式还是让我难以接受。

那一年高考匆匆忙忙，连分数也来不及公布，成绩过线者按1∶1.2体检政审，我们厂三十八人报考，只有我一人初选上线，也算够风光的，然而却未被录取。这一点我倒是有些思想准备，估计还是父亲所谓的历史问题影响，彼时虽然开始宽松，然而平反冤假错案也是刚刚开始。

不过，毕竟我在众多工友中脱颖而出，很快就被厂里相中，调到了财务科，这样我又有了第二位师傅。他也姓张，属于一个家门的，加之年龄上只长我七岁，自然亲切了许多，容易交流。

张师傅负责成本核算，这在财务科室里分量最重，让我跟他学徒，也是科长有意打磨。不过，还是要从基础开始，先学打算盘。"一推六二五"那句话就是师傅告诉我的，其实本意为"一退六二五"，这话扯起来有点长，还是打住。

我这个年纪，小学时虽学过珠算，然而由于没有机会练习，很快就还给了老师，师傅让我先从"二十六句口诀"背起。彼时国内似乎还没有"计算器"的概念，科里倒是有台个头挺大的计算机，与现在的打印机大小差不多。

我懒得打算盘，总想摆弄那台计算机，科长鹿崇模骂我投机取巧，但我就是好奇。不过，那台计算机也是不争气，显示屏经常就不亮了。遇到这种情况，师傅就让我把计算机绑在自行车后座上，去烟台无线电三厂修理，那是生产厂家，位于西南河路西，靠近毓璜顶医院一带，后来与无线电六厂合并成了大名鼎鼎的东方电子。

到了那里人家一试，显示屏又好了；然而拿回来后，又不亮了。折腾三四次后，我感觉是接触不良，只要不好用，就用手四处拍几下，果然灵验。师傅夸奖道，还是大学生聪明。

我没捞着上大学，这话弄得我很不好意思，师傅倒不是挖苦我，我纠结的是未被录取的原因，彼时这类事儿总是难以启齿。

师傅倒是个知识分子，一九六五年考入烟台商校，是该校首届学生，一九六八年毕业分配去了乳山县石头圈公社供销社。那时候中专毕业也很了不起，自行车厂筹建时，作为人才调了回来。

我到财务科后直接当了银行出纳，越过了现金出纳这个台阶的历练。然而从未摆弄过账，面对复杂的会计科目，还是有点晕头转向，师傅对我不厌其烦。

很快到了年底杀账的时候，这是科里一年中最忙的一段，大家都非常紧张，元旦也不休息。按照惯例，每人要从家里带个拿手的好菜，中午在煤炉子上加热后，一起打牙祭。快吃午饭时，科长说，小张你是光棍，大家都拿菜了，你怎么办？干脆去伙房拌一毛钱的白菜丝吧！

一会儿工夫，我端着一盆大白菜丝回来了。科长瞄了一眼就不高兴了，问道，怎么没有大海米？你没说我让你去的？

我回答道，说了呀！

他再仔细一看，更生气了，连粉丝也没有？

师傅赶紧说，我跑一趟吧！

师傅一去，问题瞬间解决。这件事儿给我留下了极深的印象，当时甚是佩服，觉得师傅真是了不起。

彼时这类事儿挺多，财务科面子大。作为银行出纳，工作日每天下午三点，我都要骑车去西大街银行办理业务，与柜员熟悉后，他们找我买自行车，我很为难，那是凭票供应的商品。回来后我告诉了师傅，没想到他找到科长商量后，接着确定每月给我两张票，自行掌握处理，这样与银行的关系就好处理多了。

相当长一段时间，国内只有上海和天津生产手表，全钢的一百二十元，半钢的也要九十，而且很难买到；后来南京出现了"钟山"牌手表，只要三十五元，人们趋之若鹜，非常紧俏。烟台"三大件"会战不久，"北极星"牌手表就诞生了，外观比钟山表还要洋气大方些，四十五元一只，更是难买。师傅对我说，你该有块表了。这样的事儿我想都不敢想，囊中羞涩不说，哪里能够买得到呢？师傅一听，找到供销科张道生科长，他一纸条子，我就如愿以偿。

后来与师傅论及这些，颇多感慨。人们但凡有了点小权，若无约束，大都会用到极致，人性如此，概莫能外。也许这话不太厚道，毕竟人家帮助过我，然而不吐不快。

1978 年是恢复高考的第二年，头年许多连边都没沾的人，这一年也上了大学，我的心思又活了起来。我之所以第二年没有报考，源于心灵不忍再受折磨，或者说不想自取其辱。不久，十一届三中全会就召开了，形势进一步好转，我想再试试。然而1979年在职职工报考需经单位批准，请假复习更是绝无可能，只能插空看看书。

动了这个心思，工作自然会受影响，抽屉和柜子里堆满了票据，传票未做，账也没记。然而挨到月底，再也拖不下去了，否则就要影响成本核算。师傅得知后，下班后留下来帮我理账，我则在旁边复习功课，一连两三个月，每到月底都是如此。

高考分数公布后，我远超初选线，心里非常高兴。彼时我们厂为青岛"金鹿"牌自行车配套生产小牙盘，每个季度要去核对一次账目，这种美差一般都是老会计的。我的差事通常是坐着叮当作响的公共汽车，去福山自行车配件厂看看，那个厂为我们加工自行车后架。这一次，师傅想让我临走前见见世面，找了个理由，让我也去了趟青岛。

转完栈桥、八大关、小鱼山等景点后，我报的三个志愿已经录取完毕，依然没有接到通知书，估计还是父亲那事儿绊腿。垂头丧气之际，烟台师专中文系的录取通知来了，然而我高兴不起来，心有不甘，想要放弃。师傅说，你再出去散散心，转一圈回来后再做决定。

我又去了生产"白鹤"牌自行车的省城，我们那时与济南自行车厂也有业务。趵突泉、大明湖兜了一圈后，又去爬了泰山，返回后师专已经开学。师傅劝道，今年厂子批准报考就挺困难，明年让不让报名也说不准，专科好歹也算大学，先打个兔子别在腰里再说！

我想想也对，年龄不小了，再说今年报志愿时填写了服从调剂，若是不听招呼，恐怕明年报考的资格也没有了。第二天，我就去了师

166

专，此时距离开学已近两个星期，我的会计生涯就此戛然而止，只有短短的一年多时间。

虽然离开了工厂，然而我与张师傅的联系却没断过，无非时紧时松而已。师专在一处大山坡上，距离市区挺远，道路没有铺沥青，也没有公交车，出来一趟挺不容易的。师傅家住文化宫后街三十七号，下了大海阳那个大坡往东一拐就到了。

师傅的爱人林师傅是独女，他是倒插门，住在岳丈家里。那处宅子不大，却是二层，还有一个狭小的院子。我这人幼儿园上过全托，小学一年级就开始寄宿，插队、进厂也是住宿舍，孤独了很久，似乎缺少温暖，师傅家的场景给了我很温馨的感觉。

周日从学校到市区闲逛，我经常在他家停顿一下，喝喝水，甚至蹭顿饭。彼时正值青春年月，英语系有位女同学家也住那一带，有个周末约我晚上去她家聊聊，同学孙立国陪我去了市里，就待在师傅家等我……

师专毕业离校的头天，我给师傅打了个电话，想让他找辆车帮我把行李拉到新的单位。师傅毫不含糊，第二天就坐车来到了学校，天晓得他竟然把厂里的通勤车弄来了。当时烟台街叫这种车为"大客棚"，还没有后来模仿港台语系，从英语转换过来的"大巴"的说法，满大街也没几辆。我一个小小的学生，居然把事情搞得如此惊天动地，弄得辅导员胡泽太老师盯着我的眼神都有些异样了。

几年以后，我们那个厂与上海"永久"自行车厂横向联合，突然红火起来，又是给中国女排赠车，又是把马季等相声大咖请来造势，很是热闹。不过好日子没过多久，很快就不行了，仿佛回光返照，

1995年终于解体，先是成了"中纬急救"，没过几天又黄了；闲置多年后，又成了什么培训机构，只是昔日热闹的情景已不复存在，冷清得让人感到有些落寞。有时候路过那里，看着主楼楼顶西南角那间我曾住过的宿舍，常常让我想起许多往事……

张师傅厂子散伙前去了开发区，他的会计专长走到哪里找碗饭吃都不愁；高师傅挨到厂子解体已届退休，直接就回家了，不过他也闲不住，倒腾布匹发了点小财，过得还算滋润。

有那么几年，我在北京工作了一阵子，与师傅们的联系自然少了。说来也巧，回来后也是在一个运动会上，男子中年组四百米点录时，广播中传来了"张传贵"的名字，这不会是师傅吧？我紧盯着跑道，只见果然是他，五十三岁的师傅依然健步如飞，轻取第一。

师傅很有体育天赋，身高一米八五，四百、八百及一千五百米中长跑都拿过地区职工运动会乙组第一名。调入工厂后，接着就被选入业余篮球队。彼时全市（芝罘区）范围内有三支著名业余篮球队，分别为自行车厂队、劳动技校队和海军雷达团队，冠军就在他们之间轮流转。其实，说是业余，实际上这拨人就代表了当时烟台地区甚至整个山东省篮球运动的水准。

一转眼二十多年又过去了，如今高师傅已年近九旬，待在家里不出门了，甚至连徒弟也懒得见了。张师傅虽已七十有五，不过精力、体力依然充沛。前些日子我们喝了次酒，感慨良多，临别时他说了句文绉绉的话，你也快进入古稀之年了！

可不是嘛！人生苦短。

原载《老照片》第151辑

坎坷高考

1997 年初冬，恢复高考二十年的时候，我年届四十，意气风发。想到高考改变了命运，心情很是激动，留下了一段不太完整的文字。孰料时光真的有如白驹过隙，眨眼间二十年又过去了，不知不觉就进入了耳顺之年。然而，当年的情形时不时还会在脑海浮现，内心依然难以平静，不由得翻出了那些泛黄的纸张。

1977 年 8 月中旬，秋老虎还在肆虐，天气十分闷热。彼时我在烟台自行车厂当电气焊维修工，厂子里的产品，就是那个年代非常著名的 20 英寸"飞蝶"牌小轮自行车。

有天夜班，工友段守业的自行车前叉断了，让我帮忙焊一下。我拿起电焊把子，换上了两个，也就是直径 2 毫米的焊条，一打火，只听"嘭"的一声，眼前蓝光一闪，屋里突然漆黑一片。我以为短路跳闸了，走到门口一看，整个厂区都不见光亮，原来停电了。

彼时电力十分紧缺，三天两头停电。市里有个"三电办"，虽说职能是负责计划用电、安全用电和节约用电，主要工作还是"计划用电"。企业停电一般都会提前通知，猛然拉闸，怕是遇到了突发情况。

到了下半夜，电还没来，估计当晚没指望了，他又央求用气焊帮忙，被我拒绝了。因为"嘎石"罐的密封圈出了毛病，头天下午水就放了，准备天亮后维修，车叉子管壁那么薄，要不刚开始我就用气焊了。老段挺缠人，过了一阵又来找我。他年纪比我大，是开车床的老师傅，却之不过，只好硬着头皮答应了。

我觉得罐口敞开了大半天，乙炔早跑光了，掏出打火机想看看补多少水可以没过"嘎石"，好歹把这点活应付过去。谁知一摁火机，罐里残存的那点气体"轰"地燃了起来，全部扑到了我的脸上。

我疼得大叫一声，左手下意识地一捂，额头上一大块皮熟透了似的，立刻被抹了下来。见我出事，老段溜了。我痛苦地坐在了地上，幸而旁边锅炉房的兄弟帮忙，他们用自行车载着我去了最近的青年路医院。打了消炎针后，医生在我脸上涂抹了"紫草油"，然后把剩下的递给了工友，让回去后自己抹，说住院无非也是这一套。

养伤是在痛苦和寂寞中煎熬，天气炎热，创面愈合时奇痒难耐，睡觉时家人不得不用绳索捆住我的手，以免昏沉中抓挠。更为痛苦的是，老段还不承认是他找我焊的车叉，既干私活又违章操作，厂里自然要处分我。师兄打抱不平，揪住其当胸一拳，他害怕了，这才改了口。

由于面部浮肿，眼睛也睁不太开，无法看书，整日相伴的只有父亲留给我的那台红旗牌 703 收音机。百无聊赖之际，突然中央人民广播电台《新闻和报纸摘要》节目中传来了恢复高考的消息。我一下子呆住了，浑身的血液如同凝固了一般。我清晰地记得，那是 1977 年 10 月 21 日，恰逢重阳。

其实，更早的时候，消息已经流传。按照惯例，当年高校招生的推荐选拔等基础性工作早就进行完毕。然而，开学时间过了许久，那些幸运儿并未接到入学通知书。人们纷纷猜测，高考要恢复了。

不过，真正听到这个消息时，许多人似乎又不敢相信，毕竟已被压抑了多年。整整一天，我都在收音机里追寻那个充满喜悦的声音，难以自抑。高考恢复了，报名不受限制，大家都有机会，这会是真的吗？

这个喜讯，犹如一股春风，不仅吹走了人们心中多年积郁的阴霾，也奇迹般地抚平了我的肌肤，脸上竟然没有留下任何印记。厂里的人看到我时，都不敢相信自己的眼睛，他们以为我一定是满脸疤痕。

从 1966 年到 1976 年，高考中断了十一年。当然，1973 年夏天也有次象征性的考试，题目非常简单，如果初中知识学习到位，可以轻松拿到优异成绩。但是，那次考试是在推荐的基础上进行的，不是谁都可以参加，而且成绩只是作为选拔的参考。更让人始料不及的是，由于那位著名的"白卷先生"张铁生投机折腾，勉强恢复的考试第二年就夭折了。

1977 年的高考各省自己命题，时间略有差异，山东的高考从 12 月 9 日开始，让人很容易联想起那场著名的一二·九运动。是巧合，还是刻意？不得而知。紧张和期待中，终于盼到了那个刻骨铭心的日子。

其间有个小插曲，彼时正处于"抓纲治国，大干快上"阶段，各行各业都迸发出了极大的热情。那个月正值我们厂"1278"战役，目标是12月份实现产值70万、产量8000辆，全厂每天加班四小时，星期天也不休息。

12月8日那天下午，师傅高培德突然安排我上大夜班。让我干完通宵后再去考试，实在不近情理。那时生产也没紧张到那个程度，很多事情都是姿态性的，形式大于内容。我们又是维修班组，会战期间，每天只要派个人到气焊车间帮忙焊焊车架子就可以了。

师傅虽然严格，平日待我也还不错。然而不知什么心理作祟，在我人生面临重大选择时，竟然如此拿把。师兄说他来替我，师傅就是不答应。

后来得知1977年夏天全国科教座谈会的情景，心中更加感念小平他老人家。据说会上温元凯建议恢复高考，提出了"自愿报名，领导批准，严格考试，择优录取"的原则，小平同志闻听后表态，"领导批准"那四个字要拿掉，考大学是每个年轻人的权利，不需要领导批准。如此体察民情，实在英明睿智，若非取消了那一条，随便哪个人都可以设置障碍，很多人就会丧失机会。

我不服，师傅说你可以找车间，然而主任修思胜一脸严肃地让我服从班组安排。由于全厂加班，大家都没走，接近晚七点时，我找到了厂党支部书记兼革委会主任赵春学，他正在与政工科科长王洪良商谈工作。

我一小工人，平日根本够不着领导，赵书记也不认识我。然而那天也不知哪里来的勇气，直接述说了委屈。当然，刚开始我还是先说了几句高大上的话，诸如年轻人都希望接受祖国的挑选等等。

赵书记的认知比前边那些人就高多了，他表示这是好事，应该大力支持。不过，他似乎又不愿当着我的面否定基层干部的意见，婉转劝道，你回去再好好商量商量！

我心里有底了，也没有继续找师傅，已经饯上了，说了也没用。正常加班一结束，我脱掉工作服就走。师傅在后面威胁，我也不搭理他。不过，表面虽然硬气，心里还是有些发怵，考不上呢？这件事直接影响了心情。

第二天气温很低，北风呼啸，天上飘着雪花。我的考点在烟台三中，那里离工厂虽然不是太远，为了保险，我还是一大早就坐公交车去了，几乎提前了一个小时。

三中院子里到处是扎堆的考生。不久，两辆军用卡车开了进来，车厢里站满了海军官兵，他们也是来参加考试的。那个时候，北海舰队烟台基地还未裁撤。我心里很羡慕，人家当兵的待遇就是好·部队直接派车把人送过来了。

考试共两天，头天上午语文，下午政治；第二天上午数学，下午文科考史地，理科考理化。作文《难忘的一天》很适合我的笔法，我觉得这一天就很难忘，想说的很多，于是东拉西扯，洋洋洒洒，很潇洒地写完了。政治、史地就更顺溜了。

数学虽为弱项，题目也不难，小题有根式、对数、韦达定理证明等。我那时有本北京矿业学院 1973 年版的《数学手册》，64 开本，灰色封面，高中毕业那年买的，没事儿也会翻翻，这些题轻松。二元一次方程那道大题，是求相邻两个猪圈的最大值，与课本的例题几乎一样，恰在复习范围。难住我的是一道平面几何证明题，两个三角形套在一个圆里，只要添加上两道辅助线，就可迎刃而解。我加上一道后，另一道怎么也无法落笔。一出考场，立刻想起来了，然而一切都来不及了。

当晚，工友拽我到旁边的肉联厂看南斯拉夫电视剧《夜袭机场》，那里有台九英寸黑白电视机，我就是那次知道了"电视剧"这种艺术形式。由于信号差，人又多，几乎看不清楚，很快我就走了。其实，关键是脑子里始终转的是那道数学题，懊悔不已，那么简单的题，如果不是接近满分，怕是没指望了。

上班后，师傅不搭理我。中午在食堂遇到赵书记，由于有了那天晚上的交道，他关切地问我考得如何。我说完作文后，他惋惜地摇摇头，什么日子比毛主席逝世这一天更难忘呢？起码你的内容就不行。

如同兜头一盆凉水，我的情绪降到了冰点。师傅已经得罪，考试又如此不堪，心中惴惴不安。后来，得知邻省河南的作文题目是《我的心飞向了毛主席纪念堂》，心中不免对赵书记有些佩服。

"冬至"第二天下午，中学语文老师于贵清在济南参加完高考阅卷后，走到烟台时已无回蓬莱的车了，辗转找到了我这里。他一直很欣赏我，我的作文从来都是班里的范文。

我弄了点散酒，我们边喝边聊。听我说完作文后，他说没问题，要是我批，肯定高分。老师这么一说，又像给我注射了一支强心剂。

1978 年很快到来了，头年最后一天傍晚，我回到了蓬莱。当天夜里大雪铺天盖地，仿佛真的要遮掩住过去那些苦难的岁月。元旦是星期天，假期顺延，我应该在第二天下午返回工厂，然而雪大封路，无法成行。1 月 3 日，厂里的电报追到了母亲工作的小镇："高考初选过线，立刻返回体检。"

两天以后，我好不容易才回到厂里，政工科王科长说，怎么才回来？体检已经结束了。我一听傻了一般，他拍了拍我的肩膀安慰道，先别急，轻工系统体检虽然完了，化工系统明天才开始，我帮你联系一下，看看能不能插进去。

第二天，我随化工系统考生到烟台山医院体检，没想到"脾脏肿大"，我一下子蒙了，完全没有思想准备。那年我们厂去了三十八位考生，超过职工总数的二十分之一，我是唯一通过初选者，厂里很重视，让我再去毓璜顶医院复查一下。

彼时人们普遍对高考怀有热情，医生听说高考体检出了问题，格外认真仔细。恰好有些海军军医在那里进修，于是我成了教学样本，大家轮番在我的肚子上摸来摸去。最后病历上的结论为："自述脾肿大，未发现异样。"

我拿着这个结果去烟台山医院理论，没人搭理我。那年全国有五百七十万考生，时间又匆忙，连分数也不公布，查分更不允许，这种情况找谁去？

春节很快过去，新生们兴高采烈地登上汽车、火车、轮船，满面春风奔向了四面八方。想象着他们走进高等学府时的欢快情景，我的心中只剩下沮丧。其实当时亦另有隐忧，头上那顶"可以教育好的子女"的帽子还没吹走，是不是这件事影响了录取？

2007 年恢复高考三十年之际，央视访谈节目说到当时在北京重型机器厂当工人的刘少奇之子刘援，如果不是写信给小平叔叔，连报名都通不过，录取也是费尽周折，何况我这种升斗小民？

半年之后，1978 年高考就来临了。我不知道脾脏肿大可否录取，然而政治上的问题还是压得我喘不过气来，感觉这才是落榜的真正原因，心里难以承受再一次打击，没有报考。然而看到上年初选都没过关的考生，这一次却如愿以偿，心中再起波澜。

很快就进入 1979 年了，暮春的一个傍晚，我倚在厂区一棵大树旁，茫然地看着懒散的夕阳。一位工友递过封上海来信，我立刻想到了失联多年的舅舅，他是 20 世纪 50 年代的清华大学毕业生。舅舅说，十一届三中全会后，他的所谓"现行反革命"问题彻底平反，得知了我的情况，告诉我不要悲观，一定要参加当年的高考，说也许这是我最后的机会了。

好事多磨，经过两次高考，仿佛一湾池水中，大鱼都捞得差不多了，剩下的小鱼小虾人家就不在乎了，在职职工报考这时就需要征得单位同意了。彼时我已被厂里视为人才选调到了财务科，科长鹿崇模是个老资格，对我很欣赏，想好好培养我。一听我又要考试，脸立刻拉了下来，无论如何也不同意。

我只得去央求新任政工科科长王承龙，他很开通，说我先给你开介绍信，别耽误了。然后你再去做工作，要是你们科长还不同意，你就去他家找大姨。他的办法很灵，这个问题还真是在科长家里解决的。

1979 年高考，难度大增，且为题海战术，几乎没有仔细思考的余地，一道接一道地做题，才能答完卷子。语文考试文理还是一张卷子，其中一道 12 分的古汉语选择题，规定"理科考生做第 1 小题"。"理科"二字晃了一下，我竟没往下看，忽略了"文科考生做第 2 小题"。

晚上议论卷子，方知漏题了。这一年半来，我没能像多数考生那样在中学里苦读，靠的还是老底子，进步本来就不大，如今白白丢分，恐怕难以过关。那时也是虚荣，觉得第一年虽未录取，起码初选过线。这次若是落榜，有何面目见人？于是想放弃后面的考试。

由于第一年初选上线，许多同事对我高看一眼。说来也巧，第二天一大早，有位熟悉我的哈工大毕业的老大学生赵永佑来厂里等车出差，见我没去考试，问清缘由后赶紧从技术科取来圆规、三角板，连推带搡把我送上了公交车。这一年，考场在烟台四中，比第一年远多了，我赶到时，数学考试已逾半小时，监考老师拒绝入场，我的眼泪一下流了出来。总监考巡视到此后，挥了挥手说，让他进去吧！

1979 年山东文科初选线为 300 分，我远超分数线，结果却录到了烟台师专，心中觉得还是那个问题。果然，几年后清理冤假错案档案时，我才看到高考政审一栏里"合格受限"四个刺目的字，满腹酸楚。

世事沧桑，人生的机缘有时是很奇怪的。师专录取通知书来了后，我很纠结，想要重考。别人劝道，拒绝调剂，恐怕以后连报名的机会也没有了。开学一个多星期后，我终于报了到，同学们当时都以为我放弃了。

现在想想，那个时候是多么幼稚啊！如果没有师专的两年，今天会是一番什么样子？即使真的去了山大甚或北大，就一定会是另外一番情景吗？

也许，这就是命运。从这个意义上说，社会才是我永远的大学。

原载《老照片》第138辑

那两座黄色的小楼

闲时翻书，无意间看到了徐泓女士的新作《韩家往事》，其中关于燕京大学创办时校舍的描述，令人感慨，也让我想起了母校的两座小黄楼。

我们那所学校规模不大，我们入校时，学生恐怕还不足千人，若无1978年那次扩招就更少了，还有就是恢复高考当年延迟到冬季招生，七七级与我们七九级又交叉了半年左右。彼时学制两年，三个年级的学生同时在校，就显得拥挤起来。

学校大门朝东，牌子上最初只有简单的四个字"烟台师专"，是中文系教师易朝志临摹的"毛体"。其实全称是烟台师范专科学校。大门外是条不宽的柏油路，没有道牙石，铺设也不规整，坑坑洼洼，直通如今的机场路，彼时那还是条乡间简易公路，三合土铺就，后来穿插其间的青年南路还没有雏形。柏油路北边是济南军区守备五师十四团团部，南边是世回尧村的田野和农舍。

学校还有个小北门，平时铁将军把门，只有去农场劳动时方才开启。不过大操场高出北面那条小路十几米，没有垒砌围墙。闲暇时男生常常坐在操场的北缘，两腿悬在外面谈天说地，有时也顺着陡峭的石壁爬到校外。有一次我们看到下面路上有几个当兵的帮着村民推车，举手大声呼喊，向解放军学习！他们接着回应道，不用客气！逗得我们哈哈大笑，从此就学习、客气起来。

迎着东门是个不大的花坛，里面竖着块高大的牌匾，红色基调，正面黄色的字是毛泽东手书的"忠诚党的教育事业"，也是易老师临摹的；背面还是毛主席语录："我们的教育方针，应该使受教育者在德育、智育、体育几方面都得到发展，成为有社会主义觉悟的有文化的劳动者。"那是毛泽东1957年在《关于正确处理人民内部矛盾的问题》中提出来的，以仿宋字体写在牌匾上。

花坛南北，分别矗立着一幢二层黄色小楼。北面那栋，楼上是校领导和党委、行政部门办公室，中间为学生阅览室；楼下为英语系、政史系。南面那栋，楼上为中文系，楼下西头为1979年增设的体育系，东头有个新华书店设的点，周六晚上出售图书。

学校当时只有七个系，除了上面念叨的，就是数学、物理、化学系了，它们在一座四层大楼上，过了黄楼，顺着坡向西，路北就是校园里那座最宏伟的建筑了，一般称之为理化楼，其实是数理化楼，对面是正在修建的图书馆。东西大道两侧，挺立着碗口粗细的两溜白杨，微风拂过，哗啦啦的声响给了我们无限遐想。

1958年创办、1964年停办、1976年夏日烟台地区革命委员会批准恢复的烟台艺术学校也在我们的校园里，栖居在南墙那一溜平房办学，当时称"五七"艺校，初时由我们学校代管，1979年初划归烟台地区文化局主管，直至1981年初才全部迁到市区福山路。前几届学生皆为京剧、吕剧和器乐专业，每届刚过百人，笙箫管弦的声响和咿咿呀呀的唱腔，很是吸引我们。

我们就这样在小黄楼里开启了大学生活，这话说起来有些气短，专科虽然在那个年月也很稀缺，与本科相比还是有些差距。学校要求佩戴校徽，然而星期天上街，总是有些羞怯，觉得学校的规格低了些。那时候海边还有所烟台师范学校，后来改为芝罘区教师进修学校。若是有人误以为我们是师范的，同学们还是会赶紧解释自己是师专的，毕竟专科属于高等教育范畴，生怕人家把自己误认为中专生。其实路人早已把我们当成天之骄子，况且我们的一些校友当时就已经崭露头角。譬如七八级学兄张炜，1980年就在《山东文学》发表了短篇小说《达达媳妇》，很快他的《声音》又获得1982年全国优秀短篇小说奖，后来成为中国作协副主席，著作等身。

高校中文系课程都差不多，不过七七级、七八级刚开始大多用的还是油印讲义，七九级时正规教材大量出现，诸如游国恩的《中国文学史》、朱东润的《中国历代文学作品选》、黄伯荣的《现代汉语》，等等。

印象最深的是陈洪昕老师讲授的"形式逻辑"，铅印的讲义灰色封面，薄薄的一小册。陈老师乃山大蒋维崧先生高足，讲课干净利落。第一堂课几句不疾不徐的掖县腔开场后，就在黑板上画了个圆，标明A后将圆切分为二，再分别标明B和C，告诉我们A代表青年，B代

表共青团员，C代表普通青年，B和C相加就是A，这就是逻辑的基本要义。很多年后与人笑谈，我说"女士们"与"先生们"就包含了各位领导、各位来宾、各位朋友，等等，多说不合逻辑。有人不爱听，说那是为了突出领导。如此认知，夫复何言？

文艺理论教材是叶以群主编的《文学的基本理论》，绿色封面，上海文艺出版社出版，最早版本始于1963年，1979年重新刊印。限于时代，书中很多观点出自苏联时期认可的"别车杜"，他们是俄国19世纪文艺理论家，也就是别林斯基、车尔尼雪夫斯基和杜勃罗留波夫。"文革"初期叶先生就去世了，再版时也没能修订。

文艺理论较抽象，讲授不易，教研组组长王志强老师太忙，七八级扩招使得师资力量明显不足，一些留校不久的工农兵学员登上了讲台。有位女老师给我们上这门课，虽然尽心尽力，还是比较吃累。说到"别车杜"，她给杜勃罗留波夫缀上了个"斯基"的尾巴，独出心裁弄出了个"三斯基"。我们虽是学生，还是听得出来，不过也没当场让其难堪。然而某次上课时，矫健抱着本许国璋《英语》背单词，她发现后较劲。矫健那时已经发表过中篇小说《前进吧，火红的拖拉机》，很快他的《老霜的苦闷》与张炜一样，也获得了1982年全国优秀短篇小说奖，有点名气，不吃那一套。他站起来讽刺说，那你就再给我们讲讲"三斯基"呗！同学们哄堂大笑，气得她哭着离开了教室，再也没给我们上过课，据说后来调到了一所中专。

还有位数学系毕业留在宣传处的男老师，可能也是由于教师打不开点，给我们讲授于光远的《政治经济学》，那门课也不太好讲，出力不讨好。但是他比较活泛，善于组织讨论，没有不懂装懂，同学们也就宽容了，反正中文系的学生谁也没把那门课当回事儿，后来大家相处得还挺好。

我们非常幸运，大多数老师还是很有水平，系主任萧平老师也给我们讲授过文艺理论，那时根据他的小说改编的广播剧《三月雪》人人皆知，大家听得如痴如醉。"文革"后他的《墓场与鲜花》又获得了1978年全国优秀短篇小说奖，也就是如今说的鲁迅奖，我们佩服不已。下午自习时，孙元璋老师会搬把椅子堵在教室门口，一个个点名过去背一段《离骚》，谁也跑不掉。你要是全文背不过，那就过不了关，谁知道他让你背哪一段啊？我们的基础，就是在这些老师的严格要求下，逐步扎实起来的。

不过我们也作弊，中文专业弹性大，大家都有几分浪漫情怀，考据以外，不似理工类专业严谨。文学讲究感觉，往往一个提示，就可以挥洒出一大篇文字。我的同位任仲灵是应届生，学习认真，我不太习惯按部就班，喜欢看闲书，如此考试就露怯了，时常抄他的。不过我善于举一反三，成绩反而比他好，气得他再也不让我看了。监考老师若发现作弊，只要不是太过分，警告一下也就算了。然而有位同学毕业时考古代文学打小抄，恰逢学校整顿考试纪律，第二年才补发了文凭。

我们那时还有劳动课，每周平均两节，合在一起两周一次，多是去北山农场，春种秋收，主要是地瓜花生。麦收时也会到附近的下曲家等村子帮着农民割麦子。

有一次劳动课要上北山，劳动委员林志刚派活时，说要找两位个子高点的同学给花坛里的牌匾刷油漆，选中了我和王英明，惹得一阵起哄。我刚一米七，属于半残废，肯定不够格，王英明也就比我略高点。我们七九级中文系两个班中，王英明 1950 年出生，矫健 1954 年出生，再就是我这种 1956 年前后出生的有那么六七个，比应届毕业生大个五六岁。当然还有个女同学比矫健还大，与自己的初中学生成了一个班的同学。林志刚本意是想关照一下我们这些年纪大些的，不过以个子高矮说事儿，结果授人以柄。

没想到刷漆比上山累多了，苦不堪言。牌匾很久没有维护了，油漆剥落得斑斑块块。爬梯子个子不是问题，高了还不一定灵活。累人的不是涂抹，而是要小心翼翼地用笔把字描出来，稍不注意，就会走形，胳膊好几天还酸痛，脸上也抹上了油漆，气得我大骂林志刚。

我们这些有一定社会经历的学生，老师多少都会给点面子。七七级毕业时，胡泽太留校当了我们辅导员，他比我还小一岁，比较客气。那时除了星期天，每日都要出早操，然后打扫划定的卫生区，主要是清扫落叶。有一次我想睡懒觉，告诉胡老师我明天不出操了。他问为什么，我说肚子痛，他一听就是假的。看了我一会儿后说，那你也不能起床时再造舆论，现上轿现裹脚不行，今晚你就在宿舍里说肚子痛。接着很无奈地补充了一句，你是真能给我找麻烦！

矫健有一次领着几个小同学到市区喝酒，酩酊大醉，有的还躺在了西南河的大街上。他是主谋，有人告发后，系里统统收拾了一顿，但是板子重重地打在了胡承嵩等年纪小的同学身上，还是给了他面子。说他们工作了好几年，喝酒还情有可原，你们是纯粹的学生，也跟着不学好？气得胡承嵩大骂不公道，几十年后还耿耿于怀。

周六的傍晚是愉快的，不用上晚自习，系里那台松下彩电会摆放在二楼合堂教室里，《新闻联播》之后就是电视连续剧，可惜每周一集，很不过瘾，最受追捧的还是美国电视连续剧《加里森敢死队》，《大西洋底来的人》就不怎么样了，那时国产电视剧很少。

1980 年冬天，系里组织我们集体收看了审判两个反党集团的实况转播，同学们猜测刑期，有些结果出人意料。庭审现场位于北京正义路 1 号，我就是那时知道了首都还有这个地名，幼稚地以为，会不会因为这次审判专门命名的呢？其实那条路抗战胜利后就是这么个叫法。

周六傍晚有时也很矛盾，楼下售书点也在相同时段开放，买书就会耽误看电视。电视机只有十八英寸，去晚了前边就没地儿了，二三百人挤在一起，后面很难看清楚。不过，售书点每周会公布新的书单，要是有喜欢的，就得舍弃电视剧了。那时我们很穷，不过总会挤出钱来买书，压抑了那么多年，很多禁书重见天日，喜悦情不自禁。一张三抽桌堵在书店门口，大家挤在门外，人头攒动，纷纷举手呼喊，希望引起店员的注意。

我就是那时抢到了一套浙江人民出版社出版、傅东华翻译的美国女作家玛格丽特的三卷本小说《飘》。黑色基调的封面上，图案黄绿相间，从上往下看像一片残缺的树叶，从右下方往上看，又像男女两人紧贴的身体。1972 年江青接见美国女记者维克特时，曾经谈起过这本书，名气很大。不过三块两毛钱，对于我来说是笔巨款。

早操后和晚饭后更是快乐时光，早自习要求不严，不一定非得待在教室里，晚饭后一小时也较自由。这个时段，对面英语系学生大都在院子里背单词或者精读，他们那边的树丛显得拥挤，一些女生就转到了中文系楼下，可惜我们听不懂英语，不过悦耳的女声还是滋润了心田。我们下一级改成三年制后，开设了公共英语课，然而失之交臂，成为终生遗憾。

矫健告诉我，有位在我们楼前精读的女生，若是有人从她身边经过，声音一定会大起来。我装模作样路过，发现果然如此，她是在吸引我们中文系男生吗？我们楼南有个排球场，一般都被男生占着，英语系的女生就在花坛前打排球或羽毛球，我们很坏，时常故意穿插其间碍事儿，就是想找机会和人家搭讪。其实也难怪，正值青春年华，谁不渴望爱情呢？

七八级孙和平是那年山东省文科前几名，因父亲所谓"特嫌"问题高分低就。某日下午自习时，一个篮球从走廊滚进我们教室，一个高大的男生颠着碎步也跑了进来，脚尖一钩，球就在他右手食指上转了起来，分明就是如今 NBA 球员的水平，前排的女生眼都直了，我这才知道他就是孙和平，不知怎么就成了朋友。大家觉得他有些《加里森敢死队》中"戏子"的派头，就把那个绰号送给了他。一位留校的青岛籍女老师非常喜欢他，不过孙和平毕业分去了莱西乡村中学，那位女老师愿意追随，和平始终不吐口。她知道我与和平关系不错，想让我搭线。我们年龄相仿，说话随便，我开玩笑说快考试了，耽误不起，她说现代文学包在她身上了，我说那是我的强项，闭着眼睛考得也不会差。其实我清楚孙和平怎么想的，然而女老师痴情的眼神始终令人难忘。

还是那位给我们讲过政治经济学的男老师有办法，他那时追求一位女老师，据说人家没有相中，然而每当操场上演露天电影时，他拿着两把椅子早早就去占位子，眼睛四处巡睃，发现心上人来了后，扬手大声召唤，其实人家并未与其相约，然而大庭广众下如此宣示，终于抱得美人归。

　　那时候艺校的卫生室挂靠在我们学校的卫生所，也在南墙根儿的平房里。七八级学兄李大健是我多年来往的好朋友，就诊时喜欢上了艺校漂亮的女校医，旁逸斜出，跳到圈外寻找天地，成就了一段不错的姻缘，后来夫人调到了烟台话剧团。

　　矫健也与烟台四中一位英语老师谈起了恋爱，第一次去丈母娘家，找我借衣服。那时舅舅刚从上海给我寄了件银灰色迪卡中山装，做工考究，在一片蓝黑色中十分耀眼，我也是当作礼服，平日舍不得穿。不过矫健遇到人生中的大事，只能忍痛割爱。然而他穿在身上就不脱了，好长时间不还，后来好歹还了，还弄得脏兮兮的。我让他洗，他扔进脸盆泡了几天后，晾了晾就给了我，结果油渍再也洗不掉了。

　　我们那座黄楼一楼西头有个盥洗室，那时大家也不太讲究，下课去饭堂时只有王英明洗手，而且口袋里始终备着块小肥皂。他是芝罘区的，家住十字街，高考时数学零分，语文却考了95，全省第一。上学前是烟台化工三厂工人，我们就挖苦他肥皂是偷的，矫健给他起了个外号"肥皂"，其实生产肥皂的是二化工，三化工的主要产品是明胶。他还喜欢戴顶当时并不多见的鸭舌帽，我又给他加了个外号"帽子"。

顺着楼西头的台阶，我们从操场边的坡道走向更西边的平地，向南略偏就是饭堂兼礼堂了。师范生发生活费，入校时每月十四元五角，转过年涨到了十七元，寒暑假没有，学校统一掌握，桌饭不要钱，馒头每天一顿，余者窝窝头，一盆菜放在桌子中间，冬季始终在熬白菜与炖萝卜间转悠，清汤寡水，吃得人眼都发绿了，偶尔漂浮几片肥肉，瞬间就不见了踪影。不过我小时候在四川吃猪肉伤着过，没有这种口福，同学孙立国也不吃。

后来发现，有两桌菜里有鸡蛋，一打听是素餐桌，第二学期就凑了过去。除了我和立国，吃素餐的都是女的，印象较深的几位个子几乎都是一米七左右，我自惭形秽。七八级数学系肖军是淄博的，物理系黄莉是威海的，化学系孙力是烟台的；七九级英语系李小娟是青岛的，她的同班同学金花是烟台的，父亲是军分区副司令，回民支队出身。王英明报复我给他起外号，说我为了和女生凑在一桌，连肉都不吃了。有一次我借同学刘德祥的自行车去市里，在门口遇到了肖军，她问你能带着我下山吗？那时候学校进城没有公交车，十分不便。我求之不得，浑身是劲，骑得飞快，途经大海阳大坡时，她吓得搂住了我的腰，我感觉幸福死了。她告诉我家是山东铝厂的，在张店，可惜当时害羞，连地址也没留下。

那时带工资上学工龄要满五年，我们两个班六十九人只有王英明和单小军符合要求，按说矫健工龄也够了，但是知青那段直到1982年秋天湖南湘江机器厂南华幼儿园保育员萧芸上书后，大家才迎来福音。生活费以外，不带工资的平均有五元助学金，评比发放，重点照顾家庭困难的，不过每人多少都会有点。有时候我们就相约去世回尧供销社饭店打牙祭，那时不说 AA 制，叫打平伙。菜肴也简单，油炸花生米，白菜炒肉片，不过葱姜一炝锅，味道还是很诱人，为了照顾我，有时也会要盘炒鸡蛋，然而五毛一碗的大梨酒太上头。

矫健父母在上海，每个月给他十元零花钱。1980 年秋天有个月多寄了五元，让他买双新棉鞋过冬。我那时有两双棉鞋，一双布面的，一双平绒面的"包子鞋"，也就是懒汉鞋，脚一蹬就穿上了。弄两双鞋主要是出脚汗，隔天得倒换一次。我们宿舍没有取暖设施，教室里暖气是学校自己烧的，聊胜于无，暖气片上摆满了男同学的鞋垫，熏得老师直摇头。我对矫健说，我匀双棉鞋给你，那五块钱咱们喝酒，矫健欣然允诺。鞋拿走后，拖到放完寒假他还没请客，我不断追逼，结果他拎着那双穿破了的棉鞋到我宿舍一扔说，鞋我不要了。这时天已开春，暖和了。

……

一转眼很多年就过去了，学校的规模扩大了不知多少倍，北山农场全部变成了校园，老东门那条路上的白杨树粗壮得一人搂不过来，差不多要两人合抱。学校的历史也从 1958 年挖掘到了 20 世纪 30 年代的莱阳乡师，几近百年。那两座小黄楼还在，只是涂成了砖红色，显得有些夸张，我还是更喜欢原来那种沉稳的颜色。

原载 2024 年 6 月 24 日《烟台晚报》

中文系的四川茶馆

准确地说，彼时我们那个学校的中文系当称"中文科"，毕竟其只是一所师范专科学校。不过，习惯上大家都说中文系，也就无可无不可了。

学校偏居一隅，匍匐在一片山坡上，那是芝罘略偏西南的地方。若是在京津沪那种都市，甚或省城，它都太不起眼了。然而，在我们这座滨海小城，作为当时唯一的高等学府，人们大都高看其一眼。譬如初时的党委副书记兼副校长余文，就是红军时期的女干部，曾为行政十级，与地委书记李文差不多，后来出于其他原因，降为了十二级，仍然不低。进一步挖掘，方知学校的历史可以追溯到20世纪30年代的莱阳乡师，也算源远流长。

1958年学校升格为大专后，师资明显不足，山东师范学院、曲阜师范学院作为本省师范类高校，率先伸出援手，不少教师调了过来。三年之后，学校北迁芝罘，由莱阳师专改称烟台师专，地域的吸引力顿时显现。

最早从山师调过来的，就是北大毕业、曾经游学日本的刘菩按先生，在职称评定长期停顿的阶段，他的讲师身份在我们这所初设高校里亦十分耀眼，中文系的外国文学课，就是从刘老师开始讲授的。从孔子故地过来的王象三先生乃曲师资深讲师，20世纪30年代就读于设立在青岛的国立山东大学，学养深厚，以研究见长。随同他一起到来的，还有曲师年轻的现代汉语教师华宏仪。

刘家和、张顺连夫妇也是那个时期从山师调过来的。刘家和乃川大研究生，教授古典文学；张顺连为西南师范学院毕业，讲授现代文学。这两位生长于潮湿地区的四川人，由于不太适应济南的干燥气候，学校动员支援烟台师专时，毫不犹豫地背起了行装。

1961年夏日，山师毕业的陈吉厚分到了中文系，这位四川人的经历有些传奇。西南临近解放时，他正在老家万县市，也就是如今的重庆万州区读高中。彼时国民党政权风雨飘摇，某次外出，竟然被"师管区"，也就是所谓的兵役机构抓了壮丁。幸运的是，不久他就被二野三兵团十一军俘虏，成了"解放战士"。虽然两度从军，他的行伍生涯始终是被动的。

那个时期，基层官兵普遍识字不多，高中生也算知识分子，陈吉厚很快当上了副排级文化教员。1950年7月，随十一军军部及直属队调往山东，参与组建了北海舰队的前身海军青岛基地，授衔时为海军少尉。

陈吉厚考入山师中文系不久，就有作品面世，后来被山东人民出版社报告文学集《大山红旗》收录，小有名气。虽与刘家和夫妇为师生关系，然而作为海军调干生，年岁相仿，同为四川老乡，也就没了拘束，很是亲近。

1964年暑热时节，梅华从华东师大中文系毕业分来师专，高其三届、留校成为其师的易朝志，为了爱情也从沪上追了过来。

易朝志也是部队调干生，亦为四川人，老家合川后来归了重庆。他比刘家和、陈吉厚小了三四岁，四川解放时直接去了队伍上，入朝时为三兵团十二军三十四师某部卫生员，授衔时为少尉医助，驻地浙江金华。

学校地处胶东，教师中外地人不多。譬如吉林大学毕业后考取东北师大孙长叙先生研究生的张志毅，"文革"后期从牡丹江师院调了过来，虽为黑龙江人氏，祖籍亦为山东即墨，故而这三位四川籍老师就显现出了异样的风采。

川人喜茶，彼时我们这座滨海小城尚处于喝茉莉花茶阶段，他们就喝起了似乎更为高雅的绿茶、红茶，显得有些与众不同。四川的茶馆举目可见，几张矮脚竹桌，十数把短腿竹椅就是一处，掏出枚铜板一拍，二郎腿一翘，盖碗茶就端上来了，茶师还会提着那种十分夸张的长嘴水壶，耍把戏般转悠着为你续水，那种场所正是川中之人摆"龙门阵"，也就是谈天说地讲故事的地方。

或许环境的熏陶，这三位四川人闲暇时也愿凑到一起喝茶，东拉西扯，慢慢就有了"四川茶馆"的戏称。我们这座滨海小城虽然风光秀丽，毕竟局促于半岛一隅，在没有互联网的时代，信息相对闭塞，意趣相投的人凑在一起闲聊，是快乐的事情。

这种时候，一般为系里集体活动或政治学习结束后，喝完茶大多还要炒菜喝点酒，好比在茶馆品茗，饿了时会要份转圈叫卖的小吃，诸如"龙抄手""钟水饺"或是"叶儿粑"之类的。

几位四川人屡屡相聚，也与收入有关。刘家和乃研究生毕业、张顺连亦是高校教师，经济条件自然比刚参加工作的年轻人好些。由于从军的经历，陈吉厚、易朝志的工资也比普通大学毕业生高出一级，别看只多出七八块钱，在收入普遍几十元的情况下，也是了得。

彼时小城只有两路公交车，学校向北进入市区，只能徒步或骑车，差不多要到跃进路，也就是如今的南大街，方能踏上硬邦邦的沥青路。晴天一身土，雨天一身泥，大家轻易不往街里走。其实学校当初选址，亦有设立海边的构想。但是地委书记李文认为，清泉寨一带距离中心太远，结果那片区域后来变成了美丽的烟台大学，这是题外话。

陈吉厚、易朝志单身时，相聚大都在刘家和家中。陈吉厚与木钟厂杜喜荣女士结为夫妻后，住进了学校在城里大海阳一带的拐角楼，若是去了市区，他家则成了落脚点。后来圈子逐步扩大，能够说到一起的都愿往那儿凑，就不止四川人了。品茗谈天之外，打个牙祭亦是乐趣。

学校周边最高级的馆子乃世回尧供销社饭店，比院子里的食堂也强不了多少，还是几个四川人炒的菜地道。茶叶、烟酒、食材大多你来我往。然而油盐酱醋、大料花椒，还有燃料等，则需东家提供。不过，花生油、蜂窝煤皆凭票供应，久而久之东家也难以承受。

某次，英语系四川籍教师刘嵩用自行车推着个小纸箱过来打平伙，大家不知何物。打开一看，原来里面装了八块蜂窝煤。虽为笑话，却是物资匮乏年代的辛酸写照。

所谓"四川茶馆",说得洋气些,仿佛沙龙。刘家和与张顺连喜欢唱歌,陈吉厚愿意拉小提琴,大家十分愉悦。那时除了民歌,无非苏联歌曲《莫斯科郊外的晚上》《红莓花儿开》《山楂树》,或是俄罗斯民歌《三套车》等,中苏关系紧张后,这些都成了禁忌,然而毕竟好听,有时还是免不了哼儿句。

梅华有些矫情,似乎不屑于这种聚会,然而与易朝志的恋爱关系,时不时还是会牵扯其中。"文革"之初两人拌嘴,她的上海小姐脾气上来了,哇啦哇啦就把大家的议论捅了出去。

其实那些话也没什么,当时则不合时宜,有人立刻抓住口实,说"四川茶馆"图谋不轨。好在陈吉厚、易朝志当过兵,懂得还击战术,对立面也未沾到多少便宜。

梅华最终还是调回了上海,易朝志与其失之交臂。不过她也是命短,返沪不久就香消玉殒了。易朝志后来同青年路医院护士,也是上海籍的张丹妮女士结为秦晋之好。

1973年,《战地新歌》续集出版,那首《台湾同胞我的骨肉兄弟》清新悦耳,深受追捧。还是陈吉厚拉琴,刘家和、张顺连联唱,易朝志端茶倒水伺候,没想到又惹出麻烦。

刘家和乃四川新都人,与大邑刘文彩沾了点偏亲,这在那个年代是件麻烦事儿;张顺连出身重庆铜梁望族,哥哥去了台湾,也有点难以说清楚。那首歌别人唱没问题,他们两口子唱,就是别有用心。如此一来,又有了"二流堂"的说法,这就显然有些阴谋论的

意味儿了。

"二流堂"乃抗战时期唐瑜在重庆自费修建的楼宇，此公为人豪爽，曾在上海主编过电影类期刊，后来又开办印刷厂，赚了些银两，这才有钱盖楼修屋。彼时下江人大都流离失所，客居山城，他就用这处新造的房屋招待朋友，至少小面、泡菜管够，文艺界人士都喜欢在此相聚。自喻一流似乎不太谦虚，故而谑称"二流堂"。没想到"文革"时戴上了"反革命俱乐部"的帽子，常来常往的人都成为异端，直到粉碎"四人帮"后方才平反。

以"二流堂"做文章，事情有些夸张，好在那首歌站得住脚，学校和系里也还宽容。校革委会主任陈寿松说，事出有因，查无实据，批评一下算了。当事者只是在会上做了几句检讨，然而时不时还是会被人抖搂几下，弄得他们有点灰头土脸。

然而，茶还得品，酒还得喝，饮食男女，人之常情，知识分子也难以脱俗，只是不似初时张扬，旧时茶馆悬挂堂上的那句"莫谈国事"，成了他们的口头禅。

彼时像样点的食材都是凭票供应，十分紧缺，酒肴自然也好不到哪里去。刘家河的招牌菜乃鱼香肉丝，陈吉厚的拿手菜是麻婆豆腐，易朝志的"担担面"也很地道。他们都不擅长鱼虾烹调，不过话说回来，别看烟台海岸线很长，那个时候想买点海鲜还真不容易。

1978年初，刘家和夫妇调去川大，彼时中文系师资力量已经很雄厚了，学校终于松口让他们返回了故里。

"文革"高校全面招收工农兵学员当年，著名作家、北师大研究生毕业的宋萧平，从内蒙古师院调回家乡，不久当上了系主任，后来成为烟台师范学院首任院长。他的作品不是很多，却都很有分量。最初的《海滨的孩子》，获全国儿童文学创作一等奖；《三月雪》被评为当年最有影响的短篇小说，先后被改编为广播剧、电视剧；《墓场与鲜花》获1978年全国优秀短篇小说奖。

"文革"结束，一些思乡心切的教师纷纷回返，赵曙光从川大来到了中文系，他是现代文学研究奠基者之一、北大王瑶先生的研究生，也是一位激情澎湃的诗人。王冰雁则从北师大调到了烟台，这位学识渊博的青岛人，终于回到了离故乡近了一些的地方，他的研究生导师王汝弼为著名的古典文学专家。

随着他们一起调来的夫人，亦不平凡，譬如宋萧平夫人佟淑娟、王冰雁夫人韩洁晨、张志毅夫人张庆云，或教授语文教学法，或教授现代汉语，和蔼可亲。

更早的时候，省内外高校的毕业生就不断涌入。莱阳时期，华东师大毕业的高世政，乃学校升为大专后中文系分来的第一位女教师。很快，山大冯沅君先生的研究生韩伟、蒋维崧先生的高足陈洪昕，山师的孙元璋、曹洪顺、周培兴、王志强、冯乐堂、胡葆玮等，曲师的刘传夫、李慧志、韩日新、邵英起等，纷纷汇聚黄海之滨。

后来就有了一种夸张的说法，所谓烟台师专中文系不输山师、曲师，佐证之一乃著名作家张炜、矫健是这里培养出来的。只是长期以来，大学中文系不是以培养作家为目标的，张炜、矫健的成功，更多的恐怕还是自身的潜质。当然近年王安忆在华东师大，莫言、余华在北师大搞的创意写作中心，则另当别论，招生之初，他们瞄准的就是那些具有写作才华的学子。

不过，彼时的师专中文系，的确有些声名，至少在全省师专中稳居第一，甚至在全国师专类学校中也是头羊。恢复高考后我也进入这所学校读书，张炜为学兄，矫健乃同级，都是学中文的。

由于少年时代在四川待过十年，与易老师、陈老师自然交往多些，我与矫健等年纪稍长、有过工作经历的学生，脸皮较厚，临近饭点，有时就带着年岁较小的同学孙立国等，以求教为名，跑到易老师家蹭饭。当然无非一碗担担面而已，不过比起学生食堂的白菜窝头，还是温馨了许多。

后来我与七三级学兄、曾经的烟台外经贸局局长程显萃谈及这些过往，他哈哈大笑道，你们那套把戏都是我玩剩下的，上学时我也经常去刘家和老师家混吃混喝，我的麻辣口味儿就是那个时期形成的。

毕业后我教书的那所技校离师专不是太远，没课时经常溜出去跑到易老师或陈老师家摆龙门阵。"四人帮"垮台之后，气氛日渐轻松，曾经非常严肃的与工农兵同吃、同住、同劳动的所谓"三同"话题，也可以用来开玩笑。譬如王象三老师，也给自己凑出了个"三同"，说是与曾经的副统帅同庚，与"旗手"在山大时是同学，与北伐同方向。有一次不知怎么聊起这个故事，王老师路过听到后，一本正经地解释道，不过我是正式生，"旗手"是旁听生，引得众人捧腹大笑。

彼时处于 20 世纪 80 年代初期，每天都有新鲜事儿，听他们聊天很有意思。四川人大都是吃辣椒的脾气，陈老师与易老师也经常抬杠，不过吵完之后，下顿饭还是要一起吃的。

有一次我直接从白石村南面翻越山头去师专，没想到看似不高的山峰，林间穿行甚是困难。越接近山顶，树丛中荆棘越多，甚至有了害怕的感觉。几乎攀爬了一上午，方才满身草屑来到了易老师家，让他大吃一惊。

当时宋萧平老师正坐在易老师的藤椅上，与李慧志老师聊天，身边放着那本他与军旅作家赛时礼合作的长篇小说《宁海沉浮》，易老师和陈老师忙着下厨。萧平老师奇怪我怎么凑到了这个圈子，我说了四川的经历。

他是系主任，难得入席，那次粉蒸排骨也端上了桌，大米是易老师头天炒熟的，放在蒜兑臼里捣碎后包裹在腌渍后的排骨上，文火蒸了一个多小时才出锅，酒是彼时颇为流行"牟平白干"。

席间萧平老师夸赞起易老师家的藤椅舒服，我喝酒后有些激动，觉得自己在南方待过，自告奋勇帮忙搞一对。没想到运输大费周章，那么大的体积，分量却没有多少，还怕挤压，而且以重量计费对于承运方来说很不划算，他们不愿揽这个活儿，费了九牛二虎之力，方才兑现了承诺，总算没在老师面前丢脸。

交通方便后，福山一中语文教师杨成栋也常来师专喝茶喝酒。抗战期间，这位四川人在三峡边上的鬼城丰都教小学时就接触了革命，1947 年由江竹筠，也就是《红岩》中的江姐介绍入党。川东"青莲暴动"失败后，为逃避追捕，躲进寺庙当了几天和尚。

西南解放后，他以地下党身份参军，直接成为十一军三十三师政治部干事。1952 年 11 月随部队开赴朝鲜，在元山东海岸执行防御作战任务，归第三兵团直接指挥，不久配属十二军、六十军参加 1953 年夏季进攻作战，1954 年 9 月该师归国后划归二十六军建制。

由于当年川东地下党遭破坏严重，1955 年"反胡风运动"开始后，他当和尚那段经历说不清楚，就地转业。他与陈老师偶遇后，得知彼此为十一军战友，又是川东老乡，分外亲切。三十三师曾配属十二军作战，这样拉扯，杨成栋与易老师也成了战友，走动自然多了起来。

川东地下党冤案平反后，他的离休问题得以解决，陈老师、易老师羡慕不已，他们最大的心结就是当初入伍晚了三两个月，否则也是离休待遇了。

后来条件就越来越好了，自由市场放开后，食材渐趋丰富，腊肉也经常从四川寄了过来。有一次，曾经的工友冯仲生在重庆当兵的弟弟探亲时，带回一小坛四川内江的"金钩豆瓣"，他知道我的四川情结，忍痛割爱。我带到了易老师家后，陈老师毫不客气，直接就分走了一半。

1985 年初春，我去南京出差，恰逢春笋、蚕豆、豌豆尖下来的时候，我买了一大堆带给了陈老师和易老师，他们接着就张罗请客。彼时孙元璋老师刚刚接任系主任，李慧志老师接二连三发表了小说，名目很多，大家围坐在陈老师家中，大快朵颐，其乐融融。

张志毅老师获评国家"有突出贡献专家"后，易老师也在家中招呼众人为他庆贺了一番，只是席间谈到王冰雁老师调到青岛大学后离家出走，大家十分惋惜。后来听说其在峨眉山削发为僧，易老师回四川探亲时，曾经两度上山，从山脚的报国寺开始，遍寻庙宇，一直找到山顶的金殿，皆无踪影。

刘家和老师毕竟在山东待了多年，感情很深，退休后重返故地，几位四川人相聚自然格外亲切。我陪同程显荣去看望刘老师，他们师生相拥在一起，激动得流下了眼泪。

20世纪80年代那些聚会大都有我的身影，谈笑间闻听了不少趣事，老师们的音容笑貌常常浮现于脑海。易老师是教唐宋文学的，酒至半酣，总会激动地起身，大声吟诵"长风破浪会有时，直挂云帆济沧海"。那些情景，仿佛就在昨日，只是先生们大都作古。风华一代，转眼天堂聚会，令人唏嘘不已。

"雀巢咖啡"进入中国后，易老师顿时喜欢上了，言称自己本来就是海派，冷落了顾恤多年的香茶，待客时常用椒盐普通话请人喝"加啡"；陈老师依然用大半个手掌捂住他那只用了多年的宜兴紫砂壶，从壶嘴里吮吸他喜爱了一辈子的绿茶。

后来打平伙或请客就是下馆子了……

原载 2024 年 4 月 9 日《烟台晚报》

我当班主任

几十年前，看过刘心武的《班主任》，那篇小说声名卓著，位居1978年全国优秀短篇小说奖之冠，至今记忆犹新。说起来，我也有过一段班主任的经历，虽然短暂，却难以忘怀。

我们那所学校设立于1958年，80年代初叫烟台地区劳动局第一技工学校，第二技工学校在东边的威海。1987年威海从烟台析出设立地级市后，学校改称烟台市劳动局技工学校。不过，老烟台街的人，一直叫它劳动技校。

彼时烟台商业、轻工、纺织、电子、水运、黄金等许多行业，都设立了系统内的技校。不过，无论办学规模还是教学质量，都无法与我们同日而语，就是在全省乃至全国的技工学校中，我们那所学校也是排头兵。

历史悠久之外，关键还是实习工厂过硬，万能铣头曾为国内翘楚，供不应求。改革开放之初，时任校长高敬民抓住大力推进外向型经济的机遇，开发的农机齿轮箱全部出口美国，很快成为山东省机械产品出口第二大户，仅次于济南第二机床厂，大名鼎鼎。齿轮箱箱体为铸铁件，学校的铸造专业自然也是响当当的。

技工学校半工半读，"工"不仅需要场所，更需要稳定的产品，如此学生方可在实习中逐步掌握操作技能。后来许多一哄而上的县办技校，由于缺乏这些条件，仿佛缘木求鱼，很快就烟消云散了。

1985 年初春，八四级铸造专业班主任王老师调往市直机关，我接了他的缺。然而初时教务处对我不感兴趣，觉得我有些散漫，不是班主任那块料。王老师四处为我说项，学校工会副主席王可庆代表主席刘之善找到了教务处。

我与工会结缘，源于职工文化补课。1982 年 1 月，全国职工教育委员会和全国总工会等五部门，发出了《关于切实搞好青壮年职工文化、技术补课工作的联合通知》，要求 1968—1980 年的高初中生须回炉进行文化补课，考试合格后方能重新核发文凭。这个要求并不为过，那一时段的高中生，曾被人们戏称为"高中牌子、初中本子、小学底子"。

学校实习厂人员逾千，很多人都在补课范围，工会委托教务处组织教学，我一炮打响，学员对我这个"小老师"评价极佳，语文之外，后来历史、地理也让我教，甚至把政治课也交给了我，最后考试通过率甚高，由此入了工会主席的"法眼"，他是党委委员，级别高于教务主任，他的话自然管用。

我就这样当上了班主任，当然过程是后来王老师告诉我的，他是公共课教研组组长，我在其麾下，他对我很欣赏。不过，要是早知如此大费周章，我肯定不干了，毕竟班主任这种"小官"我还是不屑的，唯一的吸引力是那六块钱的补贴。

上任的第二天早上，预备铃快要响起时，我向教室走去，新官上任，怎么着也得先摸摸情况。爬楼梯时，就听见闹哄哄的声音；上到三楼，只见走廊里黑压压的一片。我拨开人群问怎么回事儿。班长赵军回答，锁眼被火柴棍堵住了，门打不开，学生一片幸灾乐祸的表情。我还算沉稳，立刻让他到保卫科借工具砸锁，好在学校有实习工厂，不缺锤子、凿子。

学生涌入教室后，我说这样得了，既然不知道谁堵的锁眼，那就每人扣一毛钱，咱们再买把新的换上，大家面面相觑，都不作声了。我们学校学生两周理论课，两周实习课，每月每人有六块钱实习补贴，若有违纪违规，可以扣发。这样做虽然无甚依据，可当时都是这么操作的。

当天晚自习后，我躲进了对面教室，想抓个现行。熬到午夜，夜班实习的学生都回宿舍了，依然毫无动静，我只得打道回府。第二天一大早，我提前一个多小时又去趴着，还是没有结果。

预备铃声再次响起后，锁眼又堵上了，我大为光火，只得继续扣钱。当晚我干脆蹲守了一夜，然而还是连个人影也没看见，但是锁第二天早上还是堵上了。我对大家说，既然同学们还要堵，我也没有办法。我刚当班主任，总去保卫科借工具嫌丢人，干脆这次每人扣五毛钱，买锁之外，顺带买把锤子，赵军再去车间找截废钢筋磨磨当凿子，每天吃完早饭你先来砸锁。

这天晚上，我也不蹲守了。教务主任本来就对我有些看法，如今更不满意了，说你每天早上在走廊里又敲又砸，闹那么大的动静，到底能不能干了，人家王老师怎么就没那么些事？我说要不你换人。主任被我噎住了，其实他也不好找人，铸造专业的班主任，谁都怵头当。

同学们就这样和我捉迷藏，一连堵了四天，直到第五天方才作罢。我抱拳对大家说，诸位的下马威本人领教了，我也没什么高着儿，反正每个月你们都有补贴，扣就是了。大家忙说，不堵了老师，谁堵我们砸谁！大概这套把戏他们终于玩腻了。

说起来，就是经验丰富的王老师，也被他们要弄过。学生住校，早晨六点要出操，可同学们都想睡懒觉，他家离学校近，于是天天去敲门，往往敲了老半天，大家还是懒得起来，气得他用手掌猛拍。某晚有间宿舍的同学为了捉弄他，在他敲门的高度，从里向外在厂板上钉了十多个钉子，钉子尖刚刚露出点头，不仔细看不出来。

第二天早上天蒙蒙亮时，王老师又去拍门，一掌下去，满手血淋淋的，疼得他直哆嗦，学生们乐得哈哈大笑。他十分恼怒，软硬兼施，也没查出是谁干的，与堵锁眼一样，也成了桩悬案。

八四级铸造专业两个班三十六人，一水儿男生，几乎都是1968、1969年出生的，小我一轮左右，彼时正是十五六岁年纪，属于心理学中的青春逆反期，打架斗殴谈恋爱，天不怕地不怕。

我接班主任后，语文课还是原来那位女老师上。某日她气呼呼地跑到教务处告状，说我怂恿班里的学生折腾她。她本来就对我有意

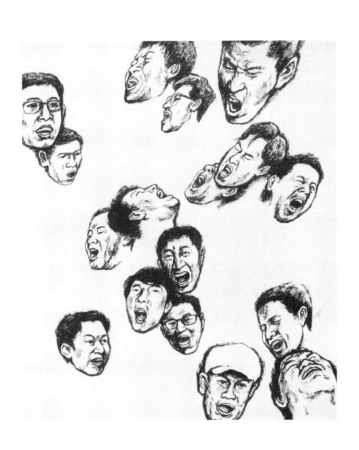

见，当初给职工补习文化时，我们俩分别教一个班，由于其口音中方言较重，不易听懂，实习厂的工人纷纷要求我这个"小老师"替换她，工会一找教务处，她只得黯然离场，由此积怨。

教务处把我找去，我这才知道，原来学生们把讲台的四个角分别立着垫了一块砖头。那位女老师个子矮，进屋后发现自己只能露出半张脸，气得哭着离开教室不上课了。

其实学生恶作剧与我何干？我还不至于下作到利用学生对付她。我试图与其修复关系，让班长代表全班给她道歉，然而她不依不饶，弄得我很尴尬。旧怨未平，又添新堵，岂是一声道歉可以了结？

不久，学生们又给我上了眼药。八四级铣工班有个掖县籍，也就是如今莱州的学生与我们班孙洪军交往不错，他的同乡在大东头的黄金技校读书，某日找到他说受了欺负，想找人"报仇"。孙洪军知道后，一声招呼，全班立刻集体出动，黑压压一片，气势汹汹。那边的几个学生顿时傻眼了，提出和解。

铣工班那位同学说，想拉倒也可以，那得给我们买五十个罐头，两桶散啤。对方拿不出来，这边就要动手。结果黄金技校报警了，我们班的学生被当地派出所扣下，让学校保卫科去领人，好在没有动手，并无恶果。返回学校后，保卫科狠狠地收拾了他们一顿，捎带着把我这个班主任也冷嘲热讽了一番。

他们也真不是省油的灯，不久因踢球又与八三级钳工和铣工班学生发生争执。孙洪军叫骂引逗对方，胡岱胜冲在前面，一脚踢过去，把钳工班一个学生踹了个四仰八叉，郝广忠、刘庆功趁势带着大家蜂拥而上，甚至砖头也举了起来，那气势顿时把高年级学生也吓住了，结果可想而知。

铸造说白了就是翻砂，技术含量虽然很高，然而又脏又累，不过也很锻炼体力。理论课与实习课对半，一个学期两个多月的重体力劳动，这拨小伙子肌肉强健了不少，没事儿时总想宣泄一下，惹了不少麻烦……

然而他们都很仗义，许多出格的事儿很难落实到具体的人身上，大家一起担着，谁也不告密。

我们学校学生宿舍楼彼时老旧，下水管道太细，经常堵得污水遍地，总务科头痛不已。无奈之下，学生科规定，一律不准把饭菜拿回宿舍吃，每餐由两位教师在餐厅门口轮值，以免残汤剩羹堵塞管道。

如此餐具只能存放餐厅，由于条件简陋，近两千学生的碗筷放在里面，经常发生混乱。不过，两三餐后，说不定又转回来了，或者干脆将错就错，老师们也是睁一只眼闭一只眼。

某次我们班俞盛的餐具遍寻不见，随手拿了别人的碗筷想去打饭，结果恰被主人撞见，发生了争执。学生科的人闻讯赶来，指责他偷东西。俞盛不服，顶撞起来。

这件事儿越闹越大，学生科坚持请家长，还要给其处分。我认为小题大做，本来可以轻易摁灭的火星，非得烧成旺火。拿别人餐具固然不对，然而也有客观原因，不分青红皂白无限上纲，不仅于事无补，还易激化矛盾。

我坚持批评教育几句算了，学生科不依不饶，还通过教务处给我施压。我直接找到党委副书记席士金，他也是职工文化补习班的学生，我能说上话，一番陈述后，席书记认同了我的观点，最终不了了之。我倒不是媚俗讨巧，一个十五六岁的学生娃，这算什么大错？所谓年轻人犯错误，上帝都会原谅。由此我在学生中增加了不少威信，他们自然很听我的。

1985 年初秋，为纪念抗日战争胜利四十周年，学校组织了歌咏比赛，那种形式彼时非常流行。多数班级都是《大刀进行曲》《义勇军进行曲》等，虽然雄壮有力，然而人们耳熟能详。我琢磨要唱出些特色，得有些新意，于是选了《太行山上》。那首歌有点难度，一般都是专业团体演唱，至少需要两个声部。

我找到教化学的张玉冬老师帮忙排练，她是青岛人，会拉手风琴，在我心目中是有点音乐天赋的那种人。我们班学生心齐，干什么都会拧成一股绳。练了一阵后，张老师说我看差不多了。为了保密，我把全班拉倒白石村南面的山上预演了一次，深沉嘹亮的歌声回荡在山谷，令人振奋，我心中有数了。

歌咏比赛那天，轮到我们班时，大幕徐徐开启后，三十六个精壮小伙子身着蓝色工装挺立台上，阳光灿烂，歌声未起，已是掌声一片。突然，他们齐刷刷地摘下了帽子，一大片"光头"顿时呈现在观众面前，锃光瓦亮，非常吸引眼球，掌声热烈得甚至有些疯狂了，那些女生鼓得格外起劲。

这一幕把我也惊呆了，没想到他们竟然搞出了这么一出。其实他们早就策划好了，只是一直瞒着我。头天晚自习结束后，就在宿舍里全部刮成了"马蛋"，要的就是出人意料的效果，第一名自然非我们班莫属。当然我们的歌选得也有些与众不同，唱得也是气势非凡。

个别领导虽然对同学们全部剃秃子不以为然，也难违众意。

后来的登山比赛，我们班也是全校冠军。我就站在半山坡上，只要从我面前经过，我就递块巧克力鼓劲。当然，费用还是从实习补贴列支，谁违纪扣谁的，然后用于众人，大家也是心服口服。别的班学生羡慕不已，说是翻砂的那拨有巧克力吃。彼时巧克力还是稀罕之物，我也是找了几处商店才凑齐的。

……

就这样我和这拨学生有了感情，遗憾的是，我只当了不到一年班主任，就借调到省劳动局写材料去了，再也没回到教学岗位。这拨学生后来也几乎全部改行，只有崔德君一直坚持着，如今已是圈内技术大拿。

我与他们成了好朋友，他们也一直把我当成哥们，亦师亦友，几十年来经常凑到一起喝酒吹牛。我始终不知道是谁堵的锁眼，他们讽刺我，你不是警察，不会破案，其实下晚自习锁门时就堵上了，你说谁堵的？

我恍然大悟，班长管锁。他们说班副王大庆也管，体育委员姜福强也愿管，我又糊涂了。每次灌我酒时，他们都说喝了这杯就告诉我谁堵的，过后又不认账了，看来这辈子只能是个谜了。

原载 2023 年 11 月 1 日《烟台晚报》

以文会友

"君子以文会友，以友辅仁"，此乃曾参名言，其为孔子嫡传弟子，享有"宗圣"之誉，这话自然就有了些高大上的意味。曾子那话的意思是，君子聚在一起研读文章，相互切磋，以此提高自己的修养品德。

如此看来，我的这个题目有些夸张。本无文才，亦无文名，奢谈以文会友，显得不知分寸。诗书唱和，是要达到一定境界的。不过常人偶尔借用一下，无非表达一种心境，似乎未尝不可。

1987年初冬，我正在济南出差，校长高敬民电话要我当晚立即回返，直接到毓璜顶宾馆四号楼市外经委领受任务。第二天一大早，我赶回了烟台，只见漫天皆白，铺天盖地的大雪扑簌簌下个不停，公交车一路打滑，好不容易从火车站爬到了毓璜顶。

到了外经委综合科，科长高松敏把我领到副主任邹敬之办公室。我这才知道，原来市里要召开外向型经济工作会议，正在准备材料，这是俞正声市长亲自抓的事情，大家十分重视。

我们那所学校，烟台街惯称劳动技校，实习工厂名曰烟台铣床附件厂或烟台齿轮箱厂，冠名时关键看产品，若是万能铣头，铭牌就用铣床附件厂；若是齿轮箱，自然就要标记齿轮箱厂，由于出口美利坚合众国，还要加标英文。当时山东省机械产品出口，济南第二机床厂第一，我们第二，也是大名鼎鼎。

邹副主任说，会议临近，发现你们的稿子完全没写到点子上，必须立刻返工。第一稿是你们实习工厂一位副厂长写的，那位老兄没搞过典型材料，只是摞了一大堆数据。我把老高挖苦了一番，他说你行，就是在外面出差，我让他赶紧把你叫回来。你们那个齿轮箱厂好比一朵大红花，你的任务就是把这朵花如何开放的过程写出来。四千字，后天早上八点送给高科长，一分钟都不许耽搁。说罢起身拍了拍我的肩头问道，怎么样，小伙子？

虽是征询语气，其实不容置疑，我清楚那是领导艺术，不行也只能说行，没有退路。回学校后向高校长汇报，他说我不管那么多，只要老邹再别找我就行。办公室人多，你赶快回家写。

我从通伸埠回到幸福河家中已是下午，屋里如同冰窖般寒冷，赶紧忙乎着先把炕炉子生上火，熥了个馒头吃了后，接着趴在炕沿上写了起来，就那里还有点热乎气。一个通宵拿出了初稿，睡了一上午后，下午修改了一遍，当晚润色誊抄到了半夜，凌晨六点起身，冰天雪地骑着自行车就往毓璜顶赶，到了后人家机关还未开门。

高科长来了后开始看稿子，我心里忐忑不安，怕过不了关。没想到他只改了三个字，然后说写得不错，你回去吧！马上就要开会了，我也没时间和你聊天。我松了口气，这才感到了困倦。

会议如何开的我不知道，只是高校长会后很高兴，说是俞市长表扬了我们。会议结束半月左右，我接到电话，让我去市政府办公室，找一下程显萃副主任。见面后他说，你那个典型发言写得挺好，老邹说你是个笔杆子，到政府办来工作吧！

我心里虽然高兴，然而担心高校长不放，他对我挺赏识，入党、评讲师、提拔为校办副主任，都是他一手栽培的。曾经的《东方时报》主编海洋当初推荐我去开发区管委办公室，主任李书玉考察认可后，管委主任陈万光也与我谈了话，然而就是没有走成。

程副主任说，这些你不用担心，我们找老高谈。结果高校长真的不放，还骂我没良心。程显萃接连两次派人协商未果，第三次亲自出马，我这才调到了市政府办公室。

我与程副主任虽是上下级关系，惺惺相惜，从此成为好友。他一度不顺，我经常陪他喝酒解闷；我遇到坎坷，他亦极力安慰。许多年后有人开玩笑，问当初送礼没有。已经从市外经贸局局长岗位退下来的他说，真是小瞧了老夫，君子之交淡如水，我们是以文会友。我笑着加上了一句，还有以友辅仁。

其实以文会友可以宽泛理解，腹有诗书气自华，文气相通，未必都是诗书唱和，谈天说地亦可相互吸引。

有一年我去北京办事，皇城根儿的人，架子都比较大，这也难怪，全国各地一股脑往那里跑，始终笑脸相迎，那得累死。若能见上一面，把诉求说清楚，就算不错了。约了好几次后，人家终于答应见面，没想到快下班时却发来短信说突然有急事儿，抱歉得很。临了爽约，让我有些气恼，回复短信也就不客气了，讽刺挖苦了几句。他有些不好意思了，说应酬完了可在某某酒店门口谈几分钟，告诉了地址。

我早早坐在酒店的沙发上，紧盯着电梯，一刻不敢松懈。两个多小时后，他从电梯中出来，我立刻迎了上去。我们以前只有过短暂交流，他几乎认不出我了。自我介绍后，他说你老兄真是锲而不舍。我说今天要是见不到你，我回去就辞职，不干了。你倒是酒足饭饱，我还水米未进。他说这么晚了，我请你吃碗面吧！

我们在零点餐厅坐下后，聊了起来。我说听口音你是安徽人，他问你能听得出来？我说咱们是邻省，我的耳韵也不错，而且善于辨别方言。

他点头道，我确实安徽人，宣城的，知道吗？我立刻卖弄起来："宣城太守知不知，一丈毯，千两丝。地不知寒人要暖，少夺人衣做地衣。"

他有些惊讶，说老兄知道的真是不少。其实白居易那首《红线毯》我也背不全，当初学习游国恩的《中国古代文学史》，书中举例时提及此诗，不过只说了这几句，我觉得有点意思，就记了下来。

我问他是宣城哪里的，他说泾县。没等他问，我就说皖南事变发生地就在你的家乡。1941 年 1 月 4 日，新四军军部及所属部队近万人奉命北移，走到你们县茂林地区时，遭遇国民党第三战区顾祝同、上官云相指挥的七个师八万多人的袭击，新四军血战七昼夜，弹尽粮绝，大部壮烈牺牲。

他不禁刮目相看，说我们那里还有个桃花源呢！我说诗仙李太白当年就说过那个地方，如今初中课本里也有那首诗，说着我又掉起书袋，背诵了起来。

就这么东拉西扯，一句工作上的事儿也没谈，他就认可了我，说老兄文化底蕴深厚，接着伸出手来，学着《廉颇蔺相如列传》中燕王的语气道，愿结友。有了这种交情，一切都好说了。

有一年鲁东大学文学院刘玉诚教授，也就是作家瓦当款待诸友，余忝列末座，有幸与冯克力先生结识。

冯先生名满天下，他主编的《老照片》自1996年创办以来，将照片纳入历史研究的探索，鼓励民众结合家藏照片参与历史叙事，这种尝试深获学界认同和读者喜爱，成为"新中国出版业50年50件大事"之一，入选"改革开放30年最具影响力的300本书"和"共和国60年60本书"之列。

冯先生乃大家，彼时余虽老大一把年纪，却刚刚提起笔，很想得到他的指点。不过初次见面如此未免唐突，难以启齿。幸而有了微信，张不开嘴的事儿，发过去就是了，反正不是面对面，也就无所谓羞涩了。几天后，我将拙文《教书逸事》发给了他，没想到冯先生很快回复：写得真是好，若有相关照片，可在《老照片》刊发一下。

虽然1981年我就在《海鸥》第四期发表过散文《春夜情思》，当然那本杂志现在改成了《青岛文学》，后来也有几篇小文印成了铅字，然而能够在《老照片》这种声誉卓著的平台展现，内心还是很激动的。

后来与冯先生熟悉起来，我问当初是否照顾了面子，他说编辑主要还是看稿件质量，当然有时诸多因素考量，也不能完全排除照顾的成分。不过你那篇稿子质量摆在那里，不存在照顾的问题。在冯先生的认可下，后来我又接连在《老照片》发了几篇文章。

我这个人年轻时就喜欢些文字的东西，沉沦杂务多年后，有时不我待的感觉，每日若不写上千八百字，就觉得少了些什么，两年左右积累了二十万字的随笔，想结集出版。然而左思右想还是难以确定书名，只得再次讨教。冯先生不愧著名出版家，看了书稿后，很快建议取名"故国行色"，我一听不禁拍案叫绝，几个朋友听说后，也纷纷伸出了大拇指。

我请作家卢万成作序，我们早年就是朋友，他对我多有帮助。他说你那些文章我清楚，更多与历史沾边，我是写小说的，这个序老冯写更合适。我说麻烦过多，张不开口，他说那就我替你来说。

老卢买了几只螃蟹，焖了条鱼，把冯先生与我一同找来，微醺之际，代我表达了愿望。冯先生笑道，原来是场鸿门宴啊？其实用不着这么费事，直接说不就得了。他不仅为我选定了书名，撰写了序言，还请了省内最好的美术编辑王芳女士帮我设计装帧，又协调他所在的山东画报出版社出了那本小册子，令我感念不已。

就这样我与冯先生成了朋友，后来又通过他认识了青岛的李洁先生，其曾为《青岛晚报》副总编，著名的《文武北洋》和《晚清三国》的作者，我早年在央视吴玉仑先生编导的《读书时间》节目中，看到过李潘对其的访谈，钦羡不已。

冯先生还介绍我认识了官员出身的荣夫人，其退守书斋后，出手不凡，乘风破浪，既写法律人文，知识分子公共关怀，又写个人文

化生活，师友情长，达到了学者、作家的专业水准，让人感觉其乃误入官场的学人。与这样的人结识交流，顿觉神清气爽。

我在烟台几十年，亦可算作老烟台人了，前不久写了篇《广仁路闲话》，说了些烟台地区话剧团的旧事，涉及一些从那里走出去的名人，冯先生看后较欣赏，让搜集些当年的照片，在《老照片》发表一下。

从话剧团调入电视台的李七修给我提供了不少帮助，我与他是多年朋友，他不但为我讲述了许多细节，还提供不少照片，甚至包括他姐姐李玲修的照片，故事片《女飞行员》的主角杨巧妹就是李玲修扮演的，电影《花园街五号》的剧本也是她创作的，我大喜过望。

歌舞剧院副院长杨小燕则为我提供了当年话剧团第一美女陈美娜等人的照片，不过昔日的美工、后来的山东美协主席、山大（威海）艺术学院院长杨松林早年的照片却不好找。

不久与曲光辉，也就是画家及诗人勾勾聊天，他说自己保留了一张1995年杨松林在烟台美术馆举办美展后与大家的合影，勾勾少年时代师从杨松林，感情很深，照片中他就站在杨松林的身旁。

最后就剩下逄小威的照片了，那是位著名摄影家，马未都先生虽然出言谨慎，也对其评价甚高，当代人物摄影成就似乎未有出其右者。

逄小威乃龙口人，20世纪70年代从北京返乡插队，话剧团学员队成立之初，他入选试用。其间发现，他的社会关系有点复杂，过不了政审这一关，只得辞退。

他的摄影集总是给人耳目一新的感觉，《面孔》展示了一千多位中国电影艺术家神态各异的黑白肖像；《英雄》显现了中国恢复参加奥运会以来一百三十四位冠军的雄姿；《山河记忆》记录了百位百岁以上抗战老兵的沧桑。

如此名人，索取他的历史照片并非易事。我想到了摄影家任韶华，他们说不定有交往，果不其然猜中了。在韶华引荐下，我与逄小威添加了微信，告知《广仁路闲话》近期将在《老照片》发表，其中有涉及他的一段经历，希望提供照片。逄先生看过文章后，接着就发来了年轻时的一张戎装照，令我十分感动。

不过我也有些疑惑，他似乎并没有行伍的经历，于是冒昧询问。他说，自己非常渴望当兵，只是那个年代受家庭背景影响是不可能的，等到这一切抚平后，又过了当兵的年龄。没想到考入全总话剧团后，去部队体验生活，要求必须和连队战士同吃同住同训练，自己高兴得不得了，立刻跑到北京"风光"照相馆拍了张穿军装的照片，也是一段佳话。

……

以文会友，与有荣焉。吾虽年迈，为文尚属素人，不仅增长了见识，亦收获了愉悦，感慨系之，难以忘怀。

原载 2024 年 3 月 1 日《烟台晚报》

贺卡旧事

捡拾旧物，不经意间翻出几张贺卡。虽然有些已经褪色，甚至有些寄卡的人已经故去，但是透过那些不多的文字，记忆中的影像历久弥新，也让人感到时光真的有如白驹过隙。

有张贺卡，寄卡人乃当年的"港姐"利智，不过这张卡是寄给孙毓瑛先生的。孙先生彼时为我们这座滨海小城的计委，也就是现在说的发改委主任。有意思的是，利智与其并不熟悉，搞错了性别，抬头写的是"孙毓瑛女士"，还把贺卡错寄到了我们那里的市政府办公室。

1992年初，小平同志南方谈话之后，各地刮起了招商引资的旋风。估计孙先生在香港某个场合与利智女士相逢，应景递了名片。后来利智翻检名片寄发贺卡时，可能望"瑛"生义，故而出此误会。

我把贺卡转给孙主任后，他拆开一看，哈哈大笑，顺手递给我说，你留着吧！我恰又喜欢那图案的精美，不知怎么就保留了下来。

贺卡这种形式，交流感情简单便捷，东西方似乎都很流行，究竟是舶来品还是国货，我说不清楚。不过想来在国内的历史不会久远，因为旧时交通有很大的制约。虽然秦时就有了驿站，隋唐时期邮驿体系渐趋完善。然而最快捷的递送方式仍是骑马，尽管马匹可以七十里一换，依然是一个缓慢且成本很高的过程。

《新唐书·杨贵妃传》载："妃嗜荔枝，必欲生致之，乃置骑传送，走数千里，味未变，已至京师。"荔枝盛产于岭南，有人考证唐时川南亦有此物。即使如此，北距长安也是千里迢迢。不过，杨玉环想要满足口腹之欲，李隆基自然不计成本。杜牧有诗为证："长安回望绣城堆，山顶千门次第开。一骑红尘妃子笑，无人知是荔枝来。"

不过，彼时民间的几句祝福，不会以贺卡的形式表达，毕竟邮驿传递费钱费力。清末民初，铁路交通带动了邮政事业的发展，贺卡恐怕缘此才开始兴盛。

1949 年以后，众所周知的原因，大陆地区贺卡日渐式微，最后几乎只剩下了明信片。国外尤其是港澳台地区，逢年过节，人们依然喜欢以这种方式表达情感。

国门再次打开后，这种久违的问候形式，又随着港澳台商人重新回到大陆。初时人们似乎还不习惯，然而一夜之间就开始流行。贺卡的内容，大都是些客套话，表明彼此都在惦念，驿寄梅花，鱼传尺素，为的是社交之功效。

利智女士当年寄送贺卡的目的不能妄加揣测，不过绝非仅仅出于客气。不久，她的"千扬公司"就在我们这座小城的海边盖了几十幢别墅，如今那是一段非常美丽的海岸。不过当时比较荒凉，她又没能坚持下去，最终成了一片烂尾楼，后来捡拾起来的人却发了大财。

由于纸面限制，贺卡的内容一般言简意赅，最初的人肯定下了功夫，用语凝练，多为文言句式，讲究喜庆吉祥，表达了祝福与憧憬。不过，久而久之，你抄我抄他抄，也就很难翻出新花样了，渐渐落入俗套，变成了程式化的东西。

譬如"心想事成"或是"万事如意"，虽然表达了祝愿，却是难以企及的憧憬，只能聊以自慰和他慰。就像那些年我们曾经喊过的一些口号，如今想起来十分荒唐可笑。所以我经常戏谑地对朋友说，祝诸位基本顺利！这个祈愿已经不低了，若能实现，绝对大吉大利！

不过，类似"身体健康""家庭幸福"这样的祝愿，就比较接地气。人总要离开这个世界，活着的时候从心所欲，不是成天躺在床上让人伺候，这就是健康；身体没有大的毛病，家庭和和睦睦，经济相对宽裕，这就是幸福。

和睦也不是没有拌嘴，没有吵架，有些人吵吵闹闹一辈子，却也相安无事。举案齐眉、相敬如宾不过是一种理想境界，可以仰望，难以达成。

再如"孔方兄"，有些年人们甚至耻于谈论，现在却又趋之若鹜，到处都是"恭喜发财"，实际上发财真的很难。于是有罐煲得不够火候的心灵鸡汤说，钱多了未必幸福，钱少了未必不幸福。这种安慰是想起到一种软化作用，然而适得其反。钱多了当然好啊，用不了可以搞慈善嘛！钱不是太多也没关系，只要不为生计发愁，粗茶淡饭、青菜豆腐管饱，也可以自得其乐。钱太少了真是不行，成天为柴米油盐算计，那就太累，就会失去生活的情趣，何谈幸福？

有一个阶段，贺卡泛滥，春节寄送，圣诞节、元旦也寄送，还有就是父亲节、母亲节、情人节等许许多多名目都在寄送。寄多了，人们也就不在意了，不像当初，偶尔收到一张，十分珍视。

那一年，我给一位同学寄了张生日贺卡，她也给我回寄了一张，还在上面写了长长的几段话：

> 昨天打了半天电话你不在，今天又打，仍然。传呼你也不回，就忙成那样吗？收到你的贺卡，非常感谢，感谢你还记得我的生日。你还好吗？
>
> 天又冷了起来。我们学校在半山坡上，特别冷，真是高处不胜寒。这冷与二十年前师专的冬天十分相似，师专似乎也算是在半山腰上，那都是些怎样的日子啊！
>
> 昨天中午吃完饭回到办公室后，一帮年轻人冲着贺卡对我起哄。他们真是年轻，怎能理解我内心涌起的感动。其实有许多话要对你讲的，但我知道我再也讲不好了。讲不好了，就不讲了。
>
> 往事如烟，随风飘散……
>
> 人生有多少憾事，然而时光不容回头。走下去吧！活下去吧！在活着的日子里，衷心祝愿你好；在死去的日子里，同样祝愿。

一张贺卡，表达了那么多的意思，仿佛是一辈子的话，让人永

远珍藏在了心里。

还有一张寄给我的贺卡，上面就简短的两句：公牛们，努力吧！到西班牙去！

那个足球赛季在西班牙，那位足球迷心中涌起巨大的冲动。不过他忘了我既不懂足球，也缺乏爱好。但我还是莫名地兴奋，脑海里不仅回荡起《卡门》的旋律，眼前也飘舞起了斗牛士火红的披风，那几句话让人感到了真切！这样的贺卡，是一种怎样的感觉呢？

后来这些年，贺卡似乎淡出了国人视线。其实，它本来就不应该太热闹。有一段时间，许多享有公权力的单位，不计工本地大量印制贺卡，一些不相干的人，自忖不寄白不寄，随意寄发着更不相干的贺卡，乱花了纳税人很多的钱！此风如今似乎刹住了，你想发贺卡，你得自己掏钱，大部分人立刻不发了。

彼时还有些人，面对收到的贺卡，往往不屑一顾。这样的人一般头顶光环，比如职务较高，比如地位较显赫，还有就是虽然职务不高然而权力很大，等等。他们清楚寄卡之人要么攀附，要么有求于己，故而连信封都懒得拆，更不要说回寄贺卡了。

如此亦非完全不厚道，他们所处的位置会有太多的人寄送贺卡；反过来说，寄卡之人往往也不是出于尊重，非要说尊重，尊重的也是他们手中的权力，若其被免职或调到清水衙门，恐怕大多也不会再寄贺卡了！

当然，也有许多出于感情、友谊寄发的贺卡。那年，我到我们那里驻外地的机构工作了一段时间，远离故乡。元旦之后，收到了老领导刘挺章先生寄来的贺卡，彼时他已升任市委秘书长。贺卡上只有签名，是那种很有特色的书法。虽然什么也没说，然而我明白他的牵挂，心里涌出阵阵暖意。如今斯人已逝，我却常常想起他。

贺卡的逐步隐去其实是一种必然，就如同柯达胶卷、富士胶卷，曾几何时，它们是那样辉煌，这种情景就在眼前。再比如网络的兴起，纸媒顷刻间就被冲击得落花流水……科学技术的迅猛发展，超乎一般人的想象。短信的兴奋还在发酵，微信已经排山倒海地压了过来。

不过，贺卡的骤然消失，又好像突然少了些什么。当年在贺卡上给我留下长长几段话的那位同学，前几年用短信给我写了封长信：

> 这次你来看我，我挺感动。毕竟人过中年，还开了那么远的车，而我都没时间正经请你吃顿饭。十多年了，还能一见如故，令人鼻子发酸。
>
> 几小时内，你滔滔不绝，我喋喋不休。我知道了你所有的幸事，你了解了我全部的灾难，总算可以放下了。看到你现在的状态甚至比十年前还好，由衷地惊讶高兴。
>
> 其实我也还好，只是这些日子回国照顾父亲，着实有些疲惫。休整过后，还得打起精神前行。这才是我的命，每每遇上湍急的河流，我注定是站在冰冷河水中托举家人的人。
>
> 马上又要走了，百感交集。我自己也没料到，第十个年头，我真的喜欢上了加拿大，无论是四季如春的温哥华，还是一年里冬天长达三个季度的阿尔伯塔。在这之前，几乎每天每天，做梦都想回家。

谢谢你曾经给过我的温暖，异国他乡艰难孤寂的日子里，有时会想起烟台世回尧的鸡蛋，想起莱西周格庄冬天里的电暖气，有时突然就泪流满面了。

我真的非常怀念那逝去的美好时光。那时候我们多么年轻、单纯，你总像兄长般谦让、包容着我……如今我已一无所有。

又是柳絮纷飞的季节，这句话在我脑海好多天了，挥之不去。那天我们一行四人走在潍坊市区菜市场一侧的胡同里，去吃有名的张大板烧饼，有人喊道：哪里在弹棉花？抬头望去，漫天柳絮飞扬。

吃完了张大板烧饼，我真的要告别这柳絮纷飞的季节了！

……

你看，这么多的感慨，过去还不得写上好几张信纸啊！如今却用起了"短信"，而且瞬间就收到了，非常便捷。不过，便捷之余，还是略有缺憾，不知道如何留存。当然，有些东西可以永存心旦，但是我依然喜欢留有墨迹的纸张，纸香伴着墨香，是另外一种感觉。

原载 2019 年 3 月 25 日《青岛日报》

想起当年旧衣衫

1988 年，我从学校调入市直机关不久，很快发现个有趣现象，许多机关干部上下班时，喜欢披件呢子大衣，遇到熟人时一只手往往还卡在腰间，大衣的一侧支成了伞状，另一只手比比划划，一副指点江山的派头。

我有些不解，何如穿在身上暖和呢？少数人若是，也许那是独特的装束；多数人如此，就显得有些刻意了。追根溯源，昔日的影像中，战争年代一些高级将领似乎有过肩披呢子大氅的形象。后来揣摩，他们或许把如此扮相引为身份的象征，其实穿得起呢子大衣，已经很不一般了。

相当长历史时期，由于棉花资源紧张，普通人就算有件棉大衣，也是奢侈之事。棉花原产于印度和阿拉伯地区，南北朝时期传入我国，初时多在边疆种植，宋末元初大量引入内地，譬如著名的黄道婆就生活在那个年代，她是上海松江人氏。在此之前，达官贵人的衣物多为绫罗绸缎，寻常百姓只有麻类织物。

1970 年初，周总理接见全国棉花生产会议代表时，听取了山东惠民地区滨县杨柳雪大队，也就是如今滨州市滨城区杨柳雪村在盐碱地上实现粮棉双丰收的汇报，给予了高度评价，《人民日报》为此刊文《棉区的一面红旗》，不久收录进了新编山东省初中语文教材。无独有偶，1978 年 3 月，时任新华社总编辑穆青，也撰写了一篇此类文章：《为了周总理的嘱托》，记述了山西省闻喜县农民科学家吴吉昌，以周恩来两次接见为动力创造棉花高产的事迹。

总理政务繁忙，如此关心棉花生产，说明这是个长期困扰我们的老大难问题。直到 20 世纪末，我国开始大面积种植 Bt-Cry1Ac 转基因棉花后，棉铃虫的危害才从根本上得到控制，棉花终于满足了市场的需求。

1953 年底，国家实行粮食计划收购与计划供应方针不久，"统购统销"政策全面推行，一百多种农产品位列其中。对于城乡居民来说，粮食和油料之外，相对紧密的就是棉布和棉花了。譬如山东省 20 世纪 70 年代的供应标准为，成人每人每年布票一丈六尺五寸，絮棉票三两。

这点棉布，也就够一人做身外衣外裤。但是用布票的地方很多，被里被面，褥子两面，内衣内裤甚至棉袜等都少不了，远远不能满足需求，人们的衣裤上，领口、袖口、肩肘及臀部和膝盖，一般都有补丁，甚至补丁摞补丁。孩子的衣服裤子，老大穿完老二穿，老二穿完老三穿……多年后有些兄弟姐妹开玩笑，还在抱怨母亲偏心眼，老大净穿新衣服。

农村更为艰苦，几乎不知毛衣毛裤为何物，绒衣绒裤也鲜见，冬日里就是棉衣棉裤，一穿多年，冷硬如铁，配给的那点棉花根本不够用。我的表姐出阁时，为了一套被褥的陪嫁，姑姑把全家五口人的棉花提前攒在一起，凑了差不多三四年。

20 世纪 70 年代前期，继 50 年代第一次从苏联、东欧大规模引进技术装备后，国家又从欧美和日本引进了 26 套大型技术装备，包括引自日本、美国、荷兰与法国的 13 套化肥设施，尿素生产能力大为提高。尿素袋子的衬里是尼龙绸的，许多人就用来做裤子，就是外层也不嫌弃，乡人还是纷纷讨要，生产队队长只得用抓阄的办法或是轮流的方式分配，说起来也是令人心酸。

不过当时有两种布料无需布票，一种为更生布，那是废旧棉絮、棉织物水洗后重新纺织出来的粗布，这种布料不结实，缩水严重，大都做成劳保用品发给了不易磨损衣物的工种，譬如我们自行车厂的烤漆工就是这种工作服。如果有点关系，多少还是可以买到几尺，对于孩子多衣服容易破损的家庭，聊胜于无。还有就是棉花等物品的包装布，拆解后亦可作价处理。南方床上一般要铺稻草垫子，胶东则是麦秸草褥子，麦秸发脆，难以编织，只得铡成段旋进包装布做的外套里。当然有的人家，还会用包装布做内衣。

粉碎"四人帮"后，过去那种只顾发展重工业的方针得以调整，标志为 1978 年 6 月的全国轻工业学大庆会议，为了凸显重视，当时的国家主要领导人还为会议题了词："大力发展轻工业，努力提高产品质量，增加花色品种，为适应人们生活需要而努力奋斗。"

在这种背景下，加之腈纶类织物大量出现，人们的着装状况迅速得以改善。1983年12月1日，起自1954年的布票和絮棉票终于取消，成为文物。又过了些时日，呢子大衣开始流行，经济条件稍微允许，总想置上这身行头。

偶然看到《泰州晚报·坡子街》笔会专栏，那上面刊载了倪高杨先生的一篇文章——《心爱的呢子大衣》，说当年为了买件两百多元的呢子大衣，犹豫再三。后来看到"一位相貌平平身着雪花呢长大衣的单姓领导，风度出众，鹤立鸡群，收获了极高的回头率"，终于忍痛掏出了这笔钱。买回之后，平日也舍不得穿，只是在元旦春节拿出来显摆一下，如同礼服，甚至还买了件便宜的风衣罩在外面，以免磨损，让人感慨万千。彼时月工资也就几十元钱，如此破费，确实需要反复掂量。倪先生那种感受许多人都有，人靠衣装马靠鞍，得体的着装的确能够提升人的精神面貌。

我的一位同事，从福山调到市里后，安排给某位领导当秘书，上任前夫人为了体面，给他买了件呢子大衣。第一次去北京出差，他怕坐火车压出褶皱，借了件军大衣穿在身上。那次活动在西长安街上的民族饭店，进了金碧辉煌的大厅，发现只有自己穿着军大衣傻乎乎地发愣，颇为尴尬，恨不得地上立马裂开条缝，把那件军大衣塞进去藏起来。

穿衣戴帽，各人所好，然而不分场合则有伤大雅。譬如某些人，植树节参加劳动时，依然穿着锃亮的皮鞋，这哪里是来干活的？分明就是作秀嘛，难免遭人诟病；还有就是在庄稼地里铺上红地毯搞活动，自然令人生厌。

俞正声在烟台当市长那几年，我们亲眼所见，冬天上厂矿，下农村，通常就是一身军大衣，舒适方便以外，显得朴实亲切。不过他并非松松垮垮披在身上，除了最上面那颗纽扣，其他的都扣得严严实实。这种风格很快影响了机关干部，后来有人挖苦那些喜欢披着大衣的人，说一看就像是乡镇来的。其实随着人们眼界大开，基层干部的着装也很得体，许多人逐渐改变了原先的做派。

彼时我也有件黑色呢子大衣，不过倒不是像倪先生描述的那样，非得等到年节才舍得拿出来展现一番。只是那时都是骑着自行车上班，家里距单位也远，个把小时路程，每日都要经过芝罘屯煤场一带，风一刮怕弄上了煤灰不好洗。后来干脆就把呢子大衣放在办公室里，遇到庄重场合拿取也方便，平常还是以军大衣为主。

其实很多改变似乎就在一夜之间，喇叭裤流行之初，年轻人趋之若鹜，然而反对之声也很强烈。芝罘湾畔，北大街大庙东面路南有家服装店，对开的玻璃门上，赫然写着十二个红色油漆大字：树立革命新风，不做奇装异服。甚至还出现了专门队伍，看到谁穿喇叭裤，一拥而上，非得把人家的裤管剪开，把那块他们看起来多余的布剪下来。我们自行车厂保卫科，就曾把一位劳姓员工的裤腿剪了，惹得物议纷然。党支部书记赵春学很开通，他说管这些闲事干吗？不久《中国青年》杂志为喇叭裤正名，以一副壁画观之，说是早在唐代就有了喇叭状的裤子，这才渐趋正常。

很快蓝灰色调的衣物大多被取代，色彩缤纷的各式新颖服装迅速布满街头巷尾。有一次我去昆明开会，返回时应朋友之托，在广州白马批发市场为其背回十套针织"三件套"，每套一百八十元，她以三百六十元挂出后，几天之内就卖光了，连声惊呼卖便宜了。

后来条件就更好了，呢子大衣变成了羊绒大衣，比对的标准则是羊绒含量多少，御寒的功能退居其后，装饰的意义或是显摆的成分日渐凸显。服装也不是如同过去那样非要磨破了、穿烂了才会废弃，若是赶不上潮流就不穿了。

有人说，柜子里的衣物要经常清理，三分之一为常穿的，三分之一暂时存放，三分之一直接捐赠贫困地区，甚为有理。不过，我那件呢子大衣一直没舍得淘汰，依然占据着衣柜的空间，阳光灿烂的时候，还会拿出来晾晒一下，包括那件 20 世纪 60 年代的黄色卡其布军大衣，说不出为了什么。

其实早年军大衣亦很稀罕，家中若无近亲为部队干部，想要得到件军大衣几无可能。战士退伍，棉被和其他军装可以带走，但是大衣、裤子必须上交，新兵入伍要接着用，大多须经历两三茬，破损严重方能报废。新大衣与旧大衣轮着换发，同一连队今年发了新大衣，明年就要换发旧大衣。有的新兵轮上了旧大衣，老大的不高兴，到处找人借新大衣照相，寄回家的照片总不能太寒酸吧？

1961 年，南京军区前线话剧团推出了《霓虹灯下的哨兵》，两年后上海天马电影制片厂将其拍成电影，提倡艰苦朴素的经典台词"新三年，旧三年，缝缝补补又三年"广为流传。节俭是一方面，物资匮乏也是一个很重要的原因。新兵入伍后，每人都会发个针线包，缝衣服，补袜子，被褥拆洗后重新缝上，都得自己动手。

那个时候，穿军装、用军品是种时髦，地方青年非常羡慕，千方百计想搞点这类东西，哪怕只是件上衣或是条裤子，甚至一顶军帽也行。1968年春天我和一群部队孩子在重庆大坪街头游玩，突然蹿出来几个比我们大的中学生，吹着口哨就把我们的军帽抢走了。在云南大理，我们几个胆大的，不但把老爹的武装带偷出去卖了赚零钱花，还到直属队营房偷战士的，军官的人造革皮带五元一条，战士帆布的两元一条，为此挨了不少揍。

部队干部条件宽松些，军装以外，每人每年还有八尺布票，为地方正常年景标准的一半。当时条令要求，军官周末携家人离开营门时须着便衣，否则抱孩子、拎东西显得太不严肃，有损军风纪。

朝鲜停战后，志愿军有几个军留在了东西海岸协防直到1958年夏日。仗虽然不打了，祖国慰问团每年依然还会去看望。1955年授衔不久，上海慰问团安排了不少经验丰富的服装师，专程为驻防部队校级以上军官量制便衣。那些大裁缝手艺不凡，我父亲就是那时做了套灰色毛哔叽中山装，很多年后依然挺括熨帖。一套便衣能穿多年，布票就可以省下来补贴家人，这就很不一样了。职务高些的首长，还可以"价拨"的方式购买军装，钱不能少交，但是不用布票、棉花票，也是一般人难以享受到的优惠。

地方上的外套成衣较少，一般都是买布到裁缝店定做，南方叫扯布，胶东叫割布。每人买的数量不等，一匹布卖到最后，只要不够一条成人裤子的料，就成了布头，购买时不用布票，不过大都被商店或供销社头头脑脑卡住了，然而布匹柜台售货员还是能够沾到光，有的就弄出了猫腻。

听当年供销社的人讲，说有个售货员心思活泛，销售时根据顾客需要，绞尽脑汁让布头剩的越短越好。如果尺寸不允，就拆开另一匹撕扯。布头若剩一尺时，她以三尺规格找领导说自己想买这块布头，一番忙碌，二尺布票就装进了腰包。当然前提是有熟人配合或自家也买同一种布料，这样开票时才能做手脚。久而久之，当然会有露馅的时候。

曾经有个经典段子，说某公社党委书记视察小学时，鼓励一位女教师道，好好干，干好了提拔你去供销社当售货员。那位女教师兴奋地说，那我就去卖布。估计她想象着紧俏的布头，耳边会响起布匹撕开时那种"刺啦刺啦"的悦耳声音。

……

这些往事，如同一幅幅图景，长久定格在了我的脑海里，难以忘却。记得赵树理先生说过："自己都记不住的东西也没有必要写了，好的东西会像灵感一样不断地来找你。"

这里言及的"好的东西"，当为美学意义范畴。既然是抹不掉的记忆，那就立此存照吧！

原载 2024 年 6 月 12 日《烟台晚报》

也说洗澡

公元2000年1月1日，浙江温岭那抹亮丽的曙色，引得万众瞩目。不过，很快就有人说，新世纪最早照射华夏大地的那缕阳光，还要一年后才能出现。不管怎么说，老百姓的日子依然如常。

这个时候，第六代导演张扬在不声不响中，把一部弥漫着浓烈怀旧情绪的京味儿电影《洗澡》带给了观众。老戏骨朱旭饰演的搓澡师傅老刘，给人留下了极其深刻的印象。

洗澡虽说平常，然而不可或缺，热水池里一泡一搓，去除尘垢之外，亦可消解身体的疲乏。不过，此等享受大多在北方，岭南一带的"冲凉"不可同日而语。那种洗澡，甚至简单到兜头一桶凉水，哪里会有浑身通泰的感受？无非消消汗而已。

也许气候使然，寒冷之地的洗澡的确多了不少讲究。譬如源自芬兰的"桑拿"，如今也在北中国大行其道，而且揉进了不少"国粹"，将之发挥到了极致。在芬兰待过的朋友就说，北欧所谓的桑拿，完全无法与当下的国内比肩。

其实，老辈儿北方的"泡堂子"，就有很多说道。电影《洗澡》的画面，堪称经典。秋末起始，澡堂里的人渐渐多了起来，热热闹闹要延续到来年暮春，有的人甚至一年到头都在"泡"。当然，最有滋味的时候，还是北风呼啸、瑞雪飘洒的日子。

窗外天寒地冻，屋内温暖如春。肩膀搭条白羊肚毛巾，热水池里滋润一番后，紧接着搓个澡，然后靠在硬板床上，修脚、推拿、拔罐……怀抱一壶酽茶，哼两句京戏，聊几句家常，甚至就着花生米来口"二锅头"，实乃神仙境界。

泡温泉就更值得夸耀了。当年白居易遥望热气蒸腾的骊山北麓，想象出了"春寒赐浴华清池，温泉水滑洗凝脂"的图景。遗憾的是，老先生只能远观，无法身临其境，自然难以体会杨贵妃那种美妙的感受。

华清池外，中国之"汤"长期未能进入高端境界。盛唐的繁荣却让日本遣唐使窥到了秘籍，他们后来把"汤"提升到了文化层面。如今遍布华夏的高档温泉，似乎都有扶桑岛国的影子。

不过，无论怎么掰扯，其实还是洗澡。

第一次给我留下深刻印象的洗澡，是在四川西部那个多雨的小城雅安，那是1963年一个春寒料峭的下午，刚刚从瓦弄战场，也就是中印边界自卫反击战东线归来的父亲，带着我在青衣江边的健康旅社洗了次澡。部队营区本有澡堂，父亲何以舍近求远？成年后我才明白，热水池里泡到大汗淋漓，请"老刘"浑身上下一搓，征尘和疲惫瞬间就消散了，部队澡堂里的互助搓澡，是体会不到这种享受的。

然而，我却拒绝了搓澡师傅，甚至连父亲为我搓澡也不同意。尽管彼时混沌未开，思想已经有了时代的印记，认为这是剥削阶级的生活方式，充满了鄙夷。

回家路上，天空飘洒着细细的雨丝，青衣江水一片朦胧，父亲始终没有搞清楚我为什么突然不高兴了。如今，我早已过了父亲昔日的年纪，脑海里有时还会浮现与父亲一同洗澡的情景，其实那是一种思念。

1967年夏日，武斗如同瘟疫肆虐，雅安在劫难逃。母亲是单位的当权派，为了躲避批斗，想离开雅安到重庆与父亲团聚。川藏公路上，青衣江大桥南头，造反派用电线杆设置了蛇形路障，军车也要检查，还有人"点水"。在"袍哥"曾经十分兴盛的四川，点水就是指认仇家的意思。母亲犹豫了，决定先把我送出去。

我在苍坪山上一三〇师师部搭乘"嘎斯-51"，沿着川藏公路颠簸了七八个小时，终于来到成都附近的彭县，也就是如今的彭州。由于成渝铁路停运，只得住进父亲曾任政委的三九〇团丁阿姨家。

部队调防此地不久，尚未修建澡堂，团部距县城三十多华里，跑一趟也不容易。丁阿姨要在家中给我洗澡，我已懂得害羞，坚决不肯。两个多月后，该团政治处主任李叔叔到重庆开会，把我捎了过去。没想到父亲这时住进了长江南岸弹子石的三十九医院，我只得暂住在军政治部俞叔叔家。

当天下午，他的小儿子二娃带我到军部大澡堂洗了个澡，当我脱光后，身上的黑污已经结痂。彼时城里的孩子，一般身上还不至于如此肮脏。面对人们诧异的目光，我不好意思了，万分窘迫地使劲搓洗身上的污垢，渐渐感到了清爽。

1968 年春天，父亲带我在重庆解放碑附近的澡堂也洗了次澡。我们先去理发，我理完后，父亲尚在椅子上闭目听凭理发师抚弄，似乎十分滋润。

那是一家老牌理发店，以我如今的认知，当为民国时期出现的，十分高级。东张西望中，我盯上了皮转椅上磨得锃亮的铜质饰件，心想要是拆下来卖废铜，一定值钱。那种兴奋与高尔基在《童年》中的描述十分相似，阿廖沙偷偷将醋滴进外祖父的怀表后，看到老头惊诧气愤的表情，非常得意。我的心中，仿佛也埋藏下了一个巨大的秘密。

父亲起身后，我还沉浸在想象之中。他摸了摸我的头，把我从遐想中拽了回来，接着带我到山城百货公司买了双胶鞋。那时，我们都喜欢军用胶鞋，然而即使最小的 6 号鞋，我穿着也大。

洗完澡后，看着那双破旧的松紧口布鞋，我想直接穿上新鞋，不过又有些犹豫。其时《霓虹灯下的哨兵》上映没有多久，南京路上好八连"新三年、旧三年，缝缝补补又三年"的话语言犹在耳。

好不容易鼓起勇气提了出来，没想到父亲居然答应了，还出主意说，把旧鞋装在盒子里，放在一边不要就行了。没等走出大门，澡堂里的人就在身后喊道，解放军同志，东西忘拿了！

父亲拉着我说，快走，反正咱们也不要了！说罢，如同摆脱追踪一样，迅速淹没进了人海，我完全沉浸在了快乐之中。

那是父亲最后一次带我洗澡。

"清队"后期，全家回到故乡蓬莱，彼时除了城里的澡堂，只有南边村里集公社的"温石汤"。村子里的乡亲，夏天尚可在河沟、水湾里洗洗凉水澡，其他时节，要想洗次澡就很不容易了。不过，小年过后，大多会走上几十里山路去泡一次"汤"。

温石汤的池子是灰黑色条石垒砌的，布满了蜂窝眼，似乎火山石，地面也铺着相同的石块，由于常年浸泡在温泉的环境中，表面到处是硫磺的印迹，感觉很不舒服。衣裤挂在一溜锈迹斑斑的铁钩上，"呱嗒板"类似日本的木屐，钉了一窄条从弃用的车轱辘外胎上裁剪下来的胶皮。

屋顶高度四米左右，隔墙不足三米，横梁上方人字形区域通透，蒸汽在两边池子的上方涌来涌去，往来自由，男女不见其人，却闻其声。

彼时乡间的日子十分乏味，枯燥中唯一的乐趣就是打情骂俏。平日里只有老娘们和老爷们能拉下脸来，青年男女都有些羞怯。下了池子后，有了墙体这层遮羞布，听着隔壁或男或女叽里呱啦的声音，只要开了头，挑逗起来就无所顾忌了，平日憋在心里的话喷涌而出，酣畅淋漓，甚至巾帼不让须眉。我们这些步入青春期的孩子，初期的性知识，大都是在这种潜移默化的环境里逐步领悟到的。

进城当工人后，厂子里有澡堂。电镀车间有位梁师傅爱开玩笑，洗澡时碰到来得晚的熟人，总要指着池子角落很神秘地悄声说道，兄弟，那四分之一的水没让他们搅和，给你留着呢！工友们顿时被他逗得开怀大笑。那个时候日子过得艰辛，然而幽默的人，总会寻得几分乐趣。

彼时我们还不知道"扬州三把刀"的说法，然而懂得搓澡是门功夫，有人无师自通，有人不得要领。厂里的堂子搓澡是互助的，大家都愿意与高手结成对子，让那样的人抚弄一遍，实在舒坦。

周末有时也会奢侈一番，到街上澡堂洗个澡。老烟台街面的澡堂起于清末，民国时达到了十七家。20世纪50年代后期，只有四家保留下来，分别为张裕公司附近的"新华浴池"、大庙西侧胡同里的"光华浴池"、百货大楼斜对面的"向阳浴池"、海港路的"大华浴池"。

大华浴池旁的海港路灌浆包子铺，在那个年代极其诱人。学徒第一年我月薪二十一元，另外电焊工还有六元有害气体补贴。几乎每个星期，我都会掏出四毛八分钱、四两粮票，买上屉灌浆包子解解馋。工友讥讽道，你不是不吃猪肉吗？其实只要没有亲眼看到肥肉，剁成肉馅也就不在乎了。而且彼时肥肉金贵，馆子里瘦肉居多。

一个星期天，我在大华浴池洗完澡后，到旁边灌浆包子铺饕餮，没想到一位客人打翻了醋瓶子，把我的白色老头衫迸溅得一塌糊涂。走在大街上怕人笑话，时间长了还怕污渍洗不掉，只得又花了两毛钱，到澡堂里把汗衫洗好烘干了，心疼了好半天。

1981年夏天，师专毕业前我在烟台一中实习，其间溜到外面逛街，碰到了带队的张志毅老师。他最初上了工科院校，由于缺少兴趣，退学后考入吉林大学，毕业后又考取了东北师大孙长叙先生的研究生，学养深厚，后来成为国家"有突出贡献的专家"。

张老师在哈尔滨长大，有点洋派，喜欢下馆子。我擅自外出，他不以为意，反与我结伴而行。不知不觉中来到了新华浴池旁边，我提议泡个澡，张老师欣然接受。

新华浴池设有盆塘，每位五毛。我们奢侈了一番，在盆塘里泡

得很滋润。起身之后，张老师请我到旁边的东升街灌浆包子铺吃了屉包子，这里与海港路那家差不多，也给我留下了深刻的记忆。

后来张老师与我成为忘年交，每年总要喝几次酒。2001年春天，商务印书馆出版了他的《词汇语义学》，这是本在语言学领域颇有影响的专著，他很高兴，请我喝酒。我们从中午喝到傍晚，然后去蒸了桑拿。二十年前的暮春，我们也是在这一带洗澡吃饭，转眼间先生已近耳顺之年。

张老师问，你知道洗澡的另一层意思吧？

他接着说道，新中国建立后，改造旧知识分子运动初始叫脱裤子、割尾巴，后来改称洗澡。钱锺书夫人杨绛先生以此为背景，写过部长篇小说《洗澡》。杨绛那本书我没看过，不过却读过张贤亮的中篇小说《绿化树》，开篇的三句话令我印象深刻："在清水里泡三次，在血水里浴三次，在碱水里煮三次。"

那三句话是苏联作家小托尔斯泰在《苦难的历程》中说过的，表述的也是"洗澡"，概括了帝俄时代走过来的知识分子，按照斯大林主义进行思想改造的艰难历程。

彼时张贤亮从大墙深处出来不久，经历的情景似乎更为严酷，《绿化树》以其为主旨，通过艺术描述，再现了特定年代里我国知识分子的那段经历。

也许话题太过沉重，张老师很快把聊天引向别处。他笑着说，如今在家里也可以洗澡了，洗完澡美美地睡上一觉，实在舒坦。

人这种生物，据说最初就是在水里孕育的。欧美的孕妇，不少人分娩之后就去游泳，水之柔弱无骨，似乎可以包容一切。初为人父时，儿子经常夜啼。从书中得知，如果哭得厉害，洗澡可以缓解。果然只要进入温水之中，他的哭声立刻消停，甚至还会出现笑声，可见水之神奇。

那时只要有熟人接应，有时我们也会到条件好些的单位澡堂蹭个澡，比如合成革厂澡堂，或是水利局机关澡堂……连腰包也不用掏。若是认识关系好的锅炉工，他还会趁着晚上当官的不在，为我们换水来个专场。以后条件就好了，到外地出差，宾馆里都具备了洗澡条件。

1987年，我买了台温州产的电热水器，第一代产品，常犯毛病，不过还是基本上解决了在家中洗澡的问题。后来换成了美国的"A.O.史密斯"，广告上说从爷爷小时候开始，可以用到抱上孙子。

1993年，烟台第一家桑拿浴出现在中兴浴池，也就是更早的向阳浴池，名曰"华海芬兰浴"，一时顾客盈门，排队等候。持续了两年左右，很快遍地开花。洗澡的内涵由此也宽泛了许多，成了重要的休闲方式，吸引不少人成天往澡堂子里钻。

对于我来说，嬉水的最好方式还是游泳。1992年，西南河南头建起了烟台第一个游泳馆，泳道虽然只有二十五米，是个半池馆，毕竟完成了零的突破。

胶东这一带，下海游泳也叫洗澡，气魄大得很，夸耀地称之为洗海澡，把大海也当成了澡堂子。有了游泳池后，进去时，熟人点头时或许会问"游泳啊？"出来时往往又变成"洗完了？"

说来说去，还是离不开洗澡！

原载《烟台晚报》2023年10月10日

寄宿漫忆

只楚公社孙家庄东北有条河沟，平日几乎无水，汛期往往泛滥，村里人截了条南北向的水坝，蓄成了个小水库。略偏西北就是著名的烟台机床附件厂的铸造车间，再往北的化肥厂，生产用的冷却水都排往了水库，据说里面含有化肥元素。孙家庄的老百姓说，别看水库有氨水的臭味儿，浇地爱长庄稼。

工友冯仲生的家就在铸造车间院外三四百米的地方，那里有一长溜平房，是 1958 年大炼钢铁时的遗物，住了八户厂里的职工，号称"八大家"。

我与小冯同在自行车厂电镀车间，他是钳工，我搞电气焊维修，他们班组经常需要我们配合切块钢板或是焊接个组件，我和他熟悉起来。我那时住宿舍，环境很差，他说要不你去我家住吧！

我从知青点进厂是 1976 年 10 月 24 日，"霜降"的第二天，已有寒意。集体宿舍由大仓库改建，大通铺用砖头摞起当腿，上面铺着红松板子。睡了几天后，感觉不太对劲儿，掀开包装布外皮的麦秸草褥子一看，没有干透的木板上渗出了许多水珠。

宿舍大门朝北，是那种带地沟的推拉铁门。厕所远在百米开外，夜里小解，爬起来就在门口尿，尿液积聚地沟，门很快冻住了。夜里北风劲吹，骚乎乎的味道弥漫在宿舍里，憋得人喘不过气来。更要命的是，雪花顺着敞开的大门往里飘，寒气浸入了骨头，穿着棉袄棉裤盖上被子，依然直打哆嗦，如同睡在露天地里。

感冒发烧的多起来后，厂里找来油漆桶当尿罐子，又让我这个电气焊工用气焊把子将冻上的尿液烤化，安排人把积存的尿液弄出来。然而根本清不干净，一到夜里，大门又冻住了，只得加挂一层帆布门帘。后来厂里开恩，让我们搬到气焊车间楼上，楼下昼夜都在焊车架子，几十把焊枪呼呼作响，寝室里也不安静，不过房门朝东，暖和多了。

我们几十个人是一同进厂的蓬莱老乡，有位姓高的哥们下了小夜班，经常抱回一摞包装箱板子，用螺丝刀、钳子起木板上的铁要子，吱吱扭扭的响声把大家都吵醒了，谁说他也不听，而且振振有词，说是准备结婚时做家具当隔板用，碍你们什么事儿了？

大家气不过，有人提议将他藏在铺位下的板子扔了，我说他继续往宿舍带怎么办？得想个说辞吓唬他一下。室友把木板扔了后，他回来破口大骂。我说刚才保卫科来人了，是他们拿走的，说你这是偷窃，天亮后让你去保卫科交代。

他一听顿时泄气了，嘴里嘟囔着我又没往家拿，赖不着我，我不去。我说你这样说倒是有道理，不去就不去，但是继续往宿舍拿要是再让保卫科翻走就麻烦了，此公就此消停了。许多年后与当年的舍友喝酒，我问老高现在干什么，他们说早调回蓬莱了，没有消息，大家说起当年的事儿，忍俊不禁。

也许命中安排，我这个人注定要过漂泊的日子。其实人生一世，就如一叶孤舟在大海上漂荡，海天茫茫，不知道彼岸究竟远在何方。

1959 年春天，母亲带着两周岁多的我，从天津迁至重庆，与刚从朝鲜归来不久的父亲团聚。然而，开心的日子没过几天，母亲就把我送进了鹅岭公园附近的八一幼儿园。那是所全托，似乎在一座山上，是那种崖面直立的石山，我号啕大哭，死死抓住母亲的手不肯松开，当然一切都是徒劳的。

后来重返故地，我想找寻那个地方，结果一无所获。重庆到处上坡下坎，感觉哪里都像。昔日的部队早已移防，营区周围矗立起了高楼大厦，早年的影踪已若浮萍被风吹散了。

不久，父亲去了下面的部队，母亲带着我搬到乐山专区夹江县没几天，父亲就进藏平叛了，一去两年多，母亲又把我送入全托。彼时已进入三年困难时期，物资匮乏。有天傍晚吃饭，每人定量两个小包子。所长的儿子长得肥硕，三口两口填到嘴里后，又找老师要。老师问哪位小朋友分给他半个？大家纷纷举手，不知怎么就选中了我。

当晚我饿得受不了，不知怎么竟然有本事从幼儿园跑了出来。县城不大，夹江穿城而过，只记得回家要穿过一座月亮桥，是那种铁索吊桥，上面铺着木板，摇摇晃晃的。由于拉索很高，老远就能看见，我奔着桥去了，颤巍巍地过了江。走进院子后却不敢进家门，坐在天井边上的石坎上发呆。幸而母亲送客出门发现，这才把我领回了家。

第二天早上老师发现我不见了，所长闻听后吓坏了，除了责任，母亲彼时乃县人委的文教科长，也就是如今所说的县政府的文教局长，是他的顶头上司。母亲当然也没有客气，我则从此转上了日托。

搬到雅安后，大妹妹在青衣江北岸商业局幼儿园上全托，周六接回，周日送去。有一次保姆婆婆身体不适，让我坐摆渡船送妹妹。到了幼儿园，妹妹拉着我的手不放。我体会过那种滋味，又把她领了回来。

母亲当兵出身，中南军大毕业，参加过广西剿匪，也去过朝鲜。我后来问她，家中有保姆，为什么还要让我们上全托？她说本想从小锻炼你们独立生活的能力，没想到你们如此恋家。

1962 年秋天，我到雅安苍坪山一三〇师子弟小学读书，也是寄宿。学校在一个平坝上，当地百姓叫飞机坝，据说曾是二战期间美军的一个临时机场。

每当夕阳西下，落日的余晖洒满校园时，我就特别想家。我是小时候学习成绩特别好的那种孩子，老师非常喜欢。有一天晚饭后，班主任翟老师有些爱抚地摸着我的头，我不知怎么脱口而出，喊了声"妈"，老师会心地笑了。同学们也笑了，不过他们是在取笑我。

不久我们在坡上树林里发现了一个骷髅，胆大的同学用竹竿挑起来转悠着玩，不知怎么就扔到了我的怀里，吓得我当晚噩梦不断。那一阵胆子特别小，一听到鬼故事，晚上睡觉就出冷汗。

后来我们整体转到山下的八一小学，还是寄宿制。除了一三〇师的子弟，还有雅安军分区、汽车二十团以及四十五医院的，比过去热闹。周末回家后返校，大家或多或少会带些零食。四十五医院院长的儿子比较壮实，经常抢别人的东西吃。有一次他抢我带来的饼干，我不知从哪里来的勇气，和他打了起来，结果不分胜负，从此他见到我收敛了许多。

1965 年 6 月随着军衔制度的取消，为了不搞特殊化，八一小学合并到了地方。我心里说不出的高兴，再也不用住校了。

回到故乡后，我在蓬莱小门家公社高中读书。那时学制两年，学校两级四个班，每个班男生一间宿舍，两溜大通铺，人挨人挤在一起。入校不久，班主任就让我们抬土去垫宿舍北墙和院墙间的夹道。厕所离宿舍挺远，晚上起夜，同学们推开北窗就尿，时间一长，尿液沤过的土就变成了上好的肥料。

学校有不少土地，除了小麦，苞米地瓜花生和蔬菜什么都种，这是学农的重要内容。过段时间，老师就会让我们把过道的土铲出来肥田。我们用棉槐筐抬到地里，然后再用新土回填夹道。

学校建在曾经的荒冢上，五排平房，学生宿舍在最北面。一个周末，同学们都回家了，除了看门的炊事员，学生只剩下我自己。傍晚，天下起了大雪，气温越来越低，屋里冷如冰窖。学校周六不发电，我那盏煤油灯是用墨水瓶做的，一灯如豆，那一日更是如同鬼火般。不知何时，油干灯灭，四周顿时漆黑一片，北风一阵紧似一阵凄厉地吼叫。

我躺在大通铺上，想到床下曾经的白骨，万般恐惧，吹口琴、唱歌都不管用，吓得只好把同学们的被褥都折腾出来，垫了好几床，又盖了好几床，好不容易迷迷糊糊睡了过去。早上醒来，大雪几乎把门封住了，雪花从缝隙挤了进来，屋里也是一片白色。

　　高中毕业插队时，大队用县里拨的安置费给我们知青点盖了四栋连体宿舍，与农家房屋别无二致，每栋四间，不过没有院墙，堂屋也没有灶，是堆放农具的，自然屋里也没有炕，四根粗些的洋槐枝插入泥地后，用锤子砸进去就是床腿，转圈再以洋槐枝围绕起来，用铁丝捆住床就做好了，铺板则是棉槐条子编的篱笆，再铺上草褥子。

　　村里的乡亲冬季都靠烧炕取暖，我们的屋子却一丝热气也没有，冷得伸不出手来，睡觉时脱下外套后，其他衣裤都裹在身上，蒙上两床被子还是冷。当然伙房那栋房子有铺炕，不过十七个人，还有六位女生，谁都不好意思去那里，只能当作杂物间。

　　没想到进了工厂，住宿的条件还不如乡下。其实就是家在市区的，那时住得也逼仄。不久恢复高考的消息公布，我想试一试。然而几十个人挤在一个大宿舍里，班次也不一样，实在吵闹，根本无法复习。

　　师兄李国永便在更衣室用包装箱给我搭了张床，长不到一米六，宽只有八十厘米，那是室内能够省出的最大空间，蜷着身子才能躺下。屋内有个小窗与锅炉房相望，透过玻璃可以看到熊熊的火光，锅炉依靠喷射柴油燃烧，声响也很大，不过毕竟独处一室。

　　小冯看到后说，别将就了，我家宽敞。"八大家"确实比市区人家住得舒服些，那里是城市边缘，或者说就是乡下，天大地大。

小冯的父亲冯庆云行伍出身，河北大名人氏，1947年在家乡入伍去了二野三纵，也就是后来的十一军。这支部队有点意思，1950年7月，正在川东的军部及直属队北移青岛，组建了北海舰队的前身海军青岛基地。1952年10月，新的军部又奉命率直属队去杭州组建空五军机关，所辖各师划归其他部队。冯庆云所在的三十三师入朝作战期间归三兵团直接指挥，1954年9月回国后转隶二十六军，驻地胶东半岛。

小冯的父母热情厚道，虽是家常饭菜，然而比起食堂还是多了几许温馨，让我感到了家的温暖。几杯地瓜烧下肚后，他的父亲打开了话匣子：

1956年我从龙口转业到机床附件厂时，是九十八团通信连一排排长，到了附件厂还是老本行，分在了保卫科，是厂里警卫大队大队长，后来考虑铸造车间远离厂部，处地偏僻，需要加强安全保卫工作，就把我调过来专门负责这一块。厂子的前身为胶东军区兵工总厂，1949年深秋迁入烟台，刚开始叫烟台机械厂，1951年改称华东工业部烟台机床厂，国内第一台"三爪自定心卡盘"就出自我们厂。我转业那年，根据第一机械工业部的指示，改成了烟台机床附件厂。

他说，1966年9月，厂里卡盘类技术设备和人员奉命迁往呼和浩特，当时内蒙古有个下马的探矿机械厂，一机部将这两块合并组建了呼和浩特机床附件厂。搬迁安装试车只用了二十三天，三千四百一十名职工及家属分两批乘专列抵达，也是奇迹。

他说的不假，沿海装备制造业向内蒙古转移，是在特殊历史条件下，按照一机部行政命令执行的，非企业自愿。但在当时"好人好马（设备）支边疆，哪里艰苦哪安家"的大环境下，不想走也得走，只给了家属在农村的以特殊政策，随迁后可以农转非，调动了一部分人的积极性。

其实小冯家也遇到过类似的情况，三年困难时期为了压缩城镇商品粮供应人口，动员"家属还乡"。冯庆云响应号召，小冯的母亲带着他和大弟弟回到了故乡，他的小弟弟就是1960年在老家出生的。冯仲生推算，他们回乡大概是在1959年底，一待就是四年。1963年夏季冀中冀南大水，为确保京广线安全，大名列为行洪区，流经县境的漳河、卫河与马颊河，将他的家乡淹没。大水后赈灾疏散人口，可以投靠亲友，小冯母子四人得以重回烟台，再次成了城里人。

我坐在他家大炕上，听他们唠起这些家常，零零碎碎的往事，拼接起了那个时代的图景，见微知著，使我对历史的认知不断加深。当然我也没好意思天天往他家跑，隔三岔五住上一宿，就可以缓解疲惫与孤独，如同人生的驿站。

恢复高考后，我去了烟台师专读书，还是得住宿舍，上下铺，八人一间。1981年春节后返校，宿舍窗户玻璃假期不知怎么碎了两块，只能先找块纸壳暂时遮挡，然后报告了辅导员。学校维修工根本不拿我们穷学生当回事儿，几乎拖了一个星期才把玻璃换上。

那年倒春寒很厉害，冷得要命。我们宿舍虽然朝南，但在最西头，西北风顶在西墙后一拐弯，就钻进了我们宿舍，和露天睡觉差不多。其他同学还好些，我和上铺姜义禄那张床，正对着那扇窗户，寒风劲吹，我们俩索性挤在一张床上，把四床被子都摞在了身上，还是冻得发了烧。

我成家后，有段时间依然有寄宿的感觉，三户人家挤在四十平方米左右的屋子里，每家一间，厕所公用，有阳台的那户不能用厨房，一过就是两三年。

后来倒是有了独立的房子，然而 1986、1993 年我两度到济南帮助工作，1994 年末又去烟台市政府驻北京联络处待了差不多三年，还是脱不了住宿舍，人生仿佛始终都在旅途中。

原载 2024 年 3 月 27 日《烟台晚报》

逝者如歌

二马路美文书店的冷宝良前几日走了，震惊之余，也有些难过。老冷也就六十出头，走得还是早了些，应了那句老话，人生苦短。

美文书店门面不大，门脸朝北，冬日凛冽的寒风透过玻璃门的缝隙顽强地往里钻，屋子里也有些冻人。不过，室内的气氛却充满暖意，小城的书友，或刻意，或路过，经常会到这里转一转，谈天说地，其乐融融。

书店总共三人，老板小刘之外，老李看摊兼做会计，老冷取货送货也倒换着看摊，他是下岗后过来的。

这些年电子读物挤压图书市场，小店举步维艰，其实两人足矣！然而小刘厚道，大家在一起这么多年了，让谁走他都张不开口。有人开玩笑，慈不掌兵，义不理财。他说我这个小店，也就是够吃够喝，维持生计而已，图的是乐趣。

老冷原先说，等有了外孙就不来了，满怀期待含饴弄孙。然而，外孙出生后，老冷还是舍不得离开。他对小刘说，习惯了，见不到书友，就觉得少了些什么。给多少钱都行，我不走了。小刘笑道，那你就继续待着吧！没人撵你。这一晃就是十六年。

我和老冷算不上朋友，也就熟悉些罢了。但是，每次去书店，他都会给你端上杯热茶。人少，他就陪你聊一会儿；人多，他就把椅子让出来。突然听说他走了，还真是觉得失去位朋友。

老冷乃芝罘街面的坐地户，老辈儿早年在西南河一带曾经显赫过。他参加工作在绒绣厂，后来还熬上了个小头头。他最为得意的是1977年初秋，厂里送往北京的那幅巨型绒绣《祖国大地》。我逗他，那也不是你绣的。他立刻急眼了，用手比划着说，七米高下，幅宽二十四米，哪一个人也无法独立完成。俺厂长说了，就是端茶倒水，也算参与了，那是集体劳动的结晶。我一听他最后这句拽起了文词儿，顿时哈哈大笑。

老冷说自己文化不高，也就初中毕业，没读过什么书。其实不然，在书店的环境里，举目所及皆书也，你就是不读也不行。整天与书虫子打交道，耳濡目染，熏也熏出了一身书卷气。

文化的浸染与学历教育固然有关，然而阅读的潜移默化似乎更为重要。与老冷交谈你会发现，他的逻辑思维很清晰，认识问题有一定深度，抑或与生俱来的潜质。不过，思想者痛苦，也是没有办法的事儿。

老冷去世的消息是小刘告诉我的，彻夜难眠，好端端一个人，说没就没了，有些难以接受。如今都说人生八十及格，八十五良好，九十以上才能算优秀，他这个年龄距及格的指标都差得很远，只能感叹人生无常。

第二天早上醒来，微信中竟然跳出一条老冷发来的信息，猛然一惊，果有起死回生之事？定睛细看，原来是他的女儿用父亲的手机发来的讣告。我的手机里有好几个故去朋友的微信，一直没舍得删去，有时候翻到他们，昔日的时光就会浮现眼前。

老冷走得安详，从发病到离世，没有超过二十四小时。抢救后初时还能认人，小刘去看他时，意识是清醒的，然而半夜时分就下了病危通知。医生说唯一的办法是开颅，但是希望渺茫。家人商量后，觉得还是不要太受罪了。这也符合老冷的心愿，他曾谈起过，如果病入膏肓，千万别进 ICU，人财两空，拖累家人。

不过，我还是有些遗憾。那么长时间，竟然没能和老冷喝顿酒，我知道他是喜欢喝两口的。酒这种东西，多喝肯定无益，有时候少来点却能够调剂情绪。那日我在家中，倒了一小盅白酒，走到阳台上，洒在了一片椰树之中，或许老冷能够闻到遥远的酒香。

他去世前半个月，我找老板小刘，让他帮我买张大点的地图寄到海南。我这几年都在那边猫冬，住的地方离书店太远。小刘店里没有，打发老冷跑了趟新华书店给我寄了过来。这幅地图如今就挂在我的书房里，侧脸往墙上一看，就想起了他。

老冷的去世，让我心情一度黯淡，联想到了几位故人。有位叫靳江的工友离世也让我颇多感慨。他是福山人，1957 年出生，2014年走时还不到六十，家中有些慌乱，我去殡仪馆为他主持了丧仪。

我们就是普通的工作关系，我大小算是当过他的领导，对其印象不错。他属于能工巧匠那类人，天生手头机灵，外号"小炉匠"，没有他摆弄不了的营生，干活也勤快，整日乐呵呵的，人缘不错。

不过，我却发现个问题，他干活不太注重细节。这话别人不好意思说出来，我这个人有点直，也不管人家高兴不高兴，就说了出来。老靳脸红了，他说知道自己的毛病，一着急就顾不上许多了。

我给他讲了个故事，当年插队的时候，村里让我们知青在墙上写"学大寨"的标语。我的美术字还拿得出手，另一位与我不相上下。只是我图快，打格没下功夫，结果就出现差距了。许多年后回到村里，墙上的标语依稀可见，内容是另一码事儿，字迹令我汗颜，其实我是可以写得更好些的。

我对老靳说，只要不是火上房子的事儿，还是慢工出细活。他觉得言之有理，从此我们成为好友，他有什么话也愿意与我聊聊。老靳本为农业户口，最初在乡镇企业搞维修，早些年不算工龄。后来到了荣昌制药，才算有了着落，他一直为工龄短而苦恼。我宽慰道，彼时许多人都是如此，也不止你自己，只能想开点。

后来他的身体出了问题，他心里有数，说自己还不知道能不能领到退休金呢！有些悲戚。我只能宽慰，其实彼此都清楚那些话不着边际。

老冷走得痛快，自己完全没有预知。老靳拖的时日挺长，内心颇受煎熬。有段时间他告诉我，自己好多了，大概没事儿了。我知道他对生命的渴望，然而肝脏的问题都小不了，看着他的脸色，我心里很难过。

不久，他就撒手西去。丧仪那日，他的女儿哭得肝肠寸断，喘不过气来，两个人架着几乎还是瘫在地上，我这才读懂了老靳当初说起女儿时两眼放光的神态。

还有位远方的朋友离去也让我刻骨铭心，他叫李敬祥，蓬莱山上李家村人。我们相识于1994年初冬，那年我去昆明开会，住在滇池边上的海埂，会议期间碰到的。都是山东人，还是小同乡，在遥远的彩云之南巧遇，分外亲切。

老李人高马大，身高超过一米八，时为成都军区后勤部二十二分部滇西仓库政委。他原在山东省军区独立一师当兵，五年多了还是班长，一直没提起来，部队眼瞅着待不下去了。他是农村兵，首长照顾他，把他调到炊事班，说是有个手艺，将来回去说不定能够找到工作。

对越自卫反击战前夕，总部命令从非参战部队挑选战斗骨干充实前线。这是个考验人的时候，有些人平日说得好听，关键节点往往怂了。老李已经确定退伍，可以不去，他却坚决要求上战场。信念之外，也想赌一把，这是最后的机会。他就这样去了滇南，火线立功，终于当上了排长。

老李天生就是当兵的坯子，弟兄五个，只有老五留在乡下伺候老娘，剩下的都在队伍上，而且全是师级干部，一水儿大校军衔，也是美谈。有一年春节他回蓬莱探亲，我去他村里喝酒，老五发牢骚说，俺四个哥都去外面当官了，就撇下俺拉锄钩子。我说，让他们每人出钱帮帮你。老五看着李敬祥笑道，都没少给，他给得最多。

老李提干晚，一步一个台阶走到团级干部时岁数已经不小，按照规定，如果再不进步，到了年龄的杠杠必须离开部队。他太热爱军营了，心有不甘。结果老天还算有眼，就在应该转业的头一年，他被评为成都军区联勤部优秀团级主官，如此荣誉加持，总算提拔为川藏兵站部副政委，跨入了师级干部行列。

他是拼命三郎，兵站部规定，首长每年要带车进藏一次。川藏公路艰险，运输车辆来回一趟几乎两月，他却年年坚持进藏两次。高原反应让他经常流鼻血，他也不在乎，后来身体就垮了。部队照顾他，让他去了143医院，也就是原成都军区昆明总医院当副政委。

也许与流鼻血的经历有关，他后来得了鼻咽癌。转入301医院治疗期间，电话告诉我想吃家乡的饽饽。我买了一箱，又发了些海参送到了北京。他拉着我的手说，老弟，咱们有缘，我终归是要回蓬莱的。后来医生建议其摘除一个眼球，避免肿瘤细胞扩散。老李爱面子，说那我怎么穿军装？坚决不同意，2016年深冬就去世了。

我和曾经的威海军分区副司令员张猛赶到昆明，参加了他的遗体告别仪式，阴阳两隔，也就转瞬之间，何其无助？老李终究还是没有回到蓬莱，夫人、儿子都在昆明，祭奠很不方便，也就葬在了滇池边上的金宝山军魂园，其实他早已归属西南那片红土地。

丁酉年腊月二十六，也就是2018年2月12日，一大早鲁东大学的朋友发来微信，说是群里有消息，文学院一位退休教师夜里外出冻死了，好像是四川人，是不是你的老师？我一看感觉坏了，当年中文系的老教师，川籍仅余易朝志，这几年他的阿尔茨海默病日渐严重，难以自持，怕是凶讯。

我立刻拖着同学孙立国、宫本安赶到学校，结果不幸言中。头

天半夜，夫人睡着后，易老师不知怎么光着脚趿着鞋跑了出去，身上只有内衣，一只鞋还丢在了楼梯口。他走得并不远，发现时倒在了一辆三轮车旁，再也没有醒过来。

我们这座小城的深冬初春极为寒冷，然而易老师当年是上过朝鲜前线的，那里的气温他都挺过来了，看来年岁真的不饶人。

1949年底，易老师初三时就参军入伍，入朝时为三兵团十二军三十四师一〇二团卫生员，授衔时为少尉医助，驻地浙江金华。1957年作为"调干生"考入华东师大中文系，毕业后留校。1964年学生梅华毕业分到烟台师专，为了爱情他也从沪上追了过去，然而失之交臂。

易老师最大的遗憾是没当上教授，20世纪80年代，著名文艺理论家钱谷融先生曾对其离开华东师大表示惋惜。在那个铅字不易的年代，其大学时期就发表过两篇论文，这也是他能够留在上海任教的重要原因。恢复职称评定后，他首批评为讲师，不久成为副教授，之后就止步不前了。彼时职称评定名额有限，诸多原因，委屈了先生。

我小时候长期在四川生活，故而与易老师走得较近，学生时期常在他家蹭饭，遂成忘年交。易老师的独子远在国外，夫人张丹妮茫然无措。学校方面规定，这种事均由家属自理，行政上不派人参加。

我觉得不近情理，一辈子都交给了学校，实在令人心寒。我与相关部门理论，他们说人人如此，他们也忙不过来，实在无可奈何。其实这是托词，操作层面并无障碍，区分情况对待，哪里会忙不过来？还是冷漠。在我不断将军下，总算应允派辆大巴车，丧仪只得由我挑头操持。

临近过年，诸事忙乱，然而还算有条不紊。其子刻日急返，旧时同事纷纷致哀，由于年事已高，大多未能与遗体告别，只有李慧志老师坚持送行。

文学院书记张天波鼎力相助，请来了刚刚退休的刘焕阳副校长、李世惠教授，他们都是易老师的学生；我与同学孙立国则找来了曾经的烟台市外经贸局局长程显萃、著名作家矫健、远徙新加坡的王翠莲以及宫本安、白光等同学，他们也是易老师的学生。腊月二十九上午，灵堂庄严肃穆，诸生送完易老师最后一程。

自然规律无法抗拒，谁也无力回天。生老病死见多了，许多事就看淡了，也不是十分悲伤，都是命中注定的。有的人生命短暂，然而短小精悍；有的人健康长寿，乃是上天赐福。无论长短，生命各有千秋，只要问心无愧，亦不枉来人世走一遭。

我的这些朋友极其普通，老冷、老靳和朝志吾师似乎无人给他们写悼词抑或生平，老李那个官也是个普通的官，虽然会有那么几句话，很快也会随风飘去。

然而人们深深的怀念，也许可以算作送给故人永远的悼词，仿佛一首生命的赞歌，经常会在耳边回响。

原载 2023 年 12 月 15 日《烟台晚报》

一票难求

跨入 2024 年门槛没几日，媒体就报道，全国铁路春运期间将实行新的列车运行图，1 月 10 日 0 时起烟台旅客列车将增加到 118 对，其中动车组列车 101 对，普速旅客列车 17 对。这则看似不起眼的消息，却触动了我过往的一段经历，让我仿佛穿越时光隧道，回到了遥远的过去。

1825 年，世界上最初的铁路就出现在了英格兰东北部的苄斯河畔，连接起了斯托克顿港口与达灵顿小城，尽管时速只有 24 公里，却具有划时代的里程碑意义。

迟暮的清王朝虽然摇摇欲坠，"吴淞铁路"还是在光绪登基的第二年，也就是 1876 年出现在了上海。这条中国境内第一条真正意义的铁路，距离英国最早的铁路通车已经过去了五十一年。

其实两年以前，英国商人杜兰德就在皇城根儿铺设了一条六百米长的铁路，想以广告的性质引起清廷的重视。不过，天子脚下如此放肆，命运可想而知，未等通车就被饬令拆除了。

吴淞铁路开通后，有人认为火车的运行抢走了沿线舟车贩夫的饭碗，把那些人逼成了盗匪；更为荒唐的是，还有人说铁路的延伸会给洋人提供长驱直入的便利，大清的腹地将受到威胁……仅仅过了一年多时间，官府就把这条铁路赎回拆掉了。

国人未必都是如此糊涂，早在江苏巡抚任上，李鸿章就倡言兴修铁路，只是地位尚不巩固，没人愿意搭理他。调任直隶总督兼北洋通商大臣后，如火如荼的洋务运动迫切需要燃料作为动力来源，重权在握后的李鸿章顺势在唐山胥各庄设立了开平矿务局，为了把开采的煤炭便捷地运到北塘海口，"唐胥铁路"应运而生。彼时距离吴淞铁路拆除不过三年，虽然朝野依然不乏反对之声，已经很难有人阻止他了，华夏大地的铁路建设由此正式拉开了序幕。

光绪二十三年（1897）初冬，德国人借巨野教案强占胶州湾，第二年迫使清廷签订了《胶澳租界条约》。也是这一年，卢汉铁路，也就是著名的京汉铁路南北两面同时开工，德国政府看得眼热，很快动员十四家德国大型银行，集资 5400 万马克修建胶济铁路。光绪三十年（1904），这条山东境内的第一条铁路全线贯通，齐鲁腹地终于和沿海地带连接在了一起。

当源源不断的货物通过胶济铁路便捷地往还，早于青岛开埠近四十年的烟台商界如梦初醒，想起了开埠之初英国人提议修建的烟潍铁路，四处奔走呼号。然而，战乱也罢，区位尴尬也罢，直到新中国建立后的 1956 年夏季，从烟台伸向远方的铁轨，才在蓝村与胶济线相连，胶东半岛东北部顶端的这座城市，终于圆了铁路之梦。令人遗憾的是，这是一条单线铁路，容不下多少列车。

八年过去后，第十八届东京夏季奥运会前夕，也就是 1964 年 10 月 1 日，日本新干线正式通车。凌晨六时，随着清脆的发车铃声响起，取光速之意的"光 1 号"与"光 2 号"列车，分别从东京与大阪相向出发，全程 515.4 公里只用了四个小时，区间停靠十三站，最高时速达到了 200 公里，平均时速 128.85 公里，世界铁路史上一个全新时代到来了。

历史继续推演，1978 年金秋送爽的日子，中国领导人邓小平来到了日本，当他坐上著名的新干线列车后，有人询问感觉如何。小平同志简洁地回答：快！接着又感叹道，有催人跑的意思，我们现在正适合乘坐这样的列车。

小平同志的感叹，言外之意是我们的时代列车太慢了。彼时蓝烟铁路开通已经二十多年，依然还是单线运行，从烟台出发的列车少得可怜，货运车皮一直处于紧张状态，客车也只有发往北京、上海、济南、青岛那么几趟，交通极为不便。

这种状况下，不仅享有盛誉的烟台苹果难以外运，海鲜亦无法及时输出，直至 20 世纪 70 年代，芝罘湾畔的大小街头，还经常堆满了马面鱼或曰"扒皮狼"，以及对虾头等海产品，丰硕的收获难以体现真正的经济价值，本地百姓倒是独享了口福。

货物难以外运，出行也极为不便，一票难求。1984 年春天，为了提高教师队伍的学历水平，山东省教育厅安排山东师范大学和曲阜师范学院，按照 5% 的录取率，首次从东西两地招收全省专科学历的教师进行本科函授学习。那时我在劳动技校当老师，有幸首批考取。

东部授课点设在潍坊昌乐师范，每年暑假先进行四门功课的考试，然后开始下一年度科目辅导。暑期正值大中专院校放假，也是烟台旅游旺季，买票比登天还难，半夜排队，往往还是落空，只得先买张月台票，混上车后再补站票。

有一年暑假总算买到车票，觉得有谱了，没有早早去火车站候车，掐着点才去赶公交。没承想公交车抵达站点后趴窝，司机无论如何也无法启动，结果误了火车。要是在别的城市，这趟晚了还可以改乘那趟，然而烟台十点多发往北京的列车出发后，当晚再也没有其他车次，只得换乘第二天早上发往上海的列车，辗转赶到昌乐后，还是误了两门课的考试，只能转过年补考。那时工作生活压力都较大，第二年暑假一下子考六门课，忙得不亦乐乎。

从昌乐返回的票就更难买了，若是去青岛方向，火车一列接一列；然而回烟台，就那么三两趟，昌乐又是小站，预留的票很少，只得先去蓝村，然后再想办法。彼时没有电子售票，到了蓝村有时连当天的公共汽车票也买不上，又舍不得钱住店，往往就在火车站候车室将就一宿，天气热，蚊子又多，苦不堪言。

劳动技校申报全国首家高级技校时，有一次我去劳动部培训司送材料，由于时间紧，来不及提前买票直接就去了火车站，只买到一张站票。

一位朋友凑热闹，想给北京的亲戚捎点烟台罐头厂出产的"飞轮"牌糖水桃子罐头，是那种略有瑕疵、内部处理的产品，每听两毛。碰头后才发现，那位仁兄一下拿来两箱，每箱二十四听，每听净重五百克，加上玻璃瓶子，一箱差不多四十斤，我顿时目瞪口呆。

他倒是用了心，捆绑之外，怕硌坏了肩头，两箱之间用脏不拉儿的毛巾将绳子缠了起来。我摇头说背不动，他动员道，这边送你上车，那边出站后有人接，你也就是下车后把东西背到出站口。却不过情面，只得从命。

孰料车上人挨人挤得如同沙丁鱼罐头，几乎无法挪动身体，想去厕所，又怕人不在时罐头瓶被打碎，实在憋不住了才勉强挪步，疲惫不堪，两条腿都站肿了。有位乘客看我可怜，允许将箱子堆在了他的座位前边，他自己的腿则窝在箱子上，我感激不尽，也顾不得肮脏，直接钻到他的座椅底下躺了几个小时。

到了北京在劳动部和平里招待所住下后，第一件事就是洗衣服，然后用电吹风不停地吹，半干半湿套上后就去送材料，培训司的同志听说我的遭遇后，帮我买到了返程的坐票。

身体受累，尚可忍受。身心俱疲，往往难以坚持。20 世纪 80 年代中期，烟台劳动技校是全国职业教育战线的一面红旗，经常有外地的学校到访。我虽然只是校办副主任，其实办公室的工作压力都在我身上，实习工厂没有劳资科，主任是负责那一摊的。

那年湖北宜昌劳动局技校的领导来参观学习，临走时买不到火车票，向我们求助，校长高敬民把任务交给了我。我们与火车站没有直接联系，劳动大厦，也就是如今的中心大酒店有这方面的业务。都是劳动系统的，找他们帮忙人家倒是很热心，但是六个人只解决了四张卧铺票，还有两人是坐票。

送行时端起酒杯后，宜昌的校长对我们的校长说，老高，将来你去我们那儿，管吃管住还管交通，坐轮船坐火车随你老兄挑，分分钟的事情。高校长脸上有些挂不住，散席后呲了我两句，这么点事儿都办不好，还能干点什么？

我一肚子委屈无人倾诉，眼泪都快掉下来了。后来外地的人一到，我直接动员他们参观完了去青岛转转，反正从烟台走也买不到票，绕行青岛不算游山玩水，皆大欢喜。

朋友说，你们校长算客气的，我们头儿根本不听解释，吹胡子瞪眼一个劲地骂，弄得我都不想干了。后来发现单位有个小姑娘在铁路上有亲戚，为了买票方便，直接把她调到了办公室。

许多年后与一些同为办公室主任的哥们聊天，大家普遍感觉，最难办的事儿就是暑期和春节前后买火车票了，甚至比写材料还怵头。

当然也有少部分单位手里那点权火车站用得着，不敢怠慢，大家转而求助他们。不过他们亲自去可以，若是电话或是写条子往往也不灵。某次我那哥们当面打电话联系后，又写好了条子。然而我就是敲不开客运室主任的门，只好站在门口傻等，出来一个人就追着问，结果都说自己不是。我只得返回拖着那哥们亲自跑了一趟，才算买上了那张票。

我与客运室的人熟了后，里面的几位女将发牢骚说，都知道人家背后骂我们，可巧媳妇难为无米之炊。就这么几趟车，大家都盯着那几张卧铺票，威海分出去了也得从这儿上火车，不可能面面俱到，只能今天你明天他后天再换个人，分别照顾一下。

她们说的也是实话，谁也得不到完全满足。而且那时候卧铺票几乎都被单位包了，个人若想排队在窗口买，从来都是售罄。这种状况一直持续到 2001 年底蓝烟铁路双线形成才有所改观，此时距离烟台铁路通车已经过去了四十五年。

后来我调到了市政府办公室工作，阴差阳错，当上行政接待科科长，还是脱不了代买火车票的活儿。这项工作看似简单，实际上非常牵扯精力。

内部人员出差的票，以及上级单位、兄弟城市政府考察团的返程车票，我们必须满足。但是实话实说，一些委办局办公室车票紧张时，也找我们帮忙。虽然不在职责范围，大家都有来往，只能互通有无。

客运室倒是配合默契，只要提前做出计划，一般都会尽量满足。若遇突发情况，她们也就无能为力了。直接分管领导比较理解我们的苦衷，其他领导就没有这个概念了，不就买张票吗？有时傍晚下班走到值班室门口，顺口来一句，今晚给我留张北京的票，我们就得忙乎老半天。

彼时去往上海的列车早上发车，这个方向的需求相对少些；去往济南的晚上八点左右发车，去往北京的晚上十点半左右发车。根据这个规律，为了应对临时出现的情况，不到下班的钟点，我们是不敢放票的。

有一次科委办公室副主任李尚明为了张票，在我办公室足足待了一下午，眼瞅着要下班，估计问题不大了，满心欢喜。没想到突然有位领导打电话要票，他立刻呆住了，嘴里嘟囔着，客人走不了，这怎么向主任交代。看他实在可怜，我还是让科里订票的秘书把票先给了他，反正也不是领导本人出差，结果可想而知。

1992年，一个全国电子工业方面的会议在烟台召开，电子局办公室主任刘荣生找我，商请加挂一节北京的卧铺车厢，青岛列车段很快批了下来。由于当时信息沟通渠道不畅，无法精确统计，最后多出了十几张票。老刘安排会务人员去车站退票，没想到被车站派出所误以为票贩子扣下，闹了一场误会。

票务问题憋得难受之际，青岛列车段到市政府走访，想让烟台为他们的工作说点好话，提出请秘书长当他们的名誉段长，让我这个科长当烟京247/8车队名誉队长。秘书长自然婉拒，我却颇感兴趣。

每趟列车都有乘员宿营车厢，三十六个铺位，开车后车组会拿出一半铺位出售，他们自己受点罪，两人一个铺位倒腾着休息，收入归车队所有，与客运段无关，包括一个机动的软卧包厢。

我有了名誉队长头衔，又帮着车队解决过一些问题，实在拉不开栓了，只要写上二指宽的条子，哪个车组都会给点面子，匀出几个宿营车铺位，让我减轻了不少压力，我与其中有些人至今还保持着友谊。

2010年8月30日，蓝烟铁路在双线基础上完成了电气化改造，地方铁路也在延伸，很快动车高铁也开通了，出行方便多了。尤其是网上购票方式施行后，不仅便捷，还终结了四处求人的尴尬，一票难求的时代终于过去了，然而一代人的记忆是抹不去的。

原载 2024 年 1 月 25 日《烟台晚报》

讲不完的一票难求

拙文《一票难求》刊载后，许多人颇有同感，说哪里只是火车票的问题，那段岁月，汽车票、轮船票也不好买，后来虽然有了飞机，机票也很难买到，出行的艰辛长期困扰着人们。

1977 年最后一天傍晚，我从烟台自行车厂放假回到了蓬莱，当天夜里大雪铺天盖地。元旦是星期天，假期顺延，我应该在第二天下午返厂，然而雪天封路，无法成行。1 月 3 日，厂里电报追到了母亲工作的小镇：高考初选过线，立刻返回体检。

那个时候，牟黄线蓬莱段连二级公路的标准也不够，从我所在的大辛店去往烟台，途经崮寺店、大柳行两个公社，尤其是卧龙村一带，地势险峻，上坡下坎，弯道特别多。到了 1 月 4 日，还是没有通车的迹象，询问车站，答复都是不知道。

我不想错过来之不易的机会，决定步行返回烟台。那时年轻，不怕吃苦，心想也就一百多华里，起早贪黑，估计一个昼夜也差不太多。

第二天曙色微明我就出发了，路过汽车站时，发现聚集了很多人，原来班车开通了，只是票瞬间就卖光了。我拿着电报到售票口通融，他们很同情，但是无能为力。

看到我的神情，一位教师模样的人说，通过初选挺不容易的，我这张票让给你，别耽误了。我问那你怎么办？他说我明天再走。可是好几天的旅客堆积在一起，第二天的票也已售罄。售票员对他说，不要紧，还有一天时间，你发扬风格，我帮你想办法，只要有一个退票的就尽着你。

我就这样返回了烟台，由于道路积雪太多，差不多走了六个小时。开到卧龙村时，班车爬不上坡，旅客纷纷下来推车，然而无济于事。我去村里借来两张铁锹，铲了许多土扬在坡道上，好不容易渡过难关。到了烟台依然晚了，轻工系统的体检就在这一天结束了。幸好厂里的政工科科长王洪良很负责任，几经联系，让我第二天随着化工系统的考生参加了体检。

1982年春节，我去上海舅舅家住了几天，返回时买了很多东西，光是大白兔奶糖就有十几斤，都是替朋友捎的，那时上海的产品天字第一号，人人喜欢。我带的两个土黄色帆布旅行包塞满了，还是装不下。舅舅一看，给我弄了个竹筐和一根竹扁担，一头两只旅行包、一头竹筐挑着，急匆匆送我奔向十六铺码头。头等舱买不起，二等舱、三等舱又买不到，只能坐在散席上。

那几日风大，虽在行船允许的条件范围内，颠簸却很厉害。近三十个小时的航程，苦胆水似乎都吐出来了，就连船上放映的新片

《许茂和他的女儿们》，也没精神看了。

船到青岛，依然感觉天旋地转，好不容易挑起担子从大港客运站走了出来，没想到新疆路开往火车站的公交车，每趟都是满满当当的，挑着行李根本无法挤上去。一打听，也就三四公里，心一横，干脆走过去算了，大概晕船透支了体力，一路气喘吁吁，好歹算是走到了。那时青岛到烟台的列车，每日只有一个往返，当天的已经出发。正值春运期间，只买到了第二天的站票，蜷曲在候车室里将就了一宿。

直到 20 世纪 90 年代，人们远行，只要具备条件，能乘火车的一般不会选择坐汽车，公路不确定因素太多，路况又差，在途时间也长。譬如从烟台去莱州，即使专车出行，差不多也要半日，公共汽车则几乎耗时一天，车速本来就慢，沿途还要停靠，自然跑不起来。

从烟台去济南，就是轿车，也需要七八个小时。两条路线，一条沿烟潍公路，也就是 206 国道前行，中途在莱州午餐；一条沿 204 国道出发，绕行栖霞十八盘，在莱阳午餐，光是这一段，差不多就要跑三个多小时。如同李白在诗中感叹的那样："行路难，行路难，多歧路，今安在？"

1968 年夏天，"文革"期间停顿了两年的大中专毕业生开始分配，六六、六七、六八三届学生同时走向社会，他们在部队农场大学生连队接受了一年多再教育后，去了具体的工作单位。

我熟悉的人当中，有人分到了聊城地区莘县，那是个鸡鸣三省之地，正西方向紧邻河北邯郸的大名县，西南方向就是河南安阳的南乐县，三省粮票、油票、布票在那个三角地带通用，那里的董杜庄还有个 20 世纪 50 年代初就享有盛名的农业劳动模范曾广福，当然后来更出名的是张海迪。

条件艰苦不说，回趟胶东老家就费事了。大学生们刚开始几乎都分在县以下单位，距离县城往往还有几十里地。探亲时，半夜就得起身，步行赶往县城乘早班公共汽车去聊城，然后转车前往济南，途中还要借助轮渡越过黄河。在济南天桥汽车总站下车后，马不停蹄，就要急忙赶往火车站，争取坐上夜车先到烟台或是潍坊，再转乘公共汽车回县里的老家，这样才能把行程控制在两天之内。若是买票不顺利，三天甚至四天也说不准，路上疲惫不堪。

分到学校当老师的尚且好些，毕竟还有寒暑假，不过假期的政治学习、统一备课也占用了很多时间，留给个人的所剩无几，路上耽搁了，在家就得少住些日子。其他行业的，在途时间虽然不计算在十二天探亲假内，如果买票不及时，也是有嘴说不清。就算是领导、同事不说，自己也觉得难为情，往往主动减少了陪伴父母的时日，以免闲言碎语。

就是一个县范围内，南北东西跑一趟也是不易。我在蓬莱小门家公社高中读书期间，一位老师家在最北边的北沟公社，每星期回趟家很辛苦，周六下午放学后启程，到家已是晚上七八点钟，第二天午饭后打个盹，就得往学校赶。那时班车以县城为中心发往各公社，每日也就一两趟，很难赶上它的点。就是坐上车，到了县城还不一定能够换乘到北沟的车，故而他来回都是自行车。后来县教育组要把他调到最南面的王格庄公社高中教书，南北两头，单程几乎就是百八十里，比原来远了差不多三分之一，我现在还能记起告别时他痛苦万分的表情。

1974年寒假过后，蓬莱举行全县中学生文艺会演，小门家公社高中音乐老师李菊光是烟台街下放回来的，有点才气，她根据《战地新歌》曲目《公社喜开丰收镰》，编了出舞蹈参加会演。学校借了台12马力拖拉机，拉着我们顶着刺骨的北风奔向县城。带队的公社武装部部长和李老师坐在拖拉机斗中间，女同学环绕着他们俩。我那时学拉二胡，我们这些乐队男生坐在外沿，腿悬在车斗外面，到了城里，两条腿都冻僵了，好半天也动弹不了。

有几位当过兵的朋友看过《一票难求》后，也是感慨良多。我说"支左"期间你们当兵的地位很高，他们说那也不行。从烟台开发区检察院副检察长岗位休息的戴承进先生，微信里给我讲了两个故事。

1969年底，他所在的济南军区守备三师由张副师长带队，抽调了近二百位干部，接替六十七军二〇一师对淄博矿务局八个煤矿的军管，九团三营八连负责勤务。1971年初，在团宣传股当干事的他，陪同自己八连时的老连长、时任团后勤处副处长的蒋怀辉，到八连淄博驻地进行"反骄破满"教育。

他说，从乳山团部来到烟台后，我们买不到火车票，无奈之下，找到在烟台第二化工厂支左的五连副连长杨青岭，那个厂是生产"罗锅"牌香皂的，后来改为晨芳股份公司。杨副连长请供销科左科长帮忙，老左说，这个点了，得想点别的办法。

由于票没着落，我们非常着急。临近发车，左科长终于赶来了，

他递了张便条，是写在拆开的烟卷盒衬纸上的，说票是没有了，只能拿条上车补。我们有些怀疑，他说你们告诉列车长，就说是李大爷让你们来的。说罢，开着供销科的130轻卡，从火车站西边的便门把我们直接送上了站台。我们惊叹他的本事，他指着车斗里的"罗锅"香皂包装箱说，我就是用这个开门的，自己厂里的产品，批发价。

我们找到列车长递上条子后，她瞪眼瞅着我们一会儿，然后问李大爷让你们来的？我们点点头后，她说你们先等等，列车还没开动，等查完票后再想法。没有多久，她就给我们安排了两个下铺。后来我听说，两张卧铺，一般都是一上一下，这得多大的面子，这位李大爷何许人也？

1974年初，他在守备三师政治部宣传科当干事时，随新兵团团长、守备八团副政委郑安业去无锡接兵，一行四五十人。他说，师里派卡车把大家从海阳送到青岛后，铁路军代处转运站安排我们登上了开往上海的火车，由于时间紧，根本没有座位，大家背着背包挤在最后一节车厢里。

郑副政委是团职干部，我去列车长所在的六号车厢为他补卧铺票。车厢里人挨人，挪动一下很不容易，过了济南我还没挤过去，直到接近徐州，才找到列车长。出示证件后，列车长说，火车离站我们就开始补票，时间过去那么久了，你现在才来，宿营车的机动票早就没了。等过了徐州，根据旅客下车的情况再想法安排吧！

由于行走困难，我也无法回去报告。接近淮阴时，列车长终于给我补上了卧铺票，等我把郑副政委接过来，已经快到镇江了，我们在卧铺上坐了半个多小时就到无锡了，六百多公里行程，几乎都是站着的。那年月坐个火车，真是一言难尽。

《老照片》主编冯克力先生看了《一票难求》后说，不过记者证买票还是挺管用的，有时在售票处没买到，上车后出示证件，列车长都挺照顾。我笑道，记者是无冕之王，谁敢得罪？ 20 世纪 80 年代，省级新闻单位总共没有几家，除《大众日报》外，也就电视台、广播电台、山东画报了，都挺买账。"

1990 年 8 月，被誉为"神州第一路"的沈大高速全线通车，拉开了中国高速公路建设的序幕。紧随其后，1993 年 9 月，京津塘高速全面建成开通，这是首条利用世界银行贷款兴建的高速公路。三个多月后，山东境内第一条，也是中国境内第三条高速公路，济青高速主线也通车了，省会济南和拥有胶州湾深水良港的青岛通行时间瞬间缩短了。沈大高速通车那年，青烟一级路也全面贯通，烟台到莱阳的时间变成了一小时，也算与济青高速连在了一起。

公路条件的改善，分流了不少铁路旅客，一定程度减轻了火车的压力。其实早在 1984 年 10 月，也就是首批进入全国十四个沿海开放城市行列不久，烟台就依托北海舰队航空兵莱山机场，建成了军民两用的烟台机场，不过初时只有飞往京沪的航班，只能起降小型飞机，诸如英国肖特 360 等。

由于规模太小，不到三年就开始扩建，1988 年 7 月复航后。跑道增长为 2600 米，宽度达到了 60 米，厚度为 32 厘米，可以满足麦道 82 和波音 737 的起降要求。1992 年 7 月停机坪又进行了扩建。当年年底竣工，总面积达到了 26950 平方米。机场条件改善，航线也开始增加，市政府口岸办的一项重要工作，就是协调增加航路。初期机票并不紧张，一个重要原因是，政策上对于报销有诸多限制，不够一定级别，是没有资格乘坐飞机的。

进入 20 世纪 90 年代，随着经济的迅速发展，许多企业为了抢占市场先机，率先打破了乘机身份的限制，党政机关不久也开始放松，机票骤然紧张起来，也是一票难求。大海阳北头的民航售票处整日人头攒动，熙熙攘攘，如同闹市。

民航与铁路不一样，火车票退一步还有宿营车，飞机满了不可以增加一人。民航售票处为应对难题，京沪航班每个班次为市委、市政府办公室各预留八张机票，起飞前四小时若无需求，才放出去。有些人抓住了规律，买不到票时，就在这个时段捡漏。

预留的票放出去后，也经常遇到突发需求。我那时在市政府办公室当行政接待科科长，有天傍晚快下班时，刘挺章秘书长电话把我叫过去，指着一位部门负责人说，你一会儿把他送上飞机去北京，有急事儿。我刚想说没票了，就被刘秘书长堵了回去，说抓紧去机场吧！

我陪着那位领导去了机场，工作人员说唯一的办法，就是看过了安检时间有没有没到的，结果真的等到了票。我们刚办完手续，那位旅客就赶来了，磨叽了半天也没用。他走后我对机场的人说，是不是太缺德了？他们说，就是没有你们的客人，也不会放他进去，这是硬性规定，我这才释然。

那段时间，这样的故事太多了……

原载 2024 年 2 月 21 日《烟台晚报》

百菜不如白菜

　　"立秋"那日，天气依然燥热。傍晚，风卷过来几块乌黑的云，带来了一阵急雨，虽然只是湿了地皮，也让人感到了清爽。

　　我对老家的表弟说，这个时候，该种大白菜了吧？天旱得厉害，这点雨虽然不大，也能解决点问题。他惊奇地看了我一眼，说你还记得这些？都是几十年前的事儿了。

　　我笑了一下道，当然记得，"立秋"前后三天，是种大白菜的最佳时节，早了虫子太多，晚了气温会低，老辈人早就琢磨透了。

　　小时候在重庆，听父亲说过一句话，百菜不如白菜。我有些不以为然，白菜有什么好吃的，哪里比得上"豌豆巅儿"？

　　豌豆巅儿就是豌豆的嫩苗，豌豆下种三十天左右，掐下长出的嫩苗，就是一道美味的蔬菜；待其开花后，慢慢就长出了豌豆荚，也是不错的蔬菜；如果此时不摘，最终就变成了豌豆。这种植物介乎蔬菜和杂粮之间，有点两栖的味道。

　　不过，更有意思的是四川方言的表述，嫩苗肯定长在顶端，把"尖"说成"巅"，是取"巅峰"之意，虽然有些夸张，却使语言灵动起来。当然，也有叫"豌豆尖"的，它与温室中生出的"豌豆苗"绝对不是一种味道。

　　四川乃天府之国，物产丰富，不用大棚，一年四季都有绿色的蔬菜。比如芸豆，山东夏秋两熟，四川则叫四季豆，长年不断。由于蔬菜品种丰富，白菜在四川显不出身价，最著名的黄秧白，父亲却说不是山东大白菜那个味儿。后来回到北方，很多年后我才慢慢找到感觉。

　　在乡下那些年，我种过大白菜。"立秋"前后，先在自留地里垫上猪粪、羊粪一类的底肥，然后把土拢成畦，在畦上刨出半拃深的小坑，撒下种子，覆土后浇上水。由于土坑较浅，一般还得用梧桐叶子把撒种的地方遮住，以防遇到急雨把种子冲出来。

　　三天之后，掀开梧桐叶子，白菜苗已经探头探脑露出绿意。一周左右，就需要间苗了，每个穴位只留三株较大的苗，其余的都要拔掉。再过一周，还得间一次，最后只保留那株最旺盛的。

　　彼时"二十四个秋老虎"还剩下几只没有跑掉，天气依然较热，这种气温挺适合菜虫的，看到白菜嫩绿的叶子，它们纷纷过来凑热闹。

　　几十年前，农药主要是"六六六"，虽然剧毒，用得却挺普遍。高档一点的是"乐果"，对付菜虫很管用。不过，菜农以外，老百姓种点菜自己吃，是舍不得花钱买农药的。生产队收工后，各自到自留地里捉捉菜青虫、菜蚜虫什么的，也就应付过去了。虫子肯定捉不干净，白菜叶子会被它啃些窟窿眼子，多少会影响收成，也无大碍。

　　除了虫眼，有些叶片上还有许多黑点，如同人脸上的雀斑，有人解释说是菜虫的排泄物。我很奇怪，小小的虫子，怎么会有那么多排泄物呢？也有人说是真菌引起的锈病留下的痕迹，然而锈病一般发生在谷物身上，蔬菜类植物似乎不多见，这一直是个疑惑。很久以后，我才搞清楚，那些黑点属于生理性病变，是细胞膜受损导致的，与缺钙、低温、干旱、氮肥施用等情况有关。

大白菜喜水，三两天就得浇一次。北方地区普遍缺水，浇水是个挺费劲的活儿。我们挑着水筲，到河沟的湾里取水，水少的时候，得一瓢瓢地往筲里舀。

还有就是头两个月须经常追肥，个把礼拜要浇一次人粪尿。有些人家，还会把榨完油的花生饼泡开浇到地里，不过一般舍不得这样用，那是猪催肥时的精饲料。与供销社相熟的人家，有时还能弄到点紧俏的尿素，那就很不一样了。

说来也是悖论，如今农药化肥满地都是，人们却又四处去找被菜虫啃食过的白菜，到处打听哪里的白菜上的是有机肥。品相好的白菜，反而不受欢迎了，说那不是纯天然的。不过，很多时候也是自己糊弄自己，真乃此一时彼一时也。

"寒露"时节，人们会用地瓜蔓当要子把扎煞的白菜捆绑起来，让它长得更加紧实些。胶东一带有"立冬萝卜小雪菜"的说法，"立秋"前后种下的白菜，要到"小雪"才能完全成熟，足足需要百日，不到时候的白菜，总觉得有一股骚唧唧的味儿。

大量的白菜收获后，天气已凉，露天置放容易冻坏，放入室内不透气又怕捂烂，最好的方式就是窖藏。北方农村冬闲时，小麦地块

以外大都空着，就近选块地挖个八九十厘米深的坑，把白菜头朝下依次摆好，然后盖上床破草席，再覆上土，随吃随取，这样就是下雪时白菜也不会冻坏。

白菜食用周期和生长周期差不多一样长，可以从"小雪"吃到"雨水"，气温升高后就不好吃了。彼时胶东冬季基本上只有白菜、萝卜、大葱，当家的首推大白菜，每家都要贮存几十颗。

20世纪80年代中期开始，一些替代品种出现，白菜的主流地位慢慢弱化。有一年北京市大白菜滞销，报载有关部门动员家家户户收储，老百姓戏称是买"爱国菜"。

山东大白菜块头很大，有点像山东大汉，壮实的颗颗都是十斤以上，是人把白菜侍弄得好，还是白菜把人养得好，抑或互为因果，有点说不清楚。四川蔬菜品种非常丰富，不过若论体量，三颗"黄秧白"也顶不上一颗山东大白菜。同是在北方，华北地区的"天津白"也不行，粗细只有山东大白菜一半左右，不敦实。

大白菜在山东，标配是五花肉或是排骨，再加上粉条、豆腐，这几样东西炖在一起，很养人。还有就是放足了葱姜的白菜猪肉馅儿饺子，想起就让人流口水。

不过，早年间不是这样。恢复高考之初我在烟台师专读书时，冬季成天就是窝窝头就水煮白菜，最多有点肥肉片，也没有葱姜炝锅，味道十分寡淡，把人吃得面黄肌瘦。乡下就更不行了，连那点少得可怜的肥肉片也几乎没有。弄得我一直在和"百菜不如白菜"较劲，觉得这话太离谱。

后来这些年，生活条件越来越好，山珍海味吃了不少后，慢慢喜欢上了大白菜，渐渐忘了四川的"豌豆巅儿"，看来味蕾并非如有些人说的那样一成不变。

　　每种蔬菜都有自己的特性，每顿换换品种，往往才有滋味。不过同一种蔬菜，要做成几道不同的菜，白菜就比较好搭配。很多人觉得白菜心好吃，其实外面绿色的叶子白菜味儿更足。白菜看起来光鲜，馆子和食堂，往往剥去干瘪的外皮后，拿起来直接就切，不管不顾，缺了功夫。

　　虫子喜欢叶子菜，白菜的农药相对较多，讲究的要一片片剥开，放在小苏打水里浸泡后用清水冲净，至少也要劈开浸泡冲洗，这个环节不可或缺。不过洗后的白菜除了煮炖，还要把水甩干，否则会有水唧唧的感觉。

　　一片白菜，两刀就能分为三段，第一段留下七八厘米的菜帮，中间截出茎叶，剩下的就完全是叶子了。叶子最好处理，扯拽几下，或是随便来几刀就可以炒肉、炖锅、做汤、炒虾。

　　如果炒虾，油锅里要先放葱姜，再放虾段，虾头部分要把皮剥下来，让虾青素充分溢出，虾段略微发红时倒上蚝油，拨弄几下后再放入白菜叶子翻炒，最后加上盐和香菜就可以了，味道妙不可言，往往觉得白菜比虾还好吃。

　　新鲜对虾春秋两季上市时间各有个把月，春虾带仔个头大，然而太贵，尝个鲜都有些舍不得；秋虾收尾时，大个的接近小一些的春虾，价格只有春虾的三分之一左右，此时采买最为划算。贮存时两三只加水冻在一起够一顿就行，不能一大堆冻在一块，反复化解新鲜度就要大打折扣。最好贮存在 −40℃以下的冰柜里，若无条件，至少要在那种环境急冻后再放回普通冰箱保存。

秋虾准备好了，白菜也快下来了。白菜的茎叶部分比较简单，切出抹刀片后，或炒或炖，或直接切碎了做饺子馅儿、包子馅儿。比较讲究的是白菜帮子，首先是两侧带叶子的边，这是精华，切下后与肉片、木耳、榨菜片、冬笋片、韭菜段之类的做成时令小炒，非常脆爽。

纯粹的白菜帮子，一是切丝，二是切条，当然还有传统的抹刀片。切丝时至少要先片上两刀，有些厚帮子还得再加一刀，而且一定要顺丝切出来，这种白菜丝与粉丝或是豆腐丝一拌，不仅品相好，而且清凉爽口，比白菜心切的丝好多了。

切条也要顺丝，宽度在两毫米左右，不能太细。油锅里先放上五花肉丝，再加上葱姜，喜欢的话还可以放点干辣椒，再放上少许白糖和酱油，拨弄几下后再放入白菜条翻炒，最后加上盐、烹上白醋、放上味精、滴上香油、加点香菜梗或是韭菜段出锅，百吃不厌。不过一定要干炒，不能加水，一加水就变味了。

你看，几片白菜，随便一拨弄就是五六个菜，似乎其他蔬菜并不具备这个特性，果然是百菜不如白菜。说得虽然复杂，做起来并不费事，无非换一种方式烹饪而已。当然，北方人冬季当家食谱中，不可或缺的还有白菜猪肉葱姜馅的饺子。

大白菜还有个特点，耐储存，还没有哪一种叶子菜能够像它那样放上几个月不坏的。虽然退休之后闲来无事，然而大冬天的，时常风雪冒烟，懒得上街买菜时，只要身边有几颗大白菜，心里就会踏实，这恐怕也是百菜不如白菜的又一个原因。

要说营养，大白菜无非就是维生素之类的，与其他蔬菜大同小异。然而早年间北方的冬天，你不夸白菜，也没有什么其他菜可夸。从这个意义上说，百菜不如白菜又有点自我安慰的意思。

话说回来，山东大白菜也不是自夸的。当年翻读鲁迅先生的《朝花夕拾》，记得《藤野先生》里有这么几句："北京的白菜运往浙江，便用红头绳系住菜根，倒挂在水果店头，尊为'胶菜'。"

"胶菜"乃"胶州大白菜"，一般称为"胶州白"，乃山东大白菜最著名的品种，就连鲁迅先生都将它植入文章，为它做了近百年的免费广告，可见知名度之高。

然而，是"北京的白菜"冒充了"胶菜"，还是浙江那里卖的本身就是胶州白，值得探讨。从地理概念说，正宗"胶州白"直接运往浙江，比从北京出发路途可以缩短三分之一，做买卖的岂会舍近求远，何况"胶州白"质量远胜于"天津白"？看来老爷子也有不太清楚的地方。

进入新世纪后，交通便捷了，一次出差，我顺路买了两颗"胶州白"，吃了后也未见特别的味道。但是，胶州却借用鲁迅先生的文章，把广告效应发挥到了极致。

"胶州大白菜"不但在国家市场监督管理总局注册了"原产地证明商标"，还给每棵白菜拦腰系了根红丝带，两颗一箱，装在漂亮的纸盒里，仿佛一个满山疯跑的乡村野丫头，捯饬了几下，突然间就变成了富贵人家的千金，身价立马翻了好几番。

不过，无论怎么说，我还真的是越来越喜欢咱们的山东大白菜了。

原载 2019 年 10 月 24 日《烟台日报》

晚　春

春天终于像一位风情万种的妖娆少妇扭动着腰肢款款走来了。最初的些许意思是通过压在石头下面的小草传递出来的，当它探头探脑露出星星鹅黄，剩下的那点矜持很快随风飘散，绿意瞬间拥抱了大地。

"春雨惊春清谷天"，阳历二月之初，新年的第一个节气"立春"就到来了。然而，孟春过去，仲春走完，直到季春来临，我们这座滨海小城方才感受到了真正的暖意，春天的温暖来得实在有些迟了。不过，若要掰扯清楚这个问题，还是要从更远一点谈起。

两千多年前，中原政权的中心长安以东，黄河默默流过。从内蒙古托克托县河口镇开始，经河南郑州桃花峪，直到在山东垦利流入渤海，黄河在中下游滋养出了一大片适宜人们生存的原野，四大古都安阳、长安、洛阳和开封，就处于这片区域。

彼时之帝王，将日食看作上天示警的凶兆，心存畏惧，试图襄

解，亟需准确的预报以便举行相关仪式。西周后期，掌管天文、历法、刻漏的机构，依据太阳在黄道上的位置，逐步将全年等分为春夏秋冬四季，每季六节，目的乃是预测日食。初衷之外，上古先民结合时令、气候、物候的变化规律，又逐步推演出了二十四节气的气象内容。

公元前104年，也就是汉武帝太初元年，二十四节气正式纳入当年颁行的《太初历》。由于春夏秋冬四季为天文学意义的划分，并非气象学意义的概念，受其制约，以及认知地域气象环境的局限，二十四节气表达的气候特征，即使对于黄河中下游地区，也是不够准确的，更何况长江、珠江流域或是东北、西北等其他更加广阔的地带呢？

如果留意，你会发现一个有趣的现象，当中央电视台播音员海霞女士笑意盈盈地告诉观众今日立春后，紧接着又会信心不足地补充一句，真正的、气象学意义上的春天实际上还没有到来。昨天还是"大寒"，北风凛冽刺骨。今日一句"立春"，难道眨眼间就温暖了？自然界是不可能发生如此快速的变化的。然而，若是不依循等分的时间转入春天，四季的划分就会失序，二者难以兼顾。

从气象学意义上说，五日内平均气温10℃以上才符合春天的标准。然而四大古都"立春"节气里，平均气温仅为1.4℃，"雨水"时节也只有3℃左右。以此看来，欧美国家开始于我国"春分"时节的春天，似乎更为科学一些。

对于二十四节气与生俱来的不足，聪明的古人有很多补救办法。譬如"春捂秋冻"，只用了寥寥四个字，就巧妙地化解了穿着上如何适应节气与气温不符的矛盾。农事上，只要利用"物候法"与"分期播种法"调整差异，丰富节气的内涵，一切就合乎情理了。不一样的地域，结合自身气候特点，通过农谚对节气进行独有的解读，不同就得以趋同。譬如"小满"，黄河下游释为"小满不满，麦有一险"，意思是说此时若无透雨，将要影响灌浆，小麦的"千粒重"就会下降；长江流域却是"小满不满，干断田坎"，意指彼时稻田若是蓄水不满，难以插秧，就需要车水排灌了。

我们这座滨海小城，位于胶东半岛最北端，中心点距黄河入海口直线距离尚有二百公里，属于更北的范围，冬夏长、春秋短的气候特征更为明显，"雨水"之际往往还是大雪纷飞。然而，春天的脚步是挡不住的。

北方的春天与南方不同，南方春色的神来之笔是艳丽的油菜花，大自然仿佛一块神奇的调色板，瞬间就在原本绿色的原野上，铺就了片片细腻而富有质感的金色织锦，令人迷离陶醉。北方的春色是温润的，枯黄的原野上，不经意间你会发现，哪里又冒出了星星点点的绿意，不疾不徐，不断地带给人们惊喜。

"惊蛰"过后，田野开始萌动，最早露头的是米粒大小的荠菜花，紧接着，漫山遍野、沟沟坎坎，蒲公英、苦菜花……依次亮出绰约的风姿，不久连翘等灌木也抽出了嫩叶，山色很快充盈了绿意。

"春分"时节，正是给麦苗浇返青水的时候，辛勤的农人忙碌了一夜，天明后抬头一望，眼前或许就会出现一片迎春花娇艳妩媚的金黄。不过，欣喜之间，一场悄然而至的春雪，说不定就会洒落在那楚楚动人的花瓣上。"清明见雪不见雪"，始终是胶东半岛寒冷与温暖的分界线。

"清明"过后，果树终于在野花野草的喧闹中展现姿容，柜继露出了灿烂的笑脸，目不暇接，更在文人的笔下千姿百态。

"沾衣欲湿杏花雨，吹面不寒杨柳风"，温润如酥的春雨伴随着娇艳秀美的杏花飘然而至，在我们这个经年略显旱象的地区，极其珍贵。若是等到夏初，"一枝红杏出墙来"，引得"红杏枝头春意闹"，又是另一番意蕴。

桃树紧随杏花，很快也打开了花骨朵，"人面桃花相映红"或许是最为贴切的描述，两美互衬，交相辉映。不过杜甫老夫子酸酸的两句，"颠狂柳絮随风舞，轻薄桃花逐水流"，又让她冤屈了一辈子。

桃花盛开之时，姿容高雅的梨花也亮出了身姿，三两天就是一片香雪海。岑参借以咏雪，反衬出了她的冰清玉洁："忽如一夜春风来，千树万树梨花开。"

梨花之前，李子树、樱桃树都开了花；梨花之后，苹果树、山楂树也开了花……果园之外，烂漫的山花耐不住寂寞，争妍斗艳，万物都在这个时节勃发出了生机。

春华秋实，果树的花朵虽然耀眼，果子尚需时日。这个时候，野菜最能满足人们的口腹之欲。北方田野不似南方，品种少了很多，最著名的还是荠菜，此外就是苦菜、山苜楂、面条菜了……

辛弃疾的名句"春上溪头荠菜花"，几乎无人不晓。荠菜生于深秋，"立冬"前后即可剜食，"小雪"之际慢慢枯黄干缩，来年"春分"再生嫩绿新芽，又是一个美食季。花开时节，其实已经步入老态，很快种子成熟，随风飘散，一个生命轮回就完结了。

苦菜与荠菜相似，只是略微大了些，喜欢匍匐在山坡的背阴面，茎叶舒展，叶色深绿。即使在贫瘠的环境里，杏黄色的小花还是会一朵朵地从植株中心顽强地冒出来。当年冯德英那部影响了一代人的长篇小说《苦菜花》，寓意大概就在于此。

山苢楂喜欢扎堆，春雨过后，就会一簇一簇地生出嫩梗，翠绿的叶子交错生长，在早春的一片枯黄之中，似乎能绿透人心。变老之后，根茎就成了中药材"银柴胡"。

面条菜是"麦瓶草"的幼苗，植株掩映在麦地里，从麦苗中拨拉出来，掐下那窄条新叶。你会发现，表层上有许多绒毛，如同婴儿的皮肤一般细嫩，甚至让人不忍触碰。

荠菜、苦菜靠"剜"，甚至是"刨"，根叶可以同食；山苢楂、面条菜则要"掐"，只要嫩叶，不要根系。胶东一带喜食饺子、包子，荠菜、山苢楂大多做馅儿；苦菜一般蘸酱生吃；面条菜适宜拌上豆面或白面粉蒸。不过，如今野菜也有不少是种植的，大多已失去了野味儿。

"谷雨"时节，胶东丘陵到处花红草绿，春意盎然。在这个播种的季节，最忙碌的乃是农人。地瓜要在火炕上保温育秧，抢时栽下；春苞米、花生也要抓住墒情，耕耘播种；边边角角的地块，还要撒下黄豆、绿豆和红小豆的种子……

这一切，仿佛就是瞬间。对于我们这个略显偏北的滨海小城来说，气象学意义上的春天只有短短的一个月，也就是"清明""谷雨"两个节气，甚至让人来不及反应就倏忽而过。暖和过来的人们，刚刚携着春的妩媚放飞思绪，转眼间就要进入下一个季节了，仓促间有些懵懂。

踏青的人还未归来，他们沉醉于春的芳华，满目迷离。年轻的人还在焦急地寻找，普希金告诉过他们："春天，春天，恋爱的时候。"

不过，不要发慌，因为初夏也如暮春般绚丽。你看，远处的槐树快要开花了……

原载 2023 年 3 月 23 日《烟台晚报》

朗　夏

五月，空气中弥漫着刺槐的花香。

"立夏"前后，经过阳光的点染，漫山遍野嫩绿的刺槐，枝丫上很快缀满了一串串月白色的、豆瓣大小的花朵，绿白相映，清新怡人。小家碧玉般的倩影，常常出现在诗人的笔端。

白居易就对槐花情有独钟。不过，他的诗里，槐花大都处于秋天的意境："槐花雨润新秋地，桐叶风翻欲夜天""袅袅秋风多，槐花半成实""槐花新雨后，柳影欲秋天"……

其实，唐人眼里的槐花，乃国槐之花，那是著名的文化树种，花开时节恰在立秋前后。昔日周天子宫廷院内，就有三颗硕大的国槐，太师、太傅、太保常在树下等候朝见，故而有了"三槐"象征"三公"之说。后人因缘附会，喜欢在庭院种植国槐，祈望子孙位列三公。及至清代，还演绎出了怀念家国的意蕴。

如今人们眼中的槐花，多为刺槐之花，这是 19 世纪引进的树种，也叫洋槐。唐时远在海外，诗人无缘目睹，自然在夏日里想不到它。

刺槐花香袭人，沁人心脾，味道微微发甜，北方人都喜欢食用，焯后浸泡一阵，佐以五花肉做包子馅儿，是一道美味。当然，槐花鸡蛋饼也挺诱人。最适宜采摘之时当为花苞打开的一两天里，含苞欲放时太嫩，味道不足；花期鼎盛时花瓣落地就会摔散，无法捡拾。

刺槐从"立夏"时节陆续开花，一直要开到"小满"，有的地块甚至能开到"芒种"。这个时候，麦子也熟了。冬小麦秋日播种后，来年惊蛰时开始浇返青水，历经返青、起身、拔节、孕穗、抽穗、开花、灌浆七个阶段，自西向东日渐泛黄。

渭水流域和中原地区"小满"时节开镰，胶东一带此时灌浆还是半饱，只有到了"芒种"，这里的麦子才能进入收割期，一周左右就会从"乳熟""蜡熟"到"完熟"，民谚就有"麦熟一晌"的说法。

蜡熟时籽粒中干性物质积累达到高峰，品质最好，产量最高，手指一划，麦粒出现蜡状就可以开镰了，好时候不过三两天，早了籽粒不饱满，晚了养分会倒流秸秆。由于播种时间及地块不同，略有差别，拉拉杂杂也就一周左右。

"三夏"时节农事最忙最累，白居易在《观刈麦》中就曾说过："田家少闲月，五月人倍忙。夜来南风起，小麦覆陇黄……"

民间亦有"虎口夺粮"之谓，或曰一个"抢"字。抢的就是好天气，如果阴雨连绵，麦子的籽粒生芽发霉，大半年的忙活就泡汤了。

胶东一带，许多地方旧时收麦的习惯是"拔"，每人把住一垄，生生把麦子从地里连根拖拽出来，然后手拎麦秸用力一摔，同时抬脚一迎，两相碰撞，麦根上的土就掉了。割麦则会把根茬留在地里，日后锄草有些麻烦。这个营生极其累人，既要用臂力，也要用腿力，还要用腰力。不到半头晌，肚子里装的那点苞米面饼子就没了。毒毒的日头，烫脚的麦地，干热的南风，汗水顺着布满尘土的面颊流淌，脸上布满了道道花沟。

晌午头家家户户送来了午饭，此时新麦还没下来，还是苞米饼子、瓜渍咸菜那一套，好一点的会多碗豇豆面汤。如果有点虾头酱，甚至蒸的时候加个鸡蛋，那就很不一样了。闻到虾酱的鲜味，嘴馋的难免要凑过去蹭一筷子。

有过这种经历的人，都会十分珍惜粮食，敬重农人。《观刈麦》中，白居易还表达过这样的人文情怀："……吏禄三百石，岁晏有余粮。念此私自愧，尽日不能忘。"

拔完麦子，接着就是种秋苞米，压茬轮作，一天也耽搁不得，否则又会影响下一茬冬小麦的播种。等到麦子挑到场院，晒干打场，扬净装袋，也就到了夏至，天气日渐炎热，到处是聒噪的蝉鸣。

"蝉"亦称"知了"，胶东也叫"结了猴"或是"嘛叽嘹"等等，品种虽然上千，一般说的是金蝉。雄蝉引吭高歌，意在求偶交配，完成传宗接代的使命后，一生就结束了；雌蝉产卵之后，也随夫而去，留下了孤零零的虫卵。

幼虫经过个把月煎熬，终于从卵里钻了出来，战战兢兢爬上了树的枝丫。秋风乍起，幼虫纷纷吹落地上，它们四处寻觅，顺着柔软的土壤，钻到地里吸食树根汁液。这种小小的生灵，有的寿命竟然长达十几年，少的也有四五年，堪称昆虫中的寿星，它在黑暗中经历四次蜕皮之后，方能见到光明。法国作家法布尔在《昆虫记》中说过：

"四年黑暗中的苦工，一个月阳光下的享乐，这就是蝉的生活。我们不应当讨厌它那喧嚣的歌声，因为它掘土四年，现在才能够穿起漂亮的衣服，长起可与飞鸟匹敌的翅膀，沐浴在温暖的阳光中。什么样的钹声能响亮到足以歌颂它那得来不易的刹那欢愉呢？"

夏日雷雨过后，树根周围会出现一些圆圆的洞穴，循着父辈的足迹，若虫从土里钻了出来，金蝉脱壳，最后那层黄棕色、半透明的皮，就是著名的中药材"蝉蜕"。

蝉的生命周期象征着复活和永生，商代青铜器上就有它的形象，汉代还把玉蝉放入死者口中以求庇护。这种生灵性情纯洁、声高孤傲，文人墨客愿意引为同类，唐人虞世南诗云："垂緌饮清露，流响出疏桐。居高声自远，非是藉秋风。"

蝉是夏日的精灵，当它从洞穴中向外寻求光明时，许多尚未爬出洞口，就被捕获了，最终成为人们的口腹之物。蝉的翅膀是膜质网状的，需要硬硬的翅脉支撑，一般都是覆盖在背上，轻易不会抖开飞翔。只要将缠绕了蜘蛛网的竹竿慢慢靠近，迅速一碰，蝉就会被粘住；当然，高手还会用马尾在竹竿顶端挽个活扣，瞅准后猛地一拉，蝉也会被套住，这是乡人忙碌中少有的乐趣。

麦收后还没喘过气来，就该侍弄苞米了。苞米出苗后长到膝盖高下时段，野草迅速蹿苗，一场夜雨就会冒出一层草芽，几天工夫就能没过苞米的幼苗。

留有麦茬的地，第一遍锄草叫"耪"，这是侍弄苞米的关键环节，锄掉杂草时顺带"耪"倒麦茬，这样才能够松动土壤，透气保墒，促进根系生长。耪地的鹤嘴锄和南方的锄头不是一个概念，很有意趣。

野草的生命力旺盛，下午耪下的草芽，晚上露水一搭，很多又能活过来，只有经过烈日曝晒，才会蔫下死亡，故而晌午头是锄草的最好时候，所谓"锄禾日当午，汗滴禾下土"。

第二遍锄草叫"耘"，没有乡村经历的人，"耘"亦难以理解。不过，陶渊明的"植杖而耘籽"、范成大的"昼出耘田夜绩麻"都曾提及此字。耘锄呈三角形，是由"耒"发展而来，依靠牲口拉拽，既要锄草，还要把甩下的泥土重新聚拢在苞米的植株周围，又不能伤及根系，需要好把式。

第三遍锄草就轻松了许多，锄完这一遍，苞米也长到了大半人高，趟子里密不透风，野草的势头完全被压住了，此时就该穴位追肥了。

昔日乡下大多为农家肥，圈肥主要是猪粪，臭鱼烂虾沤的"腥肥"就更好了，它们都要和土搅拌在一起，晒干后捣碎使用，当然陈年旧炕拆除后的炕土也不错。追肥要用小镢头在每棵苞米根底刨出小坑，然后拐着盛满肥料的篓子，一把把撒入坑中，最后再用犁具耠沟，覆土盖坑。这个营生苦不堪言，苞米叶子如利刃般锋利，不穿长袖衣服，拉得胳膊和前胸后背到处都是口子，汗水渗到伤口里，盐分渍得人生疼；穿着长袖衣服，窝在里面又闷得受不了，总想光着膀子。

夏日里花繁叶茂，一片美景，杏子、李子、桃子相继成熟，琳琅满目。从苞米趟子钻出来后，若是咬上一口沙瓤西瓜，甘甜的汁液渗入肺腑，通体清凉，疲劳瞬间就消失了大半。

天气日渐炎热，眼瞅着就入伏了。这个时候，苞米开始"拉棒吐须"。不过，玉米螟不管这些，顺着棒子顶端就往里钻，希望享用饕餮大餐。旧时的办法，是将如今弃用的"六六六"加水稀释、灌满瓶子后，一穗穗滴灌，彼时只顾温饱，无人虑及剧毒农药的危害。

"伏"乃民间形象说法，谓天气闷热如蒸笼，宜伏不宜动。天干与地支配成六十组名称不同的日子后，每十天会出现一次"庚"日，"夏至"后第三个庚日进入"初伏"，第四个庚日进入"中伏"，立秋后第一个庚日进入"末伏"，每"伏"十天。有些年份，"夏至"与"立秋"间会出现五个庚日，这一年的"中伏"就长达二十天。

胶东依山傍海，盛夏依然宜人，蓝天白云，惠风和畅。走在路上，烈日炎炎，也会汗流浃背。然而拐过一个弯，海的方向往往就会送来一阵凉爽。不过，一年之中，三伏天还是有些日子比较难熬的，夜晚难以入睡。

夏夜乘凉是一种享受，乡间晚饭后，人们喜欢寻到河边，点燃艾草驱除蚊虫，躺在草席上手摇蒲扇与四邻东拉西扯，暗夜里到处是烟袋星星点点的红光。偶尔飘过的夜风，吹得杨树叶子哗啦啦地响，发出了银铃般悦耳的声音。

河塘深处的青蛙，似乎也感到了闷热，张开大嘴不停地鼓噪，像是要吐出胸中的焦郁之气。不过，劳累了一天的人们，"蛙声作管弦"，烦躁的心终于静了下来。慢慢地，到处响起了此起彼伏的鼾声，只是启明星已若隐若现。

原载 2022 年 5 月 19 日《烟台晚报》

懒　秋

　　"立秋"了，暑热依然，让人有些难以理解，此乃二十四节气排序中又一个绕不开的话题。"末伏"居然在"立秋"节气内，"立秋"结束方才"处暑"，三转两转，人们就绕晕了。

　　二十四节气是逐渐形成的，东周时期，古人先有了"两至"与"两分"的概念，随着认知的深入，又区分出了"四立"的内容。由于首先要满足天文学意义上的等分，后来增添气象学意义的内容时，就无法照顾到冬夏长、春秋短的实际气候特征了。

　　以此而论，"立夏"后三个月定当"立秋"，若是向后推迟，整体就要乱套。然而天气依然炎热，只得采取事后补救的措施，先"立秋"再"处暑"，虽然有些牵强，也算勉强解释过去了。

　　气象学意义上，入秋后的最高气温为22℃。然而"立秋"节气内，黄河中下游地区的平均气温竟然高达26℃以上，不少年份热得与盛夏无异，甚至有时"立秋"之日尚在"中伏"之内。民间所谓二十四个秋老虎之说，指的就是这一个月左右的时间。

《月令七十二候集解》说："七月中，处，止也，暑气至此而止矣。"

阳历 8 月 23 日前后，节令进入"处暑"，只有这个节气行将结束，凉风南下，长江以北地域的天气才会渐渐凉爽起来，这就与阴历"七月中"，也就是阳历 8 月底吻合起来。如此看来，只有到了"白露"节气，才能真正进入气象学意义上的秋天。暑热难消，人们只能耐着性子，在"秋天"里再过个把月的"夏天"。

"秋天到了，你知不知道？"这是台湾作家林清玄的散文《秋声一片》中的句子。然而，我对"秋"之印象，非如林先生的朋友从市场内的"蟹儿黄了"中悟到的，而是长久地定格在"三秋"大忙之中，只不过彼此感知的都是秋末的时光罢了。

胶东乡村的"三秋"，大概从"秋分"时节开始，刨苞米、种小麦、收花生、起地瓜、摘苹果……忙完这一串农活，"霜降"也快结束了。

旧时拔麦子、刨苞米讲究撺趖，东家以"把头"带领雇工，把头是侍弄庄稼的好手，待遇又高于其他长短工，故而分外卖力，领着下地格外出活。后来的生产队队长也很绝，这一套运用得比地主还要顺溜。派完工后，大家来到地头，一字拉开，摆好架势，把头一声吆喝，打上吧！男劳力接着就挥舞起了短柄小镰头，你追我赶，苞米秸秆顿时片片倒下，妇女和半大孩子则紧跟在后边掰棒子、捆秸子。

不用太长时间，把头就会把有些人拉下一大截。拉在后边，难免被女人奚落，这对荷尔蒙躁动的青年是不小的刺激，关键是还会影

响工分的评定。当不上整劳力，甚至找媳妇都困难，大伙儿自然铆足了劲，尽可能咬住把头往前撵，工效不用说就提高了。

我插队成为知青不久，就去村小当了民办教师，平日不太沾农活。然而农忙假也得下地，拎起小镢头后，一头晌手掌就布满了血泡，咬着牙坚持还是不跟趟。尤其第二日凌晨，出工的吆喝声把人们从炕上拽起来时，疲惫困倦不说，手上更是钻心地疼，苦不堪言。然而麦茬苞米讲究的是衔接，刨完苞米种小麦，一刻也耽搁不得，所谓人误地一时，地误人一年。

冬小麦种植不是简单营生，耕地、耙地、耧地都要好把式。这些活路，队长不会让新来的知青上手，我们干的是送粪、扬粪、砸土坷垃那些粗拉活。

不过，初生牛犊不怕虎，越是不让沾边的事儿，越是跃跃欲试。遇到把式好说话，也有机会练练手。耕地时，犁具插得很深，牲口出力较大，行动缓慢，耕牛相对容易把控，不过生手的轨迹大都歪歪扭扭的。

耙地就难掌握了，钉耙上一般都有十多根铁齿，一拃长短，人站在钉耙的框架上操控缰绳，可以起到压重作用，这样铁齿才容易扎进泥土，在行进间破碎土坷垃或板结层，保住墒情。耙地牲口挺遭罪，套上两头牛还挺费劲，看着它们拖着疲惫之躯艰难前行，感觉自己也如老牛负重一般。

耕耙之后，就该耧地下种了，这个时段大概在阳历九月末十月初。农谚曰：白露早，寒露迟，秋分前后正适宜。耧地开沟要走直趟，这样易于起垄成畦，有利于后期灌溉。耕牛这个时候可以歇歇脚了，套上挽具，驴也能拉动耧。随着时间推移，小麦下种数量要不断增加，播种早分蘖多，初时每亩地二十斤就够了，最后几乎要增加到二十五斤左右。老把式会根据时间、地块和牵引速度不同，调整耧具仓门和抖动频率，把握下种的数量，这是小麦种植中最重要的环节。

"寒露"时节，就该刨花生了。"三秋"虽然劳累，由于时间拉得较长，紧张程度远逊麦收，只要刨苞米种小麦的营生结束，其他的就松快多了，有人甚至称之为"懒秋"。

统购统销时期，花生除了留种，好的都得交到公社粮管所，留着出口换汇。剩点瘪的、破了皮的，才能榨点油分给社员。辛辛苦苦种出的果实，几乎捞不着享用，也挺悲凉。不过，也不是完全没有机会。花生刨出后，要在地里晾晒至半干方才挑回场院。约定俗成的规矩，那一日可以放开肚皮吃，不过只能吃不能拿。摸黑上山后，大家拢起几铺花生，点燃秸秆，未等烧熟就抢着吃，初时劲头挺大，一会儿工夫就吃不动了。曙色微明，第一挑花生送到了场院，这才发现，个个面庞都抹得黑不溜秋的，有些人甚至撑得直放屁，逗得众人开怀大笑，也算是苦中寻乐吧！

花生收完接着刨地瓜，鲜地瓜乃冬季主要口粮，分到家家户户后，先要挑出没碰破皮的放入旱井保鲜，这样吃到开春也不容易坏，差一些的则用来推"粉团"，也就是制作淀粉。交公粮的地瓜则要晾晒成地瓜干，擦成片后漫山遍野摊开，在秋阳照耀下，如同一块块小镜子闪闪发光。此时最怕的是下雨，若是雨水淋过，地瓜干必定发霉变色，就不符合标准了。捡拾地瓜干的多为女人，遇到天气突变，男女老少就得一齐上阵。老爷们大都不愿干蹲着的活，乡野淳朴，哪个男人要是喊腰累得慌，爱闹的老娘们抓住机会，话说起来就没有边了。

"霜降"时分，苹果积累的糖分达到了最高点，口感爽脆，着色也漂亮，这个时候就该下树了。彼时主要品种为"小国光"，甘甜中带有微酸，有些人觉得比"红富士"还好吃。一等果若是色泽艳丽，则可升为特等果，价格虽然无异，供销社收购后可奖售化肥，也是不小的诱惑。

采摘完苹果，秋收就进入尾声了。田野里到处都是复收地瓜花生的老婆孩子，满地翻腾，多少还是有些收获，对于日子艰辛的农家，这也非常重要。

剩下的那点萝卜白菜大葱，就要后推了，胶东农谚：立冬萝卜小雪菜。到这个关口，一年大概就算忙到头了。不过那些年还要学大寨，美其名曰"战山河"，诸如修建"人造小平原"等，农民依然不得闲。

我在乡下经历了两个扎扎实实的"三秋"，离开乡间时，手上布满了老茧，直到半年后方才慢慢褪去，这段刻骨铭心的劳累，使我对"秋"有了深深的感悟，并非什么"梧桐一叶而天下知秋"的文人感叹。

那个年月，整日清汤寡水，极度缺乏营养，忙乎时尤其盼望能吃上点有油水的食物，还有就是在懒洋洋的日头底下躺在苞米秸子上多休息会儿，然而这一切皆为奢望。

如今终于有了闲情逸致，生活在城市的喧闹之中，似乎已经忘记了秋日的田野。念叨的往往是，立了秋怎么还这么热？一场秋雨过后，脱口而出的也是该穿长袖衣服了！昔日的辛劳渐行渐远。

不过，有时依然会留恋乡间的日子。北方田野里那种秋高气爽是很迷人的，蓝天深邃辽远，白云缥缈洁净，干燥的风里夹杂着庄稼醉人的味道。恍惚间似乎走进了电影《原野》的画面，看见了花金子和仇虎在满是秸秆的地里野合，那是年轻时刘晓庆、杨在葆合作的影像。

曾经对"懒秋"的描述不以为然，那样的劳累，岂是一个"懒"字可以形容的？然而人生入秋，觉得"懒秋"之谓亦不无道理。虽然忙忙碌碌，也能忙里偷闲。

缱绻慵懒之美，亦令人迷醉。残荷败柳，是另外一种感觉。恰如宋词所云："碧云天，黄叶地，秋色连波，波上寒烟翠……"

行走在晚秋的田野里，冬天的日子很快就要到来了。

原载 2022 年 8 月 21 日《烟台晚报》

暖　冬

秋天的脚步还未停歇，节令的冬日转瞬就已到来。其实，在我们这个不是太靠北的滨海小城，窗外还是深秋的景象，田野里依然一片忙碌。

"立冬萝卜小雪菜"，这个把月，正是萝卜白菜下地的时候。旧时的胶东，冬季的当家蔬菜，主要就是这两样，若是加上大葱，那就齐活了。

萝卜成熟之时恰逢"立冬"，虽有寒意，气温却不是很低；白菜收储的"小雪"时节，不过只推后了半月左右，天气已经冻人。

"小雪"前后，一般都会来场较大的雪。这个时段，雪量往往会大于"大雪"时节，民间就有"小雪节气下大雪，大雪节气没了雪"之说，让人有些费解。

其实，这种诧异源于认知上的偏差，二十四节气是依据太阳周年的运动轨迹制定的，全年二十四等份，每等份为一节气，属于天文学意义范畴，并非气象学意义的概念。后来虽然逐步推演出了气象内容，然而春夏秋冬四季均分，以及受限于黄河中下游气象状况的认知，自然难以准确反映华夏大地的气候特征，只能大概有个依据，否则何来"春捂秋冻"之说？

气象数据表明，我国十一月份的平均气温，一般要高于十二月份。气温高，大气中水汽含量自然就多，雪量往往也大。同样道理，转过年的二、三月份，降雪一般也要大于严寒的一月份。古人缺乏气象资料积累，况且十二月份雪量也有大过十一月份的时候，难以泾渭分明。设立者只能按照先"小"后"大"的惯例划分，至少对应了气温不断下降的规律。

小时候在四川也曾见过雪，恰如杜甫老先生坐在成都西门外浣花溪畔的草堂里吟诵的："窗含西岭千秋雪"，虽然能够远望却难以近观。后来到了云南大理，在古城里住了两年，天天看到苍山顶上终年的积雪，依然可望而不可即。

回到山东老家，终于见到了北方原野铺天盖地的大雪，风卷起雪花搅得天昏地暗，万籁俱寂，心中突然涌出阵阵悲凉，感觉自己说不定就将在这个寂寞的小山村终老一生，那种冷浸透了肌骨。那是1970年的寒冬，少年的我感到特别无助。

其实，雪花的意象是非常美丽的，富有诗意。对于乡村来说，雪多了，来年的墒情就好，自然有利于庄稼的生长，尤其对于冬小麦最为有利。

小麦秋种发芽后，长到三两寸长短，气温就低了下来，麦苗很快匍匐着身子没了精神。这个时候，若是一场不期而至的雪花悄悄依

偎身旁，慢慢将其揽入怀中，最后变为一床暖融融的雪被覆盖其上，第二年的收成就有了很大的指望，这就是所谓的瑞雪兆丰年。麦子在雪被之下似乎蛰伏起来，实际上根须随着地气继续往下掘进，蓄积起了春日向上的力量。

公社那个年代，下雨往往是难得的休息机会，下雪依然还要劳作，譬如女人要剥花生米或是搓苞米粒，男人则要"战山河"，也就是大搞农田水利基本建设。

胶东地区，那个年月各县都组成了"战山河"指挥部，以学大寨为旗帜，按照军事序列编为各级单位，县里为团，公社为营，生产大队为连，生产队为排，主要进行水渠、水库、人造小平原的修筑，天寒地冻，声势却搞得热火朝天，有时候一镐下去，坚硬的泥土只迸出几个火星，依然不能停歇，学大寨的名目使得人人不敢怠慢。

营与营，也就是公社之间；连与连，也就是村子之间，处处打起了擂台，县里和公社的简报三天两头激励。譬如有的公社刚刚提出"干到腊月二十八，正月初三就上马"，接着另外的公社就说"干到腊月二十九，啖了箍扎（饺子）就动手"……

"战山河"涌现出来的典型后来不少入选"三不脱离"干部行列，也就是工作不脱离基层，当然指的是公社甚或县一级单位；户口不脱离农村；收入不脱离本村，只挣工分不挣工资，给予一定的生活补贴。不过后来他们大都成了国家干部，20世纪末的乡镇和县甚至市一级的领导，许多就出自这些"三不脱离"干部。

"战山河"之举对于农业生产条件的改善，起到了一定的积极作用。但是大呼隆年月里盲目上马的小水库，许多未经科学勘探选址，要么水源不足，难以蓄满库容；要么地势险要，经不住洪水考验。尤其人造小平原，劳而无功，劳民伤财。这种"一平二调"错误做法，严重挫伤了农民的积极性。

其实早年的北方乡村，冬季是休养生息的时候。要说冬日不得闲，那也充满野趣，玩耍的成分多于劳作。譬如我们村有个人，冬天也挺忙乎，养鹰抓兔子，不亦乐乎。村里为了保护植被，划出了几大块封山区，直到初冬草木枯萎，方才开山允许村民拾草。平日里大队找人看山，选中的就是他。说来有意思，此人名为张凤山，我一直没有搞懂，他的姓名中辈分为什么没有按习惯排列，不过人们借其谐音，送了个绰号"张封山"。

不知他是天生愿意摆弄鹰，还是职业为其提供了方便，张封山在我脑海里的形象，就是左胳膊整日端着，春夏秋冬都套了个羊皮箍，一只苍鹰站在上面，英气勃勃，他长什么样子反倒淡漠了，只记得一脸络腮胡。

他那只苍鹰不是很大，是用了半个多月功夫才套住的，反正他看山，成天在山上溜达，有得是时间。他说他用四根竹竿支了个一面敞开的网，然后用绳子拴了只斑鸠吸引苍鹰，自己则躲在附近用石头垒起的围栏里，只要有鹰盘旋，他就拉动绳子让斑鸠动起来，功夫不负有心人，一只苍鹰终于凶猛地扑了过来，斑鸠虽然衔在了嘴里，由于用力过猛，身子也被网眼套住，动弹不得。

苍鹰习性凶猛，张封山用绳子拴住它的腿，把自己和鹰关在厢房的黑屋子里。他说，七天七夜不让它睡觉，只要打盹就扯拽绳子，片刻不让它闭眼，这就是熬鹰。有人逗趣，你要睡了它不也睡了？张封山说，我困了儿子可以替换，它可没有替换的。他说的有无虚夸不知道，反正鹰熬得没了野性。他说喂食时也要挑逗，不能让其轻易得手，这样才能完全驯服。那时候各种肉都缺，他喂的都是下网套来的鸟，有一阵没套着鸟，他把家中的鸡拿去喂了鹰，老婆和他打得翻江倒海。

冬日到了，白雪布满山峦，这是张封山最为得意的时候。只要他上山，身边总是跟着一大群年轻人和半大孩子，大家齐声吆喝帮他赶兔子，胆小的兔子吓得从林间蹿了出来，张封山一抬胳膊，苍鹰"嗖"的一下就飞了出去，兔子瞬间就被摁在了地上，张封山过去后，鹰已将兔子皮撕烂，这第一只要让苍鹰叨上几口，解馋之后，接下来的猎物就是张封山的了。

我跟随他上山那天，鹰叨了大概七八只兔子，张封山很仗义，全部拿到生产队马号的大锅里炖了青头萝卜。外面是扑簌簌的大雪，马号的大炕热得烫腚，兔肉的香气扑鼻，那是多么快乐的事儿。

冬日里，北方乡间的火炕是最吸引人的，虽然门窗四处透风，然而坐在或躺在烧过的火炕上，还是挺暖和的。那时候我们老家一带流行过这样的小曲儿：吃罢了饭，上了炕，风流那个一番……

热乎乎的炕头上，苞米饼子大白菜之外，还有女人暖融融的身子，老爷们是何等的享受啊？难怪当时的境界就是"三十亩地一头牛，老婆孩子热炕头"。

我在蓬莱龙山店公社石门张家联中读书的时候，冬天若是顶着北风、迎着大雪往返学校，脚上那双黑色的胶棉鞋每次都要湿透，家里只有我和父亲，炕也烧得不热。只要回到村里，我立刻会扎到生产队的马号里，脱了鞋就爬到那铺大炕上，不一会儿就暖和过来了。

冬天到谁家串门，若是主人说上炕暖和一下吧！这就是高看你一眼，是一种待遇。若说谁暖和暖和就上炕了，那是讥讽此人不知深浅。

离开乡间后，在没有暖气的年月，躺在木板床上，一直穿着毛衣毛裤睡觉，虽然很不舒服，然而非如此无法抗拒寒冷。我开始怀念农村暖和的火炕，要是窝在那上面睡个昏天黑地，该是多么幸福啊！

其实直到20世纪80年代中期，我们这座滨海小城的屋舍也都盘炕，只是仅靠煤炉子蹿过去的那点热气，感觉完全不一样，没有柴草烧出来的那种滋味儿。

我生活的烟台北距大连不足两百公里，号称雪窝子，不过冬日里别有韵味儿。你瞧，窗外又飘起了雪花，是那种数九寒天的鹅毛大雪，漫天皆白。

这幕情景，让我记起了唐人刘长卿勾勒的一幅雪景图："日暮苍山远，天寒白屋贫。柴门闻犬吠，风雪夜归人。"彼时，我们如同那个风雪夜归人，饱尝了生活的艰辛；此时，仿佛换了人间，雪天竟涮起了锅子，木炭在铜釜中"哔哔啵啵"作响，热腾腾的蒸汽四处弥漫，红白相间的羊肉往滚烫的汤里一放，浑身顿时热了起来。

心里暖了，冬日里也就没了严寒。

原载 2022 年 11 月 16 日《烟台晚报》

茉莉花香

读书期间，老师讲授外国文学，说法国的贵族语言过于华丽，甚至把喝水也说成是"进行一次内心的沐浴"，引得哄堂大笑。我不懂法语，不知此乃戏谑抑或果有其事，喝水竟然能弄出这般高雅，觉得有趣。

小时候家居四川，大碗茶满街摆摊，十来个粗瓷陶碗放在竹桌上，碗里是琥珀色的"老鹰茶"，上面盖了块四方玻璃片，只要交上一分钱，随便喝。老鹰茶叶片很大，足有半掌，母体为常绿乔木，樟科，含芳香油。炎热的天气，口干舌燥，一碗下肚，暑气顿消，苦涩中味道还有些怪异。

参加工作后，单位发高温茶，茶叶虽然普通，却有一个美丽的名字——茉莉花茶。此茶源于宋代，盛行于明清，端起杯子，香味儿扑面而来，从此结下不解之缘。

陆羽《茶经》开宗明义："茶者，南方之嘉木也。"由于存放条

件苛刻，加上旧时运输不便，北方地区很难喝到好茶。制作茉莉花茶的茶青，一般皆非上品，许多茶香尽失。然而，佐以茉莉之后，花香袭人，经久不散，反而弥补了茶叶的缺陷，这也是茉莉花茶在北方更为流行的原因。

不过，南方的朋友语含讥讽说道，你们喝的不是茶，而是花。我笑道，其实也挺好喝。后来名堂就多了，每一种茶都挖出或编出了历史渊源，十分动听。譬如产自四川雅安的老鹰茶，原本如同躲在大山深处的柴火妞，很不起眼。如今却从《本草纲目》中找出了一堆功效，口感也从苦涩变成了"先苦后甘"，自然渐入佳境。

不过雅安之茶确非寻常，当地茶馆门口几乎都悬有一副茶联："扬子江中水，蒙山顶上茶"，语出李德载的元曲《喜春来·赠茶肆》。蒙山就在雅安，蒙顶春茶名不虚传，据说享誉华夏的峨眉山"竹叶青"，更多的产自蒙山；扬子江中水则指镇江金山脚下的"中泠泉"，金山未与陆地相连时，泉眼本在江中，陆羽品评天下泉水时，将之列为全国第七，清代镇江知府王仁堪则留下了"天下第一泉"的遗墨。

有个成语叫"茶楼酒肆"，说的是两个相伴共生的场所。不过，昔日南方茶楼往往多于酒肆，北方酒肆一般又要多于茶楼，大概与气候有关，喝茶有消暑之功，饮酒有御寒之力。

后来喝酒的一些不太好的说法流行后，北方的茶馆也多了起来，依据的多为潮汕"工夫茶"套路，小杯啜饮。其实，都是源自陆羽《茶经》之法。

茶汤提神之外，刮油解腻的作用明显。高寒地区，缺少蔬菜，只得依赖茶叶分解牛羊肉的脂肪，去除酥油形成的燥热，边地牧民养成了喝酥油茶的习惯；内地平川，由于征战和运输需要，骡马供不应求，牧区的良马恰好能够弥补缺憾。唐宋始茶马互市，横断山脉的高山深谷中，南来北往的马帮终于踏出了一条茶马古道。

只是茶叶不易保存，运到牧区更非易事，无奈之下只能紧缩成茶砖、茶饼，路途遥远，来回半年有余，气候千变万化，藏茶、普洱茶就在这个过程中自然发酵了。

红茶也是这个路径，当年绿茶远赴欧洲，大海的湿润很快就把茶叶捂得发酵变质，叶色也变黑了。没想到变质后的茶叶，竟然产生了特殊的诱人味道，茶汤也变成了红褐色，进而衍生出了红茶的制作工艺。红茶先是被航海大国葡萄牙定为皇室饮品，继而又通过远嫁英伦的公主凯瑟琳带到了伦敦，很快受到追捧。

后来，安徽人把这种全发酵制作工艺发挥到极致，创制的"祁门红茶"成为世界三大高香红茶之一，另外两种分别为印度的"大吉岭红茶"和斯里兰卡的"乌巴红茶"。

欧洲人喜欢的红茶，相当长一个时期在中国没有太大的影响。不过，1973 年前后，一种由红茶、白糖和菌种发酵而成的自制饮品，迅速流行于大江南北。彼时物资匮乏，大众化的茉莉花茶外，多了一种口感不一样的饮料，而且盛传对身体有多种功效，又花不了几个钱，众人趋之若鹜，家家户户的瓶瓶罐罐都装满了所谓的"红茶菌"。

传说更早的时候，渤海湾畔有家杂货店，伙计涮完茶壶后偷懒，将水倒入了盛过糖的罐子里，没想到几天后竟然飘出了一股好闻的酸香味儿，揭开那层乳白色的薄膜一尝，味道还挺诱人。店主如法炮制，饮用后发现，浑身的毛病也慢慢消失了，于是做成饮料外卖，发了大财。这个来历有些蹊跷，然而这种噱头讲成故事容易吸引人，如同时下的保健品营销，只是它在沉寂多年后突然于那个时期兴盛始终是个谜。但是，过分的渲染难以持久，转瞬间就烟消云散了。

红茶就这样处于墙里开花墙外香的尴尬境地，甚至连"正山小种"这样的极品一度也濒临绝迹，有的茶农已经在茶园改种毛竹。然而，出人意料的是，新世纪的曙光突然将"红茶"映衬得更红。喝腻了酒的国人，回过味儿后，觉得品茗似乎比饮酒文雅，况且茶叶里的茶黄素，还可带走吸附在人体血管中的低密度胆固醇，很快大受追捧。

绿茶、普洱已经大众化，红茶、白茶、黑茶、藏茶逐渐登堂入室。武夷山下，茶农抓住机会，迅速推出了"金骏眉"这个全新的品牌，很快拉动了整个红茶市场，令人眼花缭乱，又成为新的时尚。

不过，无论是印度的红茶还是斯里兰卡的红茶，它们的根都在中国。1793 年，英国使臣马戛尔尼来到北京，带来了女王的通商请求，自视甚高的乾隆皇帝毫无悬念地拒绝了他们。然而，为了炫耀天朝的盛况，乾隆破例允许洋人在大清的疆土上随意游历。马戛尔尼来到云南后，惊异于进入了植物天堂，兴奋中采集了大量名贵茶种带到喜马拉雅山南麓种植，从而使红茶变成了世界上产量最大、影响最广的茶叶。

喝茶本为国粹，各种茶道自诩为文化。不过，红茶进入欧洲后，英国人根据自己的口味加上了方糖、牛奶，把"下午茶"喝得有声有色，品尝红茶的水准无与伦比，形成了著名的英国红茶文化。他们喝茶的历史只有三百多年，却是世界上红茶消费最多的国家。若是提到

"亚曼"或是"立顿"红茶，懂得品茶之人鲜有不知。

日本的茶道亦是如此，中国唐代的煎茶道、宋元的点茶道、明朝的泡茶道传入扶桑后，日本茶人在融汇吸收中揉进了大量东瀛文化的内容，形成了独具特色的抹茶道和煎茶道。令人遗憾的是，我们如今却只有泡茶道尚在流传。日本茶道讲究场所，尊奉仪式，回避世俗话题，谈论的多为关乎自然的见闻，茶道之"和敬清寂"的精髓，就蕴含在那些看似十分烦琐的程序之中，这与国人的习俗有很大差异，比如广东人，他们的生意往往是在茶馆里谈成的。

茶叶输往欧洲不久，洋人也把咖啡带到了中国。虽然全球有五十多个国家出产此物，欧洲却不在其列，那里的咖啡店迟至1683年才由波兰人在维也纳开设。然而，他们却有本事使这种饮料迅速风靡全球，商业头脑着实不凡。

牙买加的蓝山咖啡、夏威夷的科纳咖啡、印尼的曼特宁咖啡等等，正是在欧洲人的推动下才成为极品的。瑞士人在此基础上，以巴西咖啡为主原料，推出了享誉世界的雀巢咖啡，如今每一秒钟，这种速溶咖啡就会消耗5000杯以上。

曾经极为普遍的茉莉花茶，亦有很浓的外来因素。"茉莉花"原产于印度，"茉莉"二字本身就是梵语。汉代传入我国后，宋代开始广为栽培，妇人尤喜其幽香清雅，初时将其连缀成花串作为头饰，别有一番风韵，东坡先生就曾咏道："暗麝着人簪茉莉，红潮登颊醉槟榔。"后来发现，茉莉与绿茶搭在一起，浑然天成，那才是真正的绝配，于是大行其道。

其实，文化只有在相互交融中才能从单一走向多元，互联网时代，更是难以闭关锁国。当然，地球如此之大，并非人人都能走遍每个角落。舶来舶去，不用出远门，坐在家门口往往也能品尝到异域的珍馐美馔，享用到他国的奇妙物品，生活自然丰富多彩。

不过，无论怎么说，我还是更喜欢茉莉花茶。今夏暑盛，旧识从四川寄来一包峨眉山的"碧潭飘雪"，冲沏后叶片在玻璃杯中直立，茉莉花瓣漂浮穿梭，绿白相间，清新怡人，那种浓郁的幽香萦绕着我的味蕾，令人迷醉。

朋友说，喜欢喝什么个人习惯而已，不可或缺的首先是水，不能把简单的问题复杂化。诚如斯言，此君就是走进茶馆，要的依然还是杯白开水。

有的时候，没有味道或许才更有味道。

原载 2022 年 8 月 26 日《烟台日报》

遥远的清水湾

从飞机上俯瞰，海南岛就像一颗碧绿的翡翠镶嵌在烟波浩渺的西太平洋上，曲折的海岸线勾划出了众多的海湾。譬如三亚，从"天涯海角"起始，三亚湾、大东海、亚龙湾和海棠湾一溜向东排列。紧邻海棠湾的，就是如今更为著名的清水湾，位居陵水县的最西边。

那片地域属于北纬 18° 范围，如果你在地图上沿着太平洋直直向东一瞅，夏威夷与墨西哥湾就会映入眼帘，檀香山的魅力自不必说，围绕着墨西哥湾，美国的迈阿密、古巴的圣地亚哥、海地的太子港、墨西哥的坎昆……一连串的旅游胜地也是熠熠生辉，吸引着数不清的游客。

不过，早年的清水湾虽然美丽，由于交通不便，人迹罕至，"养在深闺人未识"。尽管椰风海韵搔首弄姿，依然难以撩拨人们的心弦。

十多年前，广东的"雅居乐"相中了这块处女地，倾情相奉，十二公里的清水湾大道很快沿着海岸线迤逦伸展，顿时把银白色的沙滩和碧绿的椰林呈现在了人们眼前，大海时而温顺时而狂放的浪漫，令人喜不自禁。

曾经有人说过，一张白纸，没有负担，好写最新最美的文字，好画最新最美的画图。清水湾大概得此之妙，与早期三亚海湾的无序开发相比，显然幸运了许多。

海南岛面积三万多平方公里，最让北方人感到舒适之地还是三亚、陵水和乐东一带。其实北纬18°线的美好虽有一定的道理，然而清水湾的美妙，更多的还是得益于地形。

海南岛中部高耸着著名的五指山山脉和黎母山山脉，横亘在三亚一线北面的"牛岭"乃五指山的延续，挡住了深冬与初春南下的北风。以此为界，整个海南岛呈现出了迥异的气象面貌，故而牛岭亦称"分界岭"。夏秋时节，岭北往往大雨滂沱，岭南却是蓝天白云；冬春季节，岭北常常阴郁一片，岭南却是阳光明媚。

都说海南的冬季温暖如春，其实牛岭以北寒冷的日子也不算少，自从有气象记录以来，1971年海口的最低气温曾经达到了寒冷的10.4℃，中部山区甚至只有7℃左右，这在缺少取暖设施的南方，也是够熬人的。牛岭以南虽然亦有天冷的时候，一件薄薄的羽绒服足以御寒，时日也不会超过半月。

如今许多人喜欢候鸟式生活，猫冬的地方也有多种选择。久居黄渤海之滨，还是喜欢与海相伴。云南瑞丽、版纳的冬季虽然也很温暖，待上十天半月，嘴唇往往干裂，外地人很难适应。

华夏大地称为"海南"的地方不算少，譬如早年闯关东的大连人，就把我们烟台这边称作海南，戏谑地自称"海南丢"。青海省也有个"海南"，那个藏族自治州位于青海湖之南，西北、西南一带喜欢把湖泊称为"海子"，故而得此称谓。

不过，这些"海南"与海南岛不可同日而语，所谓彼海南非此海南也，这个独具魅力的海岛，乃中国版图最南面的第一大岛。

故乡烟台固然非常美丽，然而周边可以替代的滨海城市也不算少，诸如青岛、威海、日照，甚至北面的大连，虽然城市规模有差别，生活起来却无太大差异。

海南岛的南部却有着其他城市冬春不具备的特色，即使与之很近的深圳、珠海，虽然纬度相差不大，但是"回南天"到来后，水汽快速上升，到处湿漉漉的。北方又几无春天，脱了棉袄就是夏，开春后接着回返，则失去了避寒之初衷，人们大都领教过"倒春寒"之横蛮。对于胶东人来说，"猫冬"的首选之地还是海南的牛岭之南。

以现代出行方式看，清水湾并不算遥远。烟台至三亚的空中距离三千余公里，驾车若非七拐八绕四处游玩，也是这个里程。

古时以七十里为限设立一处驿站，乃一日最多也就走那么几十里路，要是走远了，家中有事不仅连消息也无从得知，更不要说回返照料了。《论语》云："父母在，不远游，游必有方"，就是这个道理，不安排好了方方面面，是不敢轻易出门的。如今交通通信快捷，自然"游必有方"，不可同日而语。

余虽年近古稀，精力依然旺盛，飞来飞去，或是车来车去，这几年总是在海南猫冬，有了一些体味。

若论旅行支出，采暖费就可抵消交通费；至于增加的租房费用，可以这样想，设若雾霾环境里，那些老年退行性疾病缠身，寻医问药的开支就可能远超租金，何况还能多赚几分舒适？

当然，如果条件允许，买套房子亦是不错的选择，居住之外，亦可保值甚或增值。虽然如今房地产呈下行趋势，然而海南的地域环境在中华版图上独一无二，尤以牛岭以南最为吸引人，牛岭以北房价虽然便宜了许多，但那种潮湿是北方人难以承受的，投资者自然是用脚投票的。

房地产开发向有三句经典话语，第一是位置，第二是位置，第三还是位置。从这个意义上说，这是笔不错的买卖。

海南的经济发展不在这篇小文的范畴，若论自我感知，最令人向往的还是那里的满目青葱，放眼四望，不见丝毫苍黄，随便折一截枝子往土里一插，几天后就会生出嫩绿的新芽，赏心悦目。南方常见的三角梅，在海南插枝后，甚至可以攀爬到十几层楼那么高，叹为观止。当然北方的月季等植物亦可如此栽培，然而摆弄起来，就要多费不少功夫。

虽说牛岭以南不似岭北雨大，然而清水湾一带的年均降雨量也达到了1700毫米左右，与我国降雨最多的四川雅安相比，也就差了四百毫米。奇妙的是，牛岭以南的降雨主要集中在台风季节，冬日大多阳光灿烂，这就使得清水湾的冬天比海口一带舒适了许多。

夏秋蓄积的雨水，经过丰厚植被的过滤，隐藏在了大地母亲的怀抱中，如同甘甜的乳汁舒缓地濡润冬日，不仅为彼时略显干燥的气候添加了些许惬意的潮润，也为植被的生长提供了充足的水分，互为因果，良性循环。

无论咕咚咕咚涌出的山泉，还是潺潺欢唱的林间小溪，随意掬上一捧送入嘴中，那种甘洌清凉，都会使人口舌生津。若是洗浴，自来水亦有丝滑般的柔软，仿佛纤纤玉手轻抚肌肤。家中的卫生洁具，北归大半年后回返，依然光洁如新，没有丝毫泛黄的水垢。

许多海边的城市，海风只能惠及沿岸地带，而且冬季凛冽刺骨。海南岛的纬度，决定了周边的海风一年四季都是温润的，而且能够吹透整个岛屿，仿佛一台天然的净化器，加之绿树藤萝、芳草修竹倾心相许，大量的负氧离子不断释放，空气纯净透明，若是深深吸上一口，你会感觉到丝丝清凉的甜意。

冬日的南海，少了台风的喧嚣，自然温顺了许多。细碎的海浪絮语般地不断扑向银白色的沙滩，如同少妇般妩媚；高大的椰子树在清风中摇曳生姿，仿佛少女般婀娜。椰风海韵交织，浪漫的风情令人如痴如醉。

清水湾大道南北两侧的房屋，距离海岸最远处，步行不过十五六分钟。清晨与傍晚，海边沙滩上，或是手牵着手的老叟老妪，或是嬉水挖沙的天真童稚，人们东观旭日，西望晚霞，在和煦的暖风中舒适地徜徉。

对于长期生活在海边的人来说，海货一日不可或缺，清水湾大道东头的新村镇猴岛码头，晨曦时大型拖网渔船入港，日落时小型撒网渔船归来，总是会带回色彩鲜艳的热带鱼虾，琳琅满目，让人眼花缭乱。

故乡总有些人说，南海的鱼不如渤海湾的好吃，表面看似乎有些道理，水温低的环境下，鱼虾的生长周期自然会长一些，一般说来积累的养分相对丰富。然而以此论及口感差异，未免以偏概全。殊不知南海鱼类品种比黄渤海多得数不过来，好吃的鱼有得是，光是名贵的石斑鱼就有十几种，那种鱼随便拿出一种，也是珍味佳肴。

当然如果野生石斑，任何品种每斤都要一二百元以上，普通人长期食用肯定难以承受。最好的办法是避开这些鱼类，因为分辨野生与养殖亦非易事，一不小心就会上当。

嘴巴实在太馋，买条网箱养殖的青斑，也就二十几元一斤，口感不输野生的，如今烟台餐馆大行其道的石斑鱼几乎都是这一类的。

我是专拣小杂鱼买，十来块钱至多二十几元一斤，虽然大多叫不出名字，不过几年下来，却能够分辨哪些鱼好吃一些。海南岛周边海域，真正难与黄渤海媲美的是对虾。不过话说回来，平头百姓又有几个能够吃得起渤海湾春天的对虾？许多人恐怕一年也难以尝一次鲜。

至于清水湾的瓜果蔬菜，那就更多了。尤其水果，五颜六色，四季不断，大陆罕见的百香果、芒果、菠萝蜜和椰子等挂满枝头，随处可见，颇得女人青睐。

这里的蔬菜也非大棚里生长，一年四季气温适宜，也就用不着费那些事儿了，都是习惯上说的"凉地"出产，非常新鲜。比如茼蒿与空心菜，收获时当地连根拔起，不像咱们那里是复生的，割了一茬又一茬，品质自然不一样，然而价钱却与故乡差不多。

只是这里的馆子，价格实在难以接受，虽然盛产海鲜，一条鱼从码头进入餐馆，起码要翻七八倍以上，贵得离谱。经营者解释，人家内陆是做全年的生意，我们的好光景只有三四个月，不这样连房租都保不住，听起来似乎也有些道理。这也好办，自己动手，避过就是了。

对于我来说，最为惬意的还是晨曦中扑入湛蓝的大海，那种酣畅淋漓，绝非游泳池里可以体味到的。故乡的渤海、黄海令我迷醉，更为广阔的南海又添加了异样的风采。

清水湾的海水似乎更加清澈，没过人头依然几近透明，阳光穿越海水辉映在银白色的沙粒上，从水中折射出钻石般的光芒。没有漂浮的浒苔，亦无蜇人的水母，即使最冷的那十几天里，海水依然温暖。

每年夏秋我在家乡的海边游泳时，经常被水母蜇得遍体鳞伤，小伤小痛尚且能坚持。奇怪的是，有一日明明没有看到几个水母，也躲过了触碰，没想到一会儿工夫浑身就奇痒难耐，不到半个小时就坚持不下去了，上岸后发现了多处肿块，尤其是两条胳膊，红肿得可怕，粗了许多，还有灼热的感觉，吓得我只好去医院打针消炎。

黄渤海南北的卢万成与邓刚是中国最著名的描写大海的作家，卢万成先生告诉我，听邓刚兄说过，那是因为死去的水母毒素飘浮在浅海还未消散。想想夏日里许多游人在海边捞水母，玩耍够了就丢弃在沙滩上，化了后的水母毒素自然随着潮水又进入大海，我这才恍然大悟。

能够避开水母，实在太幸运了，乐趣也增加不少。某日游泳时突然发现，胸腹之下竟然出现了条尺许的小鲨鱼，近在咫尺，我快它亦快，我慢它也慢，数日相伴，甚为稀奇。我几次试图用手触碰，它

"嗖"的一下就避开了，接着又钻了回来。

后来我想，大概我身上那套仿鲨鱼皮长袖泳衣，让这条落单的小鲨鱼误以为我是条大鲨鱼吧！近海浅滩，鱼类难以觅食，不太容易见到踪影，只是在贴近沙滩底部有些沙丁鱼。这条小鲨鱼的出现，让我感觉到了与南海的缘分，仿佛自己就是条快乐的鱼。

北方冬日干燥，有人皮肤瘙痒，有人咳嗽不已，然而只要来到海南，寥寥数日，症状几乎就会消失。至于一些常见的老年性心脑血管疾病，在海南的自然环境下，也是益处多多。

友人之令尊令堂大人，久患皮肤瘙痒之症，冬日尤其难熬，几至夜不能寐。余劝其变换环境，不妨到海南一试。然而老人家不愿挪窝，后来实在撑不下去了，方才勉强成行。孰料立见奇效，舒缓了许多，很快就喜欢上了清水湾，年年都来此地越冬。

说来说去，其实就是在清水湾过冬真舒坦。

原载 2023 年 11 月 23 日《烟台晚报》

后　记

这本小集子里收录的几十篇小文，叙述了我人生旅途中印象较深的往事。虽然琐碎，却是亲历，没有胡编乱造，只是记录了那些年的生活样貌。这些文章皆在《老照片》和地方报纸上发表过，限于版面当时有所删节，结集时恢复了原稿亦略做修改。

我这样的无名之辈，过往肯定没有几人感兴趣，加之才情有限，文章上不了台面，不过依然想要倾诉，热爱文字真是没有办法的事儿。

一个人的经历固然微不足道，然而千千万万人的过往若是记载下来，就能构成我们整个民族的心灵史。记得有人说过，捍卫记忆的必要，最终都指向了人的自由。人生的酸甜苦辣、悲欢离合因人而异，不过同一时代、同一地域者却大同小异，有的乃必然，有些属偶然。值得深思的是，某些偶然却循着一种惯性不停地奔跑，在这种强大的推力之下，普通人实在过于渺小。

感谢曲光辉（勾勾）先生于写诗作画的繁忙之余，劳神费力，为书中的每篇文章绘制了生动的插图，令拙作大为增色，情深义重。

感谢张炜先生倾情推荐，感谢卢万成先生百忙之中为本书作序。当下纸媒载文不易，若无冯克力、赵祥斌、赵志杰诸先生赏识，这些文章着实难以发表，谨致由衷谢意。感谢危颖女士投稿前的校订，为我在编辑面前挽回了一些颜面。

两年前冯克力先生帮助我推出了历史随笔集《故国行色》，如今又玉成此书，深情厚谊，永志不忘。

是为记。

作者

甲辰夏日于烟台马山寨寓所